ମଲାଜହ୍ନ

ମଲାଜହ୍ନ

ଉପେନ୍ଦ୍ର କିଶୋର ଦାସ

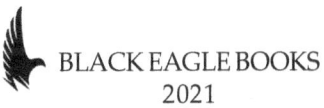

BLACK EAGLE BOOKS
2021

BLACK EAGLE BOOKS

USA address:
7464 Wisdom Lane
Dublin, OH 43016

India address:
E/312, Trident Galaxy, Kalinga Nagar,
Bhubaneswar-751003, Odisha, India

E-mail: info@blackeaglebooks.org
Website: www.blackeaglebooks.org

First International Edition Published by
BLACK EAGLE BOOKS, 2021

MALAJANHA
by **Upendra Kishore Das**

Copyright © Family members of Upendra Kishore Das

Cover & Interior Design: Ezy's Publication

ISBN- 978-1-64560-230-9 (Paperback)

Printed in the United States of America

ବୈଶାଖର ଖଇଫୁଟା ଖରାଝାଞ୍ଜି ଭିତରେ ଅଦିନ ବଉଦର କୁହୁକ ପରଶ ଚହଟିଗଲା ପରି ନିହାତି ହୀନିମାନିଆ ଜୀବନରେ ବି ଏମିତି ଗୋଟାଏ ଗୋଟାଏ ଅମୃତ-ଘଡ଼ି ଆସି ଭେଟିଯାଏ, ଯାହାଲାଗି ଜୀବନଟା ସାରା କୋଉ ଅଜଣା ଆଲୋକିତ ପଥରେ ଯାଇ ପଡ଼େ ! ଅମୃତ-ଘଡ଼ି ବା କହିବି କାହିଁକି ? ସୁଖ ସୁଆଦଟିକ ଦଣ୍ଡକ ଭିତରେ ପ୍ରାଣଉଜଡ଼ା କରି ଥରେ ଚଖାଇଦେଇ ପଛକୁ ଯେ ଏମିତି ତୁଚ୍ଛା ନିଉଛଣା ହୋଇଯାଏ ସାରାଜୀବନଟା ଲାଗି, ତାକୁ ଆଉ ସେ ଯାହା କହୁପଛେ, ଅମୃତ ବୋଲି ମୁଁ ତ କହିବି ନାହିଁ କେବେ । ସଂସାର ଭିତରେ ନିହାତି ହୀନିମାନିଆ ଜୀବନଟାରେ ମୋର ସେହି ଦଣ୍ଡକର ସୁଖସୌଭାଗ୍ୟର ଲୋଭ ଏଡ଼ାଇ ପାରିଥାନ୍ତି ଯଦି, ଆଉ ମଝି ନଈରେ ମତେ ଏମିତି ବୁଡ଼ି ମରିବାକୁ ହୋଇ ନଥାନ୍ତା ପରା !

ଜୀବନରେ ଏଡ଼େ ବଡ଼ ଭୁଲ ପୁଣି ଲୋକେ କରନ୍ତି ଦଣ୍ଡକରେ, ରାଗ ଅଭିମାନରେ, ମୋ ଜୀବନରେ ସେ କଥାଟା ମୁଁ ହାଡ଼େ ହାଡ଼େ ଅଙ୍ଗେ ନିଭେଇଛି । ସେଥିଲାଗି ପାଞ୍ଚ ପଚିଶଙ୍କ ଆଗରେ ମୋ'ରି ନିଉଛଣା ଜୀବନର ନିରାଟ ସତ କଥାଗୁଡ଼ିକ ଗାଇଯିବାକୁ ମତେ ଟିକିଏ ଡର ଲାଗୁନାହିଁ । ଆଉ ଡରିବି କାହାକୁ ? ଯେତେବେଳେ ଡରିବା କଥା, ସେତେବେଳେ ତ ଇନ୍ଦ୍ର ଚନ୍ଦ୍ର ଦିଶି ନାହାନ୍ତି ମୋ ଆଖିକି, ଆଉ ଏଇକ୍ଷଣି, ସବୁ ସରିଲା ପରେ ଡରି ଫଳ କ'ଣ ?

ଜନ୍ମ ହେଲାବେଳ ବାପା ବଡ଼ ଶରଧାରେ ମୋ ନାଁ ଦେଇଥଲେ ସତ୍ୟଭାମା; କିନ୍ତୁ କୋଉ ଗୁଣ ଦେଖି ସେ ଏଇ ନାଁ ଦେଇଥିଲେ କେଜାଣି, ବାହାର ଭିତର କୋଉଟା ତ ଟିକେ ମିଳୁ ନଥିଲା ମୋର ଏଇ ନାଁ ସାଙ୍ଗେ । ଦୁଷ୍ଟ ଅମାନିଆପଣରେ ତ ମୁଁ ସରିଥିଲି, ତାହା ସାଙ୍ଗେ ଗୋଟିଏ ଝିଅ

ବୋଲି ବାପ ମା'ଙ୍କର ସ୍ନେହ ଶରଧାର ଉହାଡ଼ରେ ରହି ମୋର ରାଗ ଅଭିମାନଟା ପୁଣି ଏତେ ବଢ଼ିଯାଇଥିଲା ଯେ ବେଳେ ବେଳେ ଘର ଛାଡ଼ି ପାଞ୍ଚଘରେ ମୋର ନାଁ ପଡ଼ିବାର କମି ନ ଥିଲା; କିନ୍ତୁ ଏତେ ଦୁଷ୍ଟପଣର ଗୋଟିଏ ଝିଅ ବୋଲି ବାପା ମା ସେ ଆଡ଼କୁ ଏକାବେଳକେ ଆଖିବୁଜି ଦେଇଥିଲେ, ଆଉ ସେଇ ତ ମୋରି କାଳ ହେଲା ! କେମିତି ହେଲା, ସେକଥା କହୁଛି ଶୁଣ -

ସରଗର ମେଘମଉଳା ଆକାଶ ପଟରୁ ଦି'ପହର ଖରାତେଜ ହଜାଇଦେଇ ସେଦିନ ମାଡ଼ି ଆସିଥାଏ ପହିଲୁ ଆଷାଢ଼ ପରି ବହଳ ଚିକଣ ବଉଦାମାଳା । ଗାଁ ଗହୀର ଆଡ଼େ, ଆମ ବାରିପଟ ଘନ ଆମ୍ବତୋଟାରେ ପବନ ଭାରି ଜୋରରେ ଗର୍ଜୁଥାଏ । ବେଗି ବେଗି ଖିଆପିଆ କାମ ବଢ଼ାଇଦେଇ ବୋଉ ସେଦିନ ଶୋଇବାକୁ ଗଲା । ବର୍ଷା ପବନ ଦେଖି ମୋର କାହିଁକି ସେଦିନ ଭାରି ମନ ହେଲା, ସାଇ ଆଡ଼େ ଟିକେ ବୁଲିଆସିବାକୁ । ବୋଉ ଅଜାଣତରେ ପାନପେଡ଼ିରୁ ବେଶିକରି ଦି'ଖଣ୍ଡ ପାନ ଭାଙ୍ଗିନେଇ ବାହାରିପଡ଼ିଲି । ଦାଣ୍ଡ ପାହାଚ ଉପରେ ଗୋଡ଼ ଦେଲାବେଳେ ପଛରୁ କିଏ ଡାକିଲା- ସତୀ !

ଚମକିପଡ଼ି ପଛକୁ ଚାହିଁଲି- ଦାଣ୍ଡଘରେ ବସି ବାପା ପୋଥି ଲେଖୁଛନ୍ତି । ମୁଁ କାଠପିତୁଳି ପରି ସେଇଠି ଠିଆହୋଇ ରହିଲି - ଛାତି ଦୁଲୁ ଦୁଲୁ ପଡୁଥାଏ ଡରରେ । ମୋତେ ଠିଆହେବା ଦେଖି ସେ ପଚାରିଲେ- କୁଆଡ଼େ ଯା-ଆ ହଉଥିଲା ଏତେବେଳେ ? ଗାଁ ଗସ୍ତରେ ପରା ! ମଲା ଯା, ଏତେକଥା ଏ କୁଆଡୁ ଜାଣିଲେ ? ମୁଁ କିଛି ନ କହିଲାରୁ ସେ କହିଲେ- ତୋ ବୋଉକୁ ଡାକିଲୁ !

ମୁଁ ଯାଇ ଉଠେଇଦେଲି ବୋଉକୁ । ସେ ଆଖି ମଳି ମଳି ବାହାରକୁ ଆସିଲା । କବାଟକଣରେ ଠିଆହୋଇ ଶୁଣିଲି, ବାପା ପଚାରୁଛନ୍ତି- ସତୀକି ବାହାରକୁ ଯିବାକୁ ତମେ କହିଥିଲ ?

ବୋଉ ଆଶ୍ଚର୍ଯ୍ୟ ହୋଇ କହିଲା- ନାହିଁ ତ, କାହିଁକି ? ବାପା କହିଲେ- ସେ ସବୁବେଳେ ଯାଇ ବାହାରେ ବୁଲୁଚି, ଏଟା ତମ ଆଖିକି ସୁନ୍ଦର ଦିଶିଲେ ଗାଁ ଲୋକଙ୍କୁ ତ ତା ଦିଶୁନାହିଁ । ତାକୁ ବୋଧହୁଏ ଏଗାର ବର୍ଷ ହେଲାଣି ! କାଲି ଛାଡ଼ି ପଅରଦିନ ବାହା ହବ ସେ । ତାକୁ ଏ ସମୟରେ ଏତେ ବାହାରକୁ କାହିଁକି ଛାଡ଼, ଶୁଣେ ?

ବୋଉ କାହାକୁ ଖୋଜିଲା ପରି ଚାରିଆଡ଼କୁ ଥରେ ଚାହିଁଗଲା । ଉଦ୍ଦେଶ୍ୟଟା ମତେ ପାଇଲେ ତା'ର ଅକ୍ଷମତାର କ୍ରୋଧଟିକକ ପୂର୍ଣ୍ଣ ମାତ୍ରାରେ ମୋ ଉପରେ ସାରିଦିଅନ୍ତା । କିନ୍ତୁ କାହାକୁ ନ ଦେଖି କହିଲା- ଦୋଷଯାକ ସବୁ କ'ଣ ମୋରି ?

ଏଇୟା ତମ ବୁଝାମଣା ପରା ! ପଚାରିଲ ସେ ଟୋକୀକି, ଏଇ ବାହାରକୁ ଯିବା କଥା ନେଇ କେତେଥର ମୁଁ ତାକୁ ଗାଳିଦେଲିଣି ? ସେ କ'ଣ ଜମା ମାନୁଚି ମୋ କଥା !

ବାପା କହିଲେ- ଘର ଝିଅ, ପର ତ ଆଉ ଆସିବେ ନାହିଁ ଆକଟିବାକୁ ! ସେ କଥା କହିଲେ କିଏ ଶୁଣିବ ? ମୁଁ ଇଆଡ଼େ ବରଘର ଖୋଜା ଲଗେଇଥାଏ, ଝିଅ ସିଆଡ଼େ ଘୋଡ଼ା ପରି ଦାଣ୍ଡହାଟରେ ବୁଲୁଥାଆନ୍ତୁ ।

ମୋର ଆଉ ଅଧିକା ଶୁଣିବା ଦରକାର ହେଲାନାହିଁ । କବାଟ କଣରୁ ଗୋଡ଼ ଚିପି ଚିପି ମୁଁ ତଳଘରକୁ ଚାଲିଗଲି । ମୋର ଖାଲି ମନେ ପଡୁଥାଏ ବାପାଙ୍କ କଥା- ଇଆଡ଼େ ମୁଁ ବରଘର ଖୋଜା ଲଗେଇଥାଏ...

ଏ ବରଘର ଖୋଜା କାହାପାଇଁ ମୁଁ ଜାଣେ । ଏଇଥିପେଇଁ ତେବେ ବାହାରକୁ ବାହାରିଗଲେ ବୋଉ ଏତେ ଚିଡ଼େ ! ମୁଁ କହେ, କାହିଁକି, ବାହାହେବା ତ କେତେ ଲୋକଙ୍କୁ ମୁଁ ଦେଖିଚି । ଆମରି ସାଇରେ କମଳୀନାନୀ ତ ସେଦିନ ବାହାହୋଉଚି । ଗୋବର୍ଦ୍ଧନ କାନଗୋଇ ଝିଅ ହୀରା ତ ବାହାହୋଇଚି ଯେ ଆଜିଯାଏ ସହିତେ ଫେରି ନାହିଁ ଶାଶୂଘରୁ । ମୁଁ ତେବେ ଏମିତି ବାହାହେବି - ନାଁ ଆଉ କେମିତି ? ମୁଁ ତ ଜାଣେ ନାଇଁ, ଏଥିରେ ଆଉ କ'ଣ ଅଛି ? ତଥାପି ବାହାହେବା କଥାଟା ସବୁଦିନେ ମତେ ଭାରି ଅପୂର୍ବ ଲାଗେ - ସବୁ ଝିଅଙ୍କୁ ବୋଧହୁଏ ଲାଗୁଥିବ ଏମିତି, ଯେମିତି ଗୋଟାଏ ଅମୁହାଁ ଦେଉଳ, ଆଖି ଉଢ଼ାଳରେ ସତେ କି କେତେ ଅପୂର୍ବ ଦରବ ଠୁଳ ହୋଇଛି ତା ଭିତରେ ।

ସେ ଦିନଯାକ ମୋର ଖାଲି ମନେହେଲା ଏଇ ବାହାଘର କଥା, ଓଢ଼ଣା ପକାଇ କନିଆଁ ହବା, ସମସ୍ତିଙ୍କ ଆଗରେ ଲଇଁ ଲଇଁ ଚାଲିବା କଥା । ଭାରି କୌତୁକ ସତେ ଏକା । ଏଇ ବାହାହବା ଭିତରେ ପୁଣି କେତେ ପରିବର୍ତ୍ତନ, କେତେ ପ୍ରଳୟ, କେତେ ସୃଷ୍ଟି ଯେ ଖଞ୍ଜା ହୋଇଛି ଆମ ମାଇକିନା ଜାତିଟା ଲାଗି, ଏକଥା ମୋ ମନକୁ ସେତେବେଳେ ଜମା ଆସିନାହିଁ । ଆସିଥିଲେ ଜୀବନଟା ମୋର ଏକାଥରେ ଭିନେ ବାଟରେ ଯାଇ ପଡ଼ିଥାନ୍ତା । ଆଜି ତମରିମାନଙ୍କ ଆଗେ କଲମ ଧରି ନିଉଛଣା ଜୀବନର ନିଲଜ କାହାଣୀଗୁଡ଼ାକ କାଗଜ ଉପରେ ଏମିତି ଢାଳିଦେବାକୁ ମତେ ପଡ଼ି ନ ଥାନ୍ତା ପରା ।

ଆମ ହିନ୍ଦୁଘରେ, ବିଶେଷରେ ବାମୁଣ ଘରେ, ବାହାହେବା ଆଗରୁ ଏକଥା ବୋଧହୁଏ କାହାରି ମନକୁ ଆସେ ନାହିଁ, ଆସୁଥିଲେ ବି କ'ଣ ବେଶି ଲାଭଟା ହଉଥାନ୍ତା କେଜାଣି ? ପାଞ୍ଚ ବର୍ଷ ବେଳୁ, ଭଲକରି ଜ୍ଞାନହେବା ଆଗରୁ, ସମସ୍ତେ ତ

ଆମ କୁଳରେ ପୁଣି ବାହା ହୁଅନ୍ତି ଏମିତି, ମୋରି ପରି ସ୍ୱାମୀ କ'ଣ ଭଲକରି ବୁଝିବା ଆଗରୁ । ସମସ୍ତେ ତ ପୁଣି ବଡ଼ ହୋଇ ଗୋଟିଏ ଅଜଣା ଅଚିହ୍ନା ଲୋକର ଘର କରିବାକୁ ଯାଆନ୍ତି । କାହିଁ ଦିନେ ତ ସେଥିପାଇଁ କାହାରି ପୃଥିବୀ ପ୍ରଳୟ ହୋଇଯାଏ ନାହିଁ ? କାହାରିକୁ ବିଷ ଖାଇବାକୁ ହୁଏନାହିଁ, ସେଇ ଦୁଃଖରେ ? କିନ୍ତୁ ମୋ କଥା - ମୋ କଥା ଯେ ସମସ୍ତିଙ୍କଠଉଁ ଟିକେ ଅଲଗା । ତା ନୋହିଥିଲେ ଆଜି ଆଉ... କିନ୍ତୁ ଛାଡ଼ ସେ କଥା ।

ସେ ଦିନଠଉଁ ମୁଁ ଜାଣିଲି, ମୋର ବାହାଘର ଖୁବ୍ ନିକଟରେ । ବାପା ଆଜି ମୋ ମୁହଁକୁ ଚାହିଁ ସେଇଥିଲାଗି ଏତେ ହସୁଥିଲେ । ଏଡ଼େ ଓଲି ମୁଁ, ଏ ସହଜ କଥାଟା ସେତେବେଳେ ଯାହା ବୁଝିପାରି ନ ଥିଲି... ।

ଶରତ ଗଲା ନଈପଠାରେ ତଣ୍ଡିଫୁଟା ମଉଛବ ବଢ଼ାଇ ଦେଇ । ବିଲପଡ଼ିଆରେ ଶୁଖିଲା ନୁଖୁରା ଭୂଇଁ ଉପରେ ପାହାନ୍ତା ପହରର ଗଙ୍ଗଶିଉଳି ଶେଯ ପରା କ୍ରମେ ସରିଆସିଲା । ଫୁଲଫୁଟା ବାତାପିଗଛରେ ସକାଳୁ ସଞ୍ଜଯାଏ ମହୁମାଛିଙ୍କ ଭିଡ଼ାଭିଡ଼ି - ଦୂର ପାଟ ଆଡ଼େ ସତେକି କିଏ ସେ ଘଣ୍ଟିଘାଗୁଡ଼ି ବାନ୍ଧି ଧାଇଁଛି । ପତ୍ର ପାଚି ଆସୁଥିଲା ଟିକେ ଟିକେ ବିଲପଡ଼ିଆରେ; କିନ୍ତୁ ଆଗଠଉଁ ଆହୁରି ଶାଗୁଆ ରଙ୍ଗ କିଏ ବୋଳି ଦେଇଥିଲା ଗଛପତରରୁ ଚିପୁଡ଼ି । ମେଘ ଏକଥରେ ଛାଡ଼ିଯାଇ ନାହିଁ । କିନ୍ତୁ ଦଶହରାକୁ ଧାନ ବାହାରିଥିଲା ଦଶ ଜାତି ଦଶହଜାର କିଆରିରେ । ଗହୀର ବିଲରେ ଶୁଆପଖିଆ ନବାବ ଉପରେ ସତେକି କିଏ ସେ ପଶାପାଲି ବୁଣିଦେଇଚି । ଗାଁର ଉତ୍ତର ପଟେ ଯୋଉ ଯୋରଟା ଆମ ବାଡ଼ିଯାଏ ଲମ୍ବି ଆସିଚି, ଦିନେ ଖରାବେଳେ ଲୁଚି ଲୁଚି ଯାଇ ତା'ରି କୂଳରେ ଠିଆ ହେଲି । କ'ଣ ଗୋଟାଏ ପୂଜା ଥିଲା ବୋଲି ସେଦିନ ବାପା ଘରେ ନ ଥିଲେ- ମତେ ଭଲ ଯୋଗ ମିଳିଗଲା ପଦାକୁ ବାହାରିବାକୁ । ଅଶିଣ ଶେଷରେ କଇଁଫୁଲଫୁଟା ଦିନ, ଗରମ ବି ହଉଥାଏ ଭାରୀ । କଇଁଫୁଲ ତୋଳିବାକୁ ପାଣିରେ ପଶିଲି । ଫୁଲ ଆଣୁ ଆଣୁ ଲୁଗା ତିନ୍ତିଗଲା ବେକଯାଏ । ମୋର ସେ ଆଡ଼କୁ ଜମା ନିଘା ନାହିଁ । ହଠାତ୍ ବନ୍ଧ ଉପରେ କାହା ପାଟି ଶୁଣି ଚମକି ଚାହିଁଲି - ନାଥନନା !

ମତେ ଦେଖି ସେ କହିଲେ- ଦେଖୁଚ ଏ ଦୁଷ୍ଟକୁ, କେମିତି ଦି' ପହରଟାରେ ଗାଧୋଉଚି ?

ନାଥନନାକୁ ଦେଖି ମୋର କିନ୍ତୁ ଭାରି ରାଗ ହେଲା ମନେ ମନେ । ଏତେଦିନ ଯାଏ କୁଆଡ଼େ ଥିଲେ ଯେ ଦେଖା ଟିକେ ମିଳୁ ନଥିଲା । ଆଜି ପୁଣି ଭଲ ମଣିଷ ହୋଇ ଆକଟି ବସିଲେ ଆଗ । ମୋ'ର ଗରଜ ପଡ଼ିଚି ଯାଙ୍କ କଥା ମାନିବାକୁ !

ନାଥନନା କହିଲେ- କିଏ ଫୁଲ ତୋଳିଦେଇ ନ ଥାନ୍ତା କହିଥିଲେ ? ତୁ କାହିଁକି ପାଣିରେ ପଶିବାକୁ ଗଲୁ, ଶୁଣେ ?

ସେଇଠି ସେମିତି ପାଣି ଭିତରେ ଠିଆହୋଇ ରହିଲି ଫୁଲ ଧରି । ତନ୍କୁ ପାଟି ଫିଟେଇଲି ନାହିଁ ।

ସେ ହସିଲେ; କହିଲେ- ଓ, ଅଭିମାନ ହୋଇଚି ପରା ମୋ ଉପରେ ? ହଉ, ଆମେ ଜାଣୁ ଯେ କାହିଁକି ଏତେ ରାଗ; ସତୀ, ସୁନା ଭଉଣୀଟା ପରା ଆ ଉପରକୁ ଉଠି; ଗୋଟାଏ ଭାରି ଦରକାରୀ କଥା କହିବି, ଶୁଣିଯା ।

ଜବାବ ଦେଲିନାହିଁ ତାଙ୍କ କଥାରେ । ବନ୍ଧ ଉପରୁ ଓହ୍ଲାଇ ଆସି ସେ କହିଲେ- ତୁ ଆସିବୁ ନା, ଫେର୍ ମୁଁ ଯିବି ତୋ ପାଖକୁ ?

କାହିଁକି କେଜାଣି, ତାଙ୍କର ଏ ପ୍ରସ୍ତାବଟା ମୋତେ ଭାରି ଅଡୁଆ ଲାଗିଲା, ଯେମିତି କେଡ଼େ ବଡ଼ ଲାଜ କଥାଟାଏ । ତରବରରେ ଉପରକୁ ଉଠିଆସିଲା ବେଳେ ଦେଖିଲି, ଓଦାଲୁଗାଟାଏ ଦିହରେ ମୋର ଜଡ଼ିଯାଇଛି, ଆଉ ନାଥନନା କେମିତି ଭାବରେ ଗୋଟାଏ ସେଆଡ଼କୁ ଚାହିଁଛନ୍ତି । ଲାଜରେ ମୁଁ ଏକାଥରେ ମରିଗଲି । ମନେହେଲା, ଏଇଠି ମୁଁ ନ ମଲି କାହିଁକି ? ଏଇକ୍ଷିଣା ଭାବେ, ସେତେବେଳେ ସତରେ ଯଦି ମରିଥାଆନ୍ତି, ତେବେ ତ ପାଠ ଛିଡ଼ିଯାଇଥାଆନ୍ତା, ଜୀବନଭରି ଏ ଦହଗଞ୍ଜ ହିନସ୍ତା ଆଉ କାହା କପାଳରେ ଘଟିଥାଆନ୍ତା !

ଲୁଗାପଟା ଯଥାସାଧ୍ୟ ସଜାଡ଼ିନେଇ, ମୁହଁ ତଳକୁ ପୋତି କୌଣସିମତେ ଉପରକୁ ଉଠିଆସିଲି; କିନ୍ତୁ ତାଙ୍କ ମୁହଁକୁ ଚାହିଁବାକୁ ମତେ ସତେ କି ହାଣକୁ ନେଲା ପରି ଲାଗିଲା । କୂଳ ପାଖରେ ଆଉ ଦଣ୍ଡେ ଅପେକ୍ଷା ନ କରି ଘରଆଡ଼କୁ ଆସିଲି । ନାଥ'ନା ମୋ ସାଙ୍ଗେ ସାଙ୍ଗେ ଆସିଲେ । ଛଅମାସ ହେଲା ସେ ଗାଁରେ ନ ଥିଲେ, କଟକରେ କୁଆଡ଼େ ପାଠ ପଢ଼ିବାକୁ ଯାଇଥିଲେ-ଦଶହରା ଛୁଟି ହୋଇଛି, ସେ ଘରକୁ ଆସିଛନ୍ତି । ଏଇକ୍ଷଣି ଅନେକ ଦିନ ରହିବେ, ଆମ ଘରକୁ ନିତି ଆସିବେ । ଏମିତି କେତେକଥା ସେ ମତେ ବାଟଯାକ କହିଲେ । ମୁଁ କିନ୍ତୁ ପାଟି ଫିଟେଇଲି ନାହିଁ, ଯଦିଚ ଅଭିମାନଟା ମୋର ସେତେବେଳେ ତାଙ୍କ ଉପରେ ଆଉ ନ ଥିଲା । ଖାଲି ଭାରି ଲାଜ ମାଡୁଥାଏ ତାଙ୍କୁ ମୁହଁ ଟେକି ଚାହିଁବାକୁ ।

ତାଙ୍କ ଘର ହେଲାରୁ ସେ ଚାଲିଗଲେ । ମୁଁ ଗଣ୍ଡିମୁଣ୍ଡ କିଛି ତାଙ୍କ କଥାରୁ ବୁଝିପାରିଲି ନାଇଁ । ଖାଲି ଏତିକି ମନେହେଲା, ନାଥନନା ଭାରି ଖରାପ ।

ଭିତର ଘର ପିଣ୍ଡାରେ ଲୁଗା ଶୁଖାଉଛି, ବୋଉ କେତେବେଳେ ଆସି ମୋ ପାଖରେ ହେଲାଣି, ମୁଁ ଜାଣେନା । ଭାରି ଚିଡ଼ିଲା ପରି ସେ ମତେ ଡାକିଲା- ସତୀ !

ଚାହିଁ ଦେଖିଲି, ରାଗରେ ତା ମୁହଁ ନାଲି ପଡ଼ିଯାଇଚି । ଆଖି କଟମଟ କରି ସେ ମୋ ଆଡ଼କୁ ଚାହିଁ ପଚାରିଲା- ହଇଲୋ, କୁଆଡ଼େ ଯାଇଥିଲୁ ?

ଭୟରେ ପାଟିରୁ ମୋର କଥା ବାହାରିଲା ନାହିଁ । ଖାଲି କହିଲି- ଫୁଲ ଆଣିବାକୁ । ବଡ଼ ପାଟିକରି ସେ କହିଲା, ଫୁଲ ଆଣୁଥିଲୁ ! ମଲୁ ନାଇଁ ବୁଡ଼ି ସିଆଡ଼େ, ଅଲକ୍ଷଣୀ ଟୋକୀ ! କେତେଥର ମନା କଲିଣି ତତେ ବାହାରକୁ ଯିବାକୁ, ଆଁ ଲୋ ?

ସ୍ତ୍ରୀଲୋକଙ୍କର ପୁଣି ଆଖିରେ ଏତେ ତେଜ । ମୁଁ କାନ୍ଦୁଚି ବୋଲି ସେତେ ଦୂରରୁ ସେ କିମିତି ଜାଣିପାରିଲା । ତା ରାଗଯାକ ଦଣ୍ଡକେ କୁଆଡ଼େ ଉଭେଇଗଲା । ପାଖକୁ ଆସି ମୋ ମୁଣ୍ଡରେ ହାତ ରଖି ସେ ମୋତେ ବହୁତ ବୁଝେଇଲା । ମତେ କୁଆଡ଼େ ବାର ବର୍ଷ ହେଲାଣି, କାଲି ଛାଡ଼ି ପ'ରିଦିନ ମୁଁ ବାହାହେବି । ଏ ସମୟରେ ଏମିତି ଦାଣ୍ଡରେ ବୁଲିଲେ ଲୋକେ ମତେ କ'ଣ କହିବେ... ଏମିତି କେତେ କଥା । ମୁଁ ସବୁ ବୁଝିପାରିଲି ନାହିଁ; ଖାଲି ଏତିକି ବୁଝିଲି, ଏଇଥିପେଇଁ ବୋଧହୁଏ ନାଥ'ନା ମୋ ଆଡ଼କୁ ଚାହିଁଥିଲେ ବୋଲି ମୋତେ ଏତେ ଲାଜ ମାଡ଼ିଲା ସେତେବେଳେ ।

ଆଜିକାଲି ନାଥ'ନା ନି'ତି ଆମ ଘରକୁ ଆସନ୍ତି । ଆସିଲେ ପୁଣି ତାଙ୍କର ଆଗ ମତେ ଖୋଜାପଡ଼େ; ସତେ କି ମତେ ନ ଦେଖିଲେ ତାଙ୍କର ଦଣ୍ଡେ ଚଳୁନାହିଁ । ମୁଁ କିନ୍ତୁ ତାଙ୍କ ଆସିବା ଶବ୍ଦ ପାଇଲେ କୋଉଆଡ଼େ ଯାଇ ଲୁଚେ । ସେଇ ଫୁଲତୋଳା ଦିନୁ ମତେ କାହିଁକି ଭାରି ଲାଜମାଡ଼େ ତାଙ୍କ ଆଗେ ହବାକୁ; ଦିନେ ଦିନେ ଖରାବେଳେ ବୋଉ ପାଖରେ ବସି ରାମାୟଣ ପଢୁଥାଏ, ନାଥ'ନା କୁଆଡୁ ଆସି ପହଞ୍ଚିଯାଆନ୍ତି ସେତିକିବେଳେ । ବୋଉ ଥାଏ ବୋଲି ମୁଁ ଆଉ ପଳେଇପାରେ ନାହିଁ ସେଦିନ; କିନ୍ତୁ ଭିତରେ ଲାଜରେ ଗୋଟିପଣେ ଝାଳରେ ବୁଡ଼ି ଯାଏ ।

ଦିନେ; ଭାରୀ ବର୍ଷା ସେଦିନ । ମାଟି ଦୁଆରେ ଆମର ଆଣ୍ଠୁଏ ପାଣି ଜମି ଯାଇଥାଏ । ମୁଁ ଆଉ ବଉଳ ମିଶି କାଗଜରେ ଡଙ୍ଗା ତିଆରି କରୁଚୁ, ନାଥ'ନା କେତେବେଳ ଆସି ମୋ ପଛରେ ଠିଆ ହୋଇଛନ୍ତି, ମତେ ଜଣାନାହିଁ । ଗୋଟାଏ ଡଙ୍ଗା ତିଆରି କରିସାରି ମୁଁ ଦେଖୁଚି, ସେ କହିଲେ- ସେମିତି ଡଙ୍ଗା ହୁଏନା ଜମା ।

ତାଙ୍କ ପାଟି ଶୁଣି ଚମକି ପଡ଼ିଲି । ଡଙ୍ଗାଫଙ୍ଗା ଛାଡ଼ିଦେଇ ଠିଆହେଲି ଯିବାକୁ; କିନ୍ତୁ ବଉଳ କାନ ଧରି ଏକାଜିଦ୍ କଲା, ତା'ର ଡଙ୍ଗା ଭସାଇଦବାକୁ । ଲାଜ ମାଡୁଥାଏ; ପିଣ୍ଡାତଳକୁ ନଇଁପଡ଼ି ଡଙ୍ଗାଟା ଭସାଇଦବାକୁ ଯାଉଚି, ନାଥନନା କହିଲେ- ସେଟା କ'ଣ ଭାସିବ ଯେ ! ଯା କହି ମୋ ପିଠି ଉପରେ ଏକ ରକମ ଆଉଜିପଡ଼ି ଡଙ୍ଗାଟା ପାଣିରୁ ଉଠାଇନେଲେ ।

ମୋ ହାଡ଼ ଜଳିଗଲା ତାଙ୍କ ବ୍ୟବହାର ଦେଖି । ମନେହେଲା ଏ ଅନ୍ୟାୟ,

ନିହାତି ଅନ୍ୟାୟ ତାଙ୍କ ପକ୍ଷରେ - ଏତେ ହେଲମେଳ ହବା ମୋ ସାଙ୍ଗରେ । ଜୋର୍‌କରି ତାଙ୍କ ହାତଟା ପିଠି ଉପରୁ ଫୋପାଡ଼ିଦେଇ ଟିକେ ଦୂରକୁ ଘୁଞ୍ଚିଗଲି ।

ସେ ଟିକେ ଅପ୍ରସ୍ତୁତ ହୋଇ କହିଲେ- ଆଜିକାଲି ତୁ ଏମିତି କ'ଣ ଗୋଟାଏ ହୋଇଗଲୁଣି ସତୀ ?

ମୁହଁ ମୋର ଲାଲ ପଡ଼ିଗଲା ରାଗରେ । ନିଜକୁ ସମ୍ଭାଳି ନ ପାରି କହିପକାଇଲି - ମୁଁ ହୋଇଗଲିଣି, ନା ତମେ ? ସବୁବେଳେ ତୁମେ ମୋ ସାଙ୍ଗେ ଏମିତି କାହିଁକି ଲଗାଇଚ କି ନାଥନନା ? ମତେ-

କ'ଣ ମତେ ? ସେ ପଚାରିଲେ ।

କହିଲି, ମତେ ସେଗୁଡ଼ା ଭଲ ଲାଗେ ନାଇଁ ଆଦୌ ।

ମୁଁ ଚାହିଁଚି, ସାଙ୍ଗେ ସାଙ୍ଗେ ତାଙ୍କ ମୁହଁ କାଗଜ ପରି ଶେତା ପଡ଼ିଗଲା । ଆଉ କିଛି ନ କହି, ତଳକୁ ମୁହଁ ପୋତି, ସେ ଆସ୍ତେ ଆସ୍ତେ ସେଠୁ ଚାଲିଗଲେ । ତାଙ୍କ କଷ୍ଟ ଦେଖି ମତେ ଭାରି ଅଡୁଆ ଲାଗିଲା । ମନକୁ କିନ୍ତୁ ପ୍ରବୋଧ ଦେଲି ଏଇଥିରେ ଯେ ଆଜି ମୁଁ ଯାହା କରିଚି, ସେଟା ଦରକାର ଥିଲା କରିବା ।

ସେଇଦିନୁ ନାଥ'ନା ଆମ ଘରକୁ ଆସନ୍ତି ନାହିଁ । ଆସିଲେ କେବେ ବାପାଙ୍କ ପାଖରେ ଦଣ୍ଡେ ବସି ସେଇ ବାହାରୁ ବାହାରୁ ଚାଲିଯାଆନ୍ତି । କେବେ କେମିତି, ବୋଉ ଡକେଇ ପଠେଇଲେ ଘର ଭିତରକୁ ଆସି ବୋଉ ସାଙ୍ଗେ ଖାଲି ଦି'ପଦ କଥାବାର୍ତ୍ତା ହୋଇ ଘରକୁ ବାହୁଡ଼ନ୍ତି । ମୁଁ ଯେ ଜଣେ ଲୋକ ଏ ଘରେ ଅଛି, ସେଦିନୁ ସତେ କି ସେ ପାସୋରି ଦେଇଛନ୍ତି ସେ କଥା । ଭାରି ମନ ଖରାପ ହୁଏ ମୋର, ତାଙ୍କୁ କାହିଁକି ଏମିତି ଟାଣ ଟାଣ କଥା କହି ପକେଇଲି । ଆଜି କିନ୍ତୁ ଭାବେ, ସେଇ ଅଭିମାନଟା ତାଙ୍କର ଯେବେ ମୋ ଉପରେ ସେମିତି ଚିରକାଳ ରହିଯାଇଥାଆନ୍ତା, ତାହାହେଲେ ଭଲ ହୋଇଥାଆନ୍ତା ପରା । ଜୀବନଟା ଆଉ ଏମିତି ଦୁଃଖ ଜଞ୍ଜାଳ ଭିତରେ ଛନ୍ଦି ହୋଇପଡ଼ି ନ ଥାନ୍ତା ମୋର, ସବୁଦିନ ପାଇଁ ।

ଆଉ କିଛିଦିନ ପରେ; ଖରାବେଳେ ଦିନେ ବଉଳ ଆମ ଘରକୁ ଆସିଲା । ବୋଉ ସେତେବେଳକୁ ଖାଇସାରି ଶୋଇ ପଡ଼ିଥଲା । ଦାଣ୍ଡପିଣ୍ଡାରେ ବାପା ପୋଥି ଲେଖୁଥିଲେ । ଘର ଭିତରେ ଆମେ ଦୁଇଜଣ, ଆଉ କେହି ନ ଥିଲେ । ବଉଳକୁ ପଚାରିଲି- ତମ ଭାଇ ଘରେ ନାହାନ୍ତି କି ବଉଳ !

ଆଶ୍ଚର୍ଯ୍ୟ ହୋଇ ସେ ମୋ ମୁହଁ ଆଡ଼କୁ ଚାହିଁଲା, କହିଲା- ନାହିଁ, ଯାଇଚନ୍ତି ଗୋଟା ଠା'କୁ ।

କୋଉଠିକି ? ପଚାରିଲି ।

ବଉଳ ମୋ ମୁହଁକୁ ଚାହିଁ କାହିଁକି ଭାରି ହସିଲା, କହିଲା-ସେଇଠିକି ?

କୋଉଠିକି ? ତୋ ଶାଶୂଘରକୁ ?

ନାଇଁ ଲୋ, ମୋ ଶାଶୂଘରକୁ ନୁହେଁ - ତୋର । ଯା କହି ବଉଳ ହସି ହସି ଗଡ଼ିଗଲା ।

ନାଥ'ନାଙ୍କ କଥା କୁଆଡ଼େ ଗଲା । ଦିହେଁଯାକ ବସି ଆଲୋଚନା କଲୁ ମୋ ବରଟିର ରୂପ ଗୁଣ କଥା ।

ବଉଳ କହିଲା- ବୋଉ କହୁଥିଲା, ତୋ ବରଘର କୁଆଡ଼େ ଭାରୀ ବଡ଼ଲୋକ, ମସ୍ତ କୋଠାବାଡ଼ି । ତୁ ଯାଇ ରାଣୀ ପରି ରହିବୁ ସେଠି ।

ବରଘର ସମ୍ପତ୍ତି କଥା ଶୁଣି ମୋ ଛାତି କୁଣ୍ଢେମୋଟ ହୋଇଗଲା । ହବାର ତ କଥା । ବାହାହେବା କଥାରେ ଧନ ସମ୍ପତ୍ତିଠଉଁ ଆଉ ବେଶି ଅର୍ଥ କ'ଣ, ମୁଁ ସେତେବେଳେ ବୁଝିଥିଲି କି ? ଭାବିଲି, ନାଥନନା ସତେ କେଡ଼େ ଭଲଲୋକ । ମତେ ଏଡ଼େ ବଡ଼ଲୋକ ଘରେ ବାହା କରିବାକୁ ଲାଗି ପଡ଼ିଛନ୍ତି; କିନ୍ତୁ ମୁଁ ଯଦି ଜାଣିଥାନ୍ତି, ଏଇଦିନଠଉଁ ଜୀବନଗୋଟିକ ଲାଗି ମୋର ଏଆଡ଼େ ଲୁହାଶିକୁଳି ଗଢ଼ାହଉଚି...

ବରଘର କଥା ଶୁଣି ସେତେବେଳେ କିନ୍ତୁ ସତରେ ମୋ ମନ ଖୁସି ହୋଇଗଲା । ଥଟ୍ଟାକରି ବଉଳକୁ କହିଲି - ଆମର ଦରକାର ନାଇଁ ଧନ ଦଉଲତରେ, ମନ ହଉଚି ଯଦି, ତୁ ବାହା ହ' ତାକୁ ।

ବୋଉର ଆଜିକାଲି କ'ଣ ହେଇଚି କେଜାଣି, ସବୁବେଳେ ଖାଲି ସେ ମୁହଁ ଶୁଖେଇ ଗୋଟାଏ ଠା'ରେ ବସୁଚି । କ'ଣ ଭାବି ଆପଣା ମନକୁ ବେଳେ ବେଳେ ଗୁଡ଼ାଏ କାନ୍ଦୁଚି । ଖାଲି ନାଥନନା ଆସିଲେ ତାଙ୍କ ସାଙ୍ଗେ ଦଣ୍ଡେ ଅଧେ କଥାବାର୍ତ୍ତା ହଉଚି, ନଇଲେ ନାହିଁ । ଦିନେ, ଏମିତି ସେଦିନ ଦିହେଁଯାକ କଥାବାର୍ତ୍ତା ହଉଥିଲେ; ମୁଁ ଯାଇ ଶୁଣିଲି ଲୁଚିକରି ।

ବୋଉ କହୁଚି- ମୋ କଥା ତ ସେ ଶୁଣିଲେ ନାଇଁ ଯେତେ କହିଲି; ତୁ ଟିକେ ତାଙ୍କୁ ବୁଝେଇ କହ ହେଲେ ।

ନାଥନନା ଭାରି ମାମଲତକାରଙ୍କ ପରି କହିଲେ- କାହିଁକି ଶୁଣିବେ ନାଇଁ ? ଆମେ କ'ଣ ଅପସନ୍ଦ କଥା କହୁଚୁ ?

ବୋଉ ନିରାଶ ହେଲାପରି କହିଲା- ତାଙ୍କ ଜିଦ୍ କ'ଣ ଜାଣିନୁ ତୁ ? ଯାହା

ବୁଝିଥିବେ, ଇନ୍ଦ୍ର ଚନ୍ଦ୍ର ହେଲେ ବି ତାଙ୍କୁ ସେଥିରୁ ଟଳେଇପାରିବେ ନାହିଁ । ସେଥିରେ ଫେରେ କହୁଛନ୍ତି ଜାଣନା, ଟିପଣା କୁଆଡ଼େ ଭାରି ଭଲ ସୁଝିଚି । ସତୀର ସେଇଠି ବାହାଘର ହବ । ସେ ଯଦି ସତରେ ସେଇଆ କରନ୍ତି, ତେବେ କ'ଣ ହବ ? ମୁଁ ତ ଜୀବନଥାଉଁ ସତୀକି ସେ ବୁଢ଼ାଟା ସାଙ୍ଗେ ବାହା ଦେଇପାରିବି ନାହିଁ ?

ଏଥର ବୁଝିଲି, ବୋଉ କାହିଁକି ସବୁବେଳେ ଏତେ ମନ ବେସ୍ତ କରୁଚି । ମୋ'ରି ଲାଗି ! ମୋ ଲାଗି ତ କଅଣ ସମସ୍ତିଙ୍କ ଭାବନା ପଡ଼ିଚି, ଆଉ ମୁଁ ତ ବେଶ ନିଶ୍ଚିନ୍ତରେ ଅଛି !

ସଞ୍ଜ ଲାଗି ଆସୁଥାଏ ଅଳ୍ପ ଅଳ୍ପ । ଦୂର ସରଗଲଗା ଘନଗୁନ୍ଥା ତାଳବଣ ମଥାନ ଉପରେ ଦିଗବୁଢ଼ା କଳାବଉଦ ଦିହରେ ଜରିଧଡ଼ି ବୁଣିଦେଇ ସୂର୍ଯ୍ୟ ବୁଡ଼ି ଯାଉଥାଆନ୍ତି । ଚଉରା ପାଖରେ ଗୋଟିଏ ଘିଅବଳିତା ଜାଳିଦେଇ ପିଣ୍ଡା ଅନ୍ଧାରରେ ଯାଇ ତୁନିହୋଇ ବସିଲି । ଖଞ୍ଜା କୋଟିକର ବହଳ ଅନ୍ଧାର ଯେମିତି ଏ ବଳିତାର ଛୋଟ ଆଲୁଅଟି ଦୂର କରିପାରୁ ନଥିଲା, ଜୀବନରେ ମୋର ସୀମାବଦ୍ଧ ଜ୍ଞାନ ସେମିତି ଏ ସୀମାହୀନ ଘଟଣା ଭିତରେ ପଡ଼ି କୁଆଡ଼େ ବୁଡ଼ି ହଜିଯାଇଥିଲା । କ'ଣ ଏ ବାହାହେବା, ସ୍ୱାମୀ ସାଙ୍ଗରେ ବା ସ୍ତ୍ରୀର ସମ୍ବନ୍ଧ କ'ଣ, କିଛି ମୁଁ ଜାଣେନା । ଖାଲି ସମସ୍ତଙ୍କ ବେସ୍ତହବା ଦେଖି ମନଟା କାହିଁକି ଭାରୀ ଦବିଗଲା । ଘର ଗୋଟାକ ଶୂନ୍‌ଶାନ୍, ଯେମିତି ସମସ୍ତଙ୍କୁ ଭାରି ଗୋଟାଏ ଭାବନା ହୋଇଯାଇଚି । ଚଉରା ପାଖେ ଏଇଲାଗେ ଯୋଉ ସଞ୍ଜଦେଇ ଆସିଥିଲି, ମିଞ୍ଜି ମିଞ୍ଜି ହୋଇ ଜଳି ସେଟା ଧପ୍‌କରି ଲିଭିଗଲା । ବାହାର ଭିତର ଦି'ଆଡ଼େ ଏଇକ୍ଷିଣି ଅନ୍ଧ ପରି ମୁଁ, ମତେ କିଏ କହିଦେବ ବୋଉ ହେରିକା କାହିଁକି ମୋ ପାଇଁ ଏପରି ବେସ୍ତ ହଉଛନ୍ତି ?

ବର ବୁଢ଼ା ହେଲେ କ'ଣ ଏମିତି ଖରାପ୍ !

ନାଥନନା କ'ଣ ଛାଡ଼ିବା ଲୋକ ? ତହିଁ ଆରଦିନ ସେ ବାପାଙ୍କୁ ଏ ସମ୍ବନ୍ଧ ଭାଙ୍ଗି ଦେବାକୁ ବହୁତ କହିଲେ । କହିଲେ- ବରଟା ବୁଢ଼ା, ସେଥିରେ ପୁଣି ଦୋଭେଇ । ହେଲା ଏବେ, ସେ ଏ ଗାଁ ଜମିଦାର, ବଡ଼ଲୋକ, କିନ୍ତୁ ସତୀ ଗୋଡ଼ ଆଙ୍ଗୁଳିକି ଯୋଗ୍ୟ ନୁହେଁ ସେ । ଏପରି ଅନେକ କଥା । ବାପା ଯେମିତି ଏକଜିଦିଆ ଲୋକ, ସେ ଏ ସମ୍ବନ୍ଧ ଭାଙ୍ଗିବାକୁ ରାଜି ହେଲେ ନାହିଁ । ଅଧିକ ନାଥନନାଙ୍କ ଉପରେ ଭାରି ଚିଡ଼ିଗଲେ । ନାଥନନା କ'ଣ ଊଣାଟିଏ କି ? ତାଙ୍କୁ କଥା ନ କହିଲାରୁ ସେ ବି ଭାରି ରାଗିଯାଇ ସେଠୁ ଚାଲିଗଲେ । ପ୍ରତିଜ୍ଞା କଲେ, ବଞ୍ଚିଥିବାଯାଏ ପୁଣି ଏ ଘର ମାଡ଼ିବେ ନାହିଁ କେବେ ।

ବୋଉ ବିଚାରି ଆଉ କ'ଣ କରିବ? ଦୁହିଁଙ୍କ ଜିଦ୍ ଦେଖି ସେ ତୁନିହୋଇ ରହିଲା । କିନ୍ତୁ ସବୁବେଳେ ଖାଲି କାନ୍ଦିବାକୁ ଲାଗିଲା ।

ଏମିତି ଗୋଟାଏ ଅଶାନ୍ତି ମନଦୁଃଖ ଭିତରେ ବାହାଘର ମୋର ପାଖ ହୋଇ ଆସିଲା । ମଝିରେ ଜମା ଆଉ ଦୁଇଟା ଦିନ ବାକି । ଆମ ଅବସ୍ଥାକୁ ଚାହିଁ ଯାହା ଆୟୋଜନ ହବା କଥା, ବାପା ପ୍ରାୟ ସବୁ କରିଥିଲେ । ଖାଲି ଲୋକ ନଥିଲେ କାମ ତୁଲେଇବାକୁ । ବାହାଘର କଥା ଠିକ୍ ହେଲାଦିନୁ ବୋଉ ତ ବିଛଣା ଛାଡ଼ି ଟିକେ ଉଠୁନାହିଁ ସହିତେ । ସେ ଆଉ ପୁଣି କାମ କରିବ ? ଖାଲି ନାଥନନାଙ୍କ ବୋଉ, ବଡ଼ମା ଥିଲେ ବୋଲି କିଛି ଅସୁବିଧା ହେଲା ନାଇଁ କାମରେ । ନଇଲେ ବୋଧହୁଏ କିଛି ହୋଇ ନ ଥାନ୍ତା ।

ବାହାଘର ହୋଇଗଲା । ଯେମିତି ଗୋଟାଏ ବଡ଼ ସ୍ୱପ୍ନ ଦେଖି ଉଠିଲା ପରି ମତେ ସବୁ ଜଣା ଯାଉଥାଏ । ସେଦିନ ସକାଳଠଉଁ ମୁଁ ପ୍ରାୟ ଶୋଇଥିଲି ଖାଲି । ରାତି ସେତେବେଳକୁ ଦି'ପହର ହବ, ହଠାତ୍ ଭାରୀ ଗୋଳମାଳ ଆଉ ବାଜା ବାଣ ଶବ୍ଦରେ ଚାଉଁକିନା ନିଦ ଭାଙ୍ଗିଗଲା । ଖଞ୍ଜା ଅଗଣାରେ ଆମର ଅନେକ ଲୋକଙ୍କ ପାଟି ଶୁଭୁଥାଏ । ମୁଁ ତାରି ଭିତରେ ପୁଣି ଶୋଇପଡ଼ିଲି । ତା'ପରେ ମତେ କେତେବେଳେ ଉଠେଇ ବେଦିକି ନେଲେ, ମୋର ସେ କଥା ଭଲରୂପେ ମନେ ନାଇଁ ।

ପାହାନ୍ତାରୁ ଭଲକରି ଅନ୍ଧାର ନ ଛାଡୁଣୁ ବଉଦ-ରାଇଜର ନୂଆବୋହୂ ଆସି ସରଗ-ଅଗଣାରୁ ବାସି ତରାଟଫୁଲତକ ଓଳାଇ ନେଇ ଉଷାର ଗୋଲାପି ଛିଞ୍ଚିକନା ବୁଲାଇ ଦେଇଗଲା ଚାରିଆଡ଼େ । ଗଛଡ଼ାଳରେ କିନ୍ତୁ ପାହାନ୍ତି ପବନର ନିଦ ସେତେବେଳକୁ ଭାଙ୍ଗି ନ ଥିଲା । ବଡ଼ମା ମତେ ଉଠେଇନେଇ ଗାଧୋଇ ଆଣିଲା । ରାତିର ଘଟଣାଯାକ ମତେ ଖାଲି ସପନ ପରି ଲାଗୁଥାଏ । ସେମିତି ଓଦାଲୁଗା ପିନ୍ଧି ମୁଁ ଘରକୁ ଆସିଲି । ଘର ଭିତର ରାତି ପରି ଅନ୍ଧାର ଜଳାକବାଟି ପାଖେ ଲୁଗା ପାଲଟିଲାବେଳେ ଦେଖିଲି, ଆରପାଖ ପିଣ୍ଡାରେ କିଏ ସବୁ ବସିଛନ୍ତି । ଏମାନେ ସବୁ ବରଯାତ୍ରୀ ହେବେ ପରା । ଭାରି କୌତୁକ ଲାଗିଲା, ସେଥିଭିତରୁ ଜାଣିବାକୁ ବର କୋଉ ଜଣକ ? ମୁଁ ଚାହିଁଚି, ବଉଳ କୁଆଡୁ ଦଉଡ଼ିଆସି ହସି ହସି କହିଲା- ବଉଳ ! ବର ।

ଭାରି ଲାଜ ମାଡୁଥାଏ; କିନ୍ତୁ ପାଟିରୁ ମୋର ବଳେବଳେ ବାହାରିଗଲା- କିଏ ?

ପିଣ୍ଡାରେ ଯେସବୁ ବସିଥିଲେ, ତାଙ୍କରି ଭିତରୁ ଜଣକୁ ଦେଖାଇଦେଇ ବଉଳ ପୁଣି ହସି ହସି ସେଘରୁ ଦଉଡ଼ି ପଳେଇଲା ।

ଯାହାକୁ ସେ ଚିହ୍ନାଇ ଦେଲା, ସେ ଦରବୁଢ଼ା, ତ୍ରିପଣ୍ଡ କଳା, ଖୁବ୍ ମୋଟା । ସେଥିରେ ପୁଣି ସୁନାହାର ଆଉ ଖଡୁ ନାଇ ଅପୂର୍ବ ସୁନ୍ଦର ଦିଶୁଚି ! ଏଇ ମୋର ବର । ମୋତେ ଭାରି ଚିଡ଼ି ମାଡ଼ିଲା ସେ ଲୋକଟାକୁ ଚାହିଁ । ସେ ପୁଣି ମୋର ବର ! - ଏ କଥା ଭାବି ମତେ ଅଧିକ ଖରାପ ଲାଗିଲା । ଆଉ ଚାହିଁବାକୁ ମନ ହେଲାନାହିଁ । ଝିଡ଼ିକିଟା ଧଡ଼୍‌କରି ବନ୍ଦ କରିଦେଇ ସେଠୁ ଚାଲିଆସିଲି ।

ତହିଁଆରଦିନ ସେମାନେ ସବୁ ବିଦା ହୋଇଗଲେ । ମୁଁ ଟିକେ ନିଶ୍ଚିନ୍ତ ହେଲି । ଏ କେତେଟା ଦିନ ମୁଁ ଯେ କିମିତି ଭାବରେ କଟେଇଚି, ତା ମୋ ମନ ଜାଣେ । ବୋଉକୁ ଜମାରୁ ଦେଖି ନାହିଁ । ଖାଲି ବାପାଙ୍କୁ ଏ ପିଣ୍ଡାରୁ ସେ ପିଣ୍ଡାକୁ ଗଲାବେଳେ ଯାହା ଟିକେ ଦେଖେଁ; କିନ୍ତୁ ସେ ବି ମୋ ପାଖକୁ ଜମା ଆସିନାହାନ୍ତି, ଏ କେତେଦିନ ଭିତରେ । ଖାଲି ବଉଳ କେତେବେଳେ କେମିତି ମତେ ଚିଡ଼େଇବାକୁ ସେ ଘରକୁ ଆସେ । ସେ ବି ବେଶୀ ସମୟ ସେ ଅମୁହାଁଅନ୍ଧାର ଘରଟାରେ ରହିପାରେନା । ଦଣ୍ଡେ ରହି ପଳେଇଯାଏ । କିନ୍ତୁ ସବୁଠୁ ଆଶ୍ଚର୍ଯ୍ୟ; ଯାହାଙ୍କର ଏ ବାହାଘରରେ ବେଶି ଆସିବା କଥା, ସେ ମୋଟେ ଆମ ଘରମାଡ଼ି ନାହାନ୍ତି ବାହାଘର ଦିନୁ । ଏ ସେଇ ନାଥନନା, ସବୁ କଥାରେ ଯେ ଆପେ ଆପେ ଆସି ଆବୁଡ଼ା ପଡ଼ନ୍ତି, ସେ କ'ଣ ସତେ ବାପାଙ୍କ କଥାରେ ରାଗିକରି ଆସୁନାହାନ୍ତି କି ?

କିଛିଦିନ ପରେ ବଡ଼ମା ଦିନେ ଆମ ଘରକୁ ବୁଲିଆସିଲେ । ବୋଉ ସଙ୍ଗେ କଥାବାର୍ତ୍ତା ହେଲାବେଳେ କହିଲେ- ନାଥ ତ କଟକ ଯାଇଚି ଚାକିରି କରିବାକୁ ।

ବୋଉ ଆଶ୍ଚର୍ଯ୍ୟ ହୋଇଗଲା । ସେ ପୁଣି ଚାକିରି କରିବାକୁ ଯାଇଚି ? ପଚାରିଲା ।

ବଡ଼ମା କହିଲେ- ହଁ ଲୋ ଭଉଣୀ, କେତେ ଦିନ ହେଲା ତ ମୋଟେ ତା ମନରେ ସୁଖ ନ ଥିଲା । ଏଇ ଚାକିରି କରିବ ବୋଲି କି କ'ଣ ? ମୁଁ ସିନା ଜୋର୍ କରି ତାକୁ ଅଟକାଇଥିଲି, ସେଦିନ ଏକା ଜିଦିକରି ଚାଲିଗଲା ପରା । ସତୀ ବାହାଘର ଦି'ଦିନ ଆଗରୁ । ପଚାରିଲାରୁ କହିଲା, ସତୀ ବାପାଙ୍କ ସଙ୍ଗେ କ'ଣ କଜିଆ ଲାଗିଚି ତା'ର ।

କିନ୍ତୁ ଏ ମନବେସ୍ତ କାହିଁକି ନାଥନନାଙ୍କର, ମୁ ବୁଝିପାରିଲି । ବାପାଙ୍କ ସଙ୍ଗେ ହଜାର ଥର କଜିଆ ହୋଇଥିଲେ ଘର ଛାଡ଼ି ଯିବା ଲୋକ ସେ ନୁହନ୍ତି । ଖାଲି

ଯାଇଛନ୍ତି ମୋ ପାଇଁ, ସେଦିନ ମୁଁ ତାଙ୍କୁ ଗାଳି ଦେଇଥିଲି ବୋଲି ମୋ ଉପରେ ଅଭିମାନ କରି । ଶୀତଦିନର କଅଁଳ ଖରା ନଇଁ ଆସିଥିଲା ଟିକେ ଟିକେ । ବାଉଁଶ ବୁଦାର କଣ୍ଟା ଅରମା ଭିତରେ ପଶି ଗୋଟାଏ କାପ୍ତା ସପନରାଇଜଛଡ଼ା ତା'ର କୋଉ ଅଜଣା ସାଥିଟି ପାଇଁ ଗୋଟା ନିଦମଡ଼ା ବାହୁନାଗୀତ ଗାଉଥିଲା ଆପଣା ମନକୁ । ବାରିପଟ ପିଣ୍ଡାରେ ଥକ୍କାହୋଇ ସେ ଗୀତ ଶୁଣୁ ଶୁଣୁ ମୋ ମନେହେଲା, ନାଥନନା ସବୁଦିନ ପାଇଁ ମୋତେ ଛାଡ଼ି ଚାଲିଗଲେ ଆଉ ଆସିବେ ନାହିଁ ପରା ।

ସେଦିନଠୁଁ ଦି'ବର୍ଷ ହୋଇଗଲାଣି । ସେ ଗୋଟାଏ ଦିନ, ଆଉ ଆଜି । କେତେ ପ୍ରଭେଦ ଯା ଭିତରେ । ସେତେ କି ଗୋଟାଏ ଯୁଗ ବିତିଗଲାଣି ! ମୋର ଏତେ ବଦଳିଯାଇଛି, ବାହାର ଭିତର ।

ସେଥର ପୁନେଇ ଥାଇ ଆଗରୁ ଏତେ ଚହଳ ପଡ଼ିଯାଇଥିଲା ବିଲ ପଡ଼ିଆରେ ମୁଁ ଜାଣେ । ଜହ୍ନିଫୁଲଫୁଟା ମାସ ଏଟା ନା ? ଓଳିତଳ ଖଞ୍ଜାରେ ଜହ୍ନିଗଛ ମାଡ଼ିଚି ଅସୁମାରି । ସଞ୍ଜ ନୋହୁଣୁ ତା ଦିହରେ ପୁଣି ଅନ୍ଧାର ଯେମିତି ଲୁଚି ବସି ହଜାର ଜହ୍ନିଫୁଲ ଆଖି ମେଲି ଦେଖୁଥିଲା, କିଏ ଆଉ ଆସିଲା କି ? ତାକୁ କିନ୍ତୁ ଦେଖିଥିଲା ସଞ୍ଜ ପବନ । ବଗୁଲିଅ ଟୋକାଙ୍କ ପରି ସେଥିପାଇଁ ଥରେ ଥରେ ଦୌଡ଼ିଆସି ରଞ୍ଜାକୁ ଟେକିଦେଇ ପଳାଇ ଯାଇଥିଲା ଦୂରକୁ । ଦିନ ତ ଆଉ ନାହିଁ, ପୁନେଇ ଆଉ କେଇଟା ଦିନ ରହିଲା କି ? ଚଉରା ପାଖରେ ଜହ୍ନିଫୁଲ କୋଠି କଟାହବାକୁ ନାହିଁ । ଘର ବାହାର ଲିପାପୋଛା ହବାକୁ ନାହିଁ । ବୋଉ କ'ଣ ବିଚାରିଛି, ଏବର୍ଷ କୁଆଁର ପୁନେଇ ହବ ନାହିଁକି ? ବାରିପଟ ପିଣ୍ଡାରେ ବସି ଏକ ଧ୍ୟାନରେ ଚାହିଁଥିଲି ଜହ୍ନକୁ । ସେଇ ଗହଳିଆ ଆମ୍ବତୋଟା ଉହାଡ଼ରେ ବଡ଼ ଯୋରଟା । ଗଛଫାଙ୍କ ଦେଇ ଚାନ୍ଦିନୀ ତାହା ଉପରେ ଝରି ଝରି ଆସି ଠୁଳ ହଉଥିଲା । ଜହ୍ନକୁ ଦେଖି ପୁନେଇ କଥା ମୋର ମନେ ପଡ଼ିଗଲା । ଖଞ୍ଜା ଗୋଟିକ ଅନ୍ଧାର । ଭିତରୁ ଘରୁ ଦୀପ ଆଲୁଅ ଯୋଉଠି ଅଗଣା ଯାଏ ଲମ୍ବି ପଡ଼ିଥିଲା, ବୋଉ ମତେ ତା ଭିତରେ ଦେଖିପାରି ପଚାରିଲା- ସତୀ କ'ଣ କିଲୋ ?

ବୋଉ ପାଖରେ ଯାଇ ବସିଲି । କେତେବେଳକେ ସେ ମତେ ପଚାରିଲା- କୋଉଠି ଥେଲୁ କି ଏତେବେଳଯାଏ ? ବାପା ଆସି ନାହାନ୍ତି ?

କହିଲି- ମୁଁ ଜାଣି ନାହିଁ ।

ସେ ଆଉ କିଛି ପଚାରିଲା ନାହିଁ, ଅନେକ ବେଳଯାଏ ତୁନିହୋଇ ରହିଲା । ଅଗଣା ଭିତରେ ଯୋଉ ଜହ୍ନ ଆଲୁଟିକକ ଅଣହୁସିଆରିରେ ଚାଳମଥାନ ଉପରୁ ଗଡ଼ିପଡ଼ି

ପିଣ୍ଡା ଦାଢ଼ରେ ଅଚେତ ହୋଇ ହୋଇଥିଲା, ବୋଉ ମୁହଁ ସେ ଆଲୁଅରେ ବାରି ହଉଥିଲା ଅଳ୍ପ ଅଳ୍ପ । ମନେକଲି, ସବୁଦିନ ପରି ସେ ଠାକୁରଙ୍କ ନାମ ନଉଚି ପରା ମନେ ମନେ । କିନ୍ତୁ ମୋ କଥାଟା ତ ନ କହିଲେ ନୁହେଁ । ସାହସ କରି ଡାକିଲି - ବୋଉ ?

କିଛି କହିଲା ନାହିଁ ।

ଆଉ ଥରେ ଡାକିଲି ବଡ଼ ପାଟିକରି- ବୋଉ, ବୋଉ ମ !

ଏଥର ସେ ଜବାବ ଦେଲା- କ'ଣ କହୁ ନାଉଁ ?

ପୁନେଇ ତ ଆଉ ଅଳ୍ପଦିନ ରହିଲା । ଆଜିଯାଏ ଚଉରା ପାଖରେ ଲିପାପୋଛା ହେଲା ନାଇଁ, ଆଉ କୋଉଦିନ ହବ ?

ଆଝୋଉଁ କ'ଣ ଲୋ ଓଲି ? ପୁନେଇ ଦିନ ଯାଇନାଁଇ । ବୋଉ ହସିଲା । ହଁ, ତୋର ସବୁ କଥାରେ ଏମିତି ।

ସତୀ ବିଚାରୀକି ଆଉ ଭୋକ ଶୋଷ ନାହିଁ ପରା କୁଆଁର ପୁନେଇ ବୋଲି ? କିଏ ଜଣେ ଦାଣ୍ଡଆଡୁ କହି ହସିଉଠିଲା ।

ଦଣ୍ଡକେ ସେଆଡ଼କୁ ଚାହିଁଦେଲି । ଅଗଣା ପାରିହୋଇ ସେ ଆମରି ଆଡ଼କୁ ଆସୁଛି । ଅନ୍ଧାର ଭିତରେ ତା'ର ଗୋରା ଦିହରେ ଯେପରି ନିଆଁ ଜଳୁଚି । ଆଶ୍ଚର୍ଯ୍ୟ ହୋଇ କହିଲି- ନାଥନନା !

ବୋଉ ମୁଣ୍ଡରେ ଲୁଗା ଦେଇ ଉଠି ବସିଲା । କହିଲା- ସତୀ ! ସପଟା ଆଣିଲୁ ଘରୁ ।

ନାଥନନା ବୋଉକୁ ଦଣ୍ଡବତ ହୋଇ ସେହି ଧୂଳିଟାରେ ସେମିତି ବସିପଡ଼ି କହିଲେ- ଥାଉ ମାଉସୀ, ମୁଁ ବସିଲିଣି ।

ବୋଉ ପଚାରିଣିଲା- କଟକରୁ କୋଉଦିନ ଆସିଲୁ କି ?

ଆଜି ।

ତମର କ'ଣ ଛୁଟି ହେଲା ?

ଛୁଟି ହେଲାଣି ଅନେକ ଦିନୁ, କାମ ଥିଲା କଟକରେ, ଆସି ପାରି ନ ଥିଲି । ଯେମିତି ଏକୁଟିଆ ଲାଗିଲା, ଚାଲିଆସିଲି ।

ଶେଷଆଡ଼କୁ ତାଙ୍କ କଥାଗୁଡ଼ାକ କେମିତି ବ୍ୟଥାରେ ନରମ ହୋଇଆସିଲା । ଜାଣିଲି କଟକରେ ଯାଙ୍କର ଦିନ ସୁଖରେ ଯାଇ ନାହିଁ ।

ଆଉ ତୋ ଦିହମୁଣ୍ଡ ଆଚ୍ଛା ଅଛି ତ ବାପ ? ଘରୁ ଆସିଲୁ, ବୋଉ ତମର କ'ଣ କରୁଥିଲେ ? ବୋଉ ପଚାରିଲା ।

ସେ ତ ଏଠିକି ଆସିବାକୁ ବସିଥିଲା । ମୁଁ ଆସିଲି, ସେ ଆଉ ଆସିବ ନାହିଁ ପରା- ନାଥନନା କହିଲେ ।

ମୁଁ କେତେବେଳେ ଏକଧ୍ୟାନରେ ତାଙ୍କ ମୁହଁ ଆଡ଼କୁ ଚାହିଁଚି, ମୋର ସେ କଥା ମନେ ନାହିଁ । ବୋଉ ଯେତେବେଳେ ମତେ ଠେଲି ଦେଇ କହିଲା- ଗଲୁ ପାନ ଭାଙ୍ଗି ଆଣିବୁ; ମୋର ଯାଇ ସେତେବେଳେ ଚେତା ହେଲା । ମୁଣ୍ଡରେ ଲୁଗା ଦେଇ ଘର ଭିତରକୁ ଉଠିଗଲି । ଦୁହିଁଙ୍କ କଥାବାର୍ତ୍ତା ଅଳ୍ପ ଅଳ୍ପ କାନକୁ ଆସୁଥାଏ ଘର ଭିତରେ । ବିଶେଷରେ ନାଥନନାଙ୍କ କଥା । ପିଲାଦିନୁ ଅଭ୍ୟାସ ହୋଇଯାଇଥିଲା ଯେ ଏ ସ୍ୱର ଶୁଣି ଶୁଣି । ଦି'ବର୍ଷ ହେଲା ସିନା କଟକ ଗଲେ; ନଇଲେ ସେ ତ ରୋଜ ଆମ ଘରକୁ ଆସନ୍ତି; ମୋତେ ଏମିତି ପାଖରେ ବସେଇ କେତେ କଥା କୁହନ୍ତି ।

ଥାଳିଆରେ ପାନ ସଜାଡ଼ି ପଦାକୁ ଆସିଲି । ନାଥନନା ଯୋଉଠି ବସିଥିଲେ, ତା'ର ଅତି ନିକଟରେ ନଇଁପଡ଼ି ଥାଳିଆ ରଖିଦେଲା ବେଳେ ଦେଖିଲି, କାହିଁକି କେଜାଣି ସେ ମୋ ମୁହଁକୁ ଚାହିଁଥିଲେ ଏକଧ୍ୟାନରେ । ତଳକୁ ମୁହଁକରି ଖୁଣ୍ଟ ଉଢ଼ାଳରେ ଆସି ଠିଆହେଲି । ଭାରି କାହିଁକି ଲାଜମାଡ଼ିଲା ତାଙ୍କ ଆଗରେ ପୁଣି ଯାଇ ବସିବାକୁ ।

ବାରିପଟ ଆମ୍ବତୋଟାର ବାଧା ନ ମାନି ସେତେବେଳକୁ ଦୁଆର ଗୋଟିକ ପୂରିଉଠିଥିଲା ଜହ୍ନ ଆଲୁଅରେ । ଖୁଣ୍ଟ ଉଢ଼ାଳରେ ଠିଆହୋଇ ମୁଁ ଖାଲି ଦେଖୁଥାଏ ନାଥନନାଙ୍କୁ । ଏଇ ଯୋଉ ଜହ୍ନ ଆଲୁଅ, ତାଙ୍କ ନିଖୁଣ ଦିହଟିରେ ଜରି ଚାଦର ପରି ଜଡ଼ି ଯାଇଥିଲା ଯେମିତି । ଯେମିତି ରୁପେଲି ବଉଦ ଖଣ୍ଡେ ରୂପ ପାଇଚି । ଦି'ବର୍ଷ ଆଗେ ଯା'ଙ୍କୁ ଯାହା ଦେଖିଥିଲି, ସେଇଦିନୁ ସେ ତ ଯାଇ କଟକରେ । ଯା ଭିତରେ ଏତେ ସୁନ୍ଦର ସେ କେମିତି ହୋଇଗଲେ ?

ଦାଣ୍ଡରେ ବାପାଙ୍କର ପାଟି ଶୁଭିଲା । ବୋଉ ତରତର ହୋଇ ଉଠିଗଲା, ସେ ଆଡ଼କୁ । ନାଥନନା ବି ଉଠି ଯାଉଥିଲେ, କ'ଣ ବିଚାରି ପୁଣି ବସିଲେ । କହିଲେ- କିଲୋ ସତୀ, ସେଠି ଠିଆ ହୋଇଚୁ ଯେ ? ଆସୁ ନାଇଁ ଏଠିକି ? ଲାଜରେ ଜବାବ ଦେଲି ନାଇଁ ।

ଦି'ବର୍ଷ ତଳ କଥା ମନେ ଅଛି କି ଆଜିଯାଏ, ରାଗ ଯାଇ ନାଇଁ ? ସେ କହିଲେ । ବାଧ ହୋଇ ପାଖରେ ଆସି ବସିଲି । ମନ ହଉଥାଏ କହିବାକୁ, ତମେ କୋଉ ଏବେ କମି କି ?

ଗଳା ଯେତେଦୂର ନରମ ହୋଇପାରେ, ବୋଧହୁଏ ସେତେଦୂର କରି ସେ ପୁଣି ଡାକିଲେ- ସତୀ !

ଉଁ, ତଣ୍ଟିଯାଏ ବାନ୍ଧି ହୋଇଥାଏ ଲାଜରେ । ବହୁ କଷ୍ଟରେ ଏତିକି କହିଲି ।

ଏ ପାନ କାହାକୁ ଦେଲୁ, ମତେ ? ସେ ପଚାରିଲେ । କିନ୍ତୁ କହିଲି ନାଇଁ, ଥାଳିଆଟା ଖାଲି ଟିକେ ତାଙ୍କ ଆଡ଼କୁ ଘୁଞ୍ଚାଇଦେଲି । ଏଥର ସେ ବଡ଼ ପାଟିକରି ହସିଉଠିଲେ । କହିଲେ- ତା' ତ ବେଶ୍ ବୁଝାଯାଉଚି; କିନ୍ତୁ ମୁଁ ତ ଆଉ କୁକୁର, ବିଲେଇ ନୁହେଁ ଯେ ଥୋଇଦେଲେ ଖାଇବି ? ପାନ ହାତରେ ଦବାକୁ ହୁଏ ।

ସ୍ତ୍ରୀ ଜାତିରେ ବୋଧହୁଏ ଗୋଟିଏ ପ୍ରବୃତ୍ତି, ଯୋଉଠି ଲାଜ କରିବା କଥା ନୁହେଁ, ଲାଜ କଥା ଟିକେ ଅନୁକୂଳ ହେଲେ, ସଂସାର ଯାକର ଲାଜ ଆସି ସେଠି ଓଜାଡ଼ି ହୋଇ ପଡ଼େ । ଅନ୍ୟ ସମୟ ହୋଇଥିଲେ, ମୁଁ ହସି ହସି ତାଙ୍କ ହାତକୁ ପାନ ବଢ଼େଇ ଦେଇଥାଆନ୍ତି; କିନ୍ତୁ ଆଜି, କେଜାଣି କାହିଁକି, ମତେ ଏତେ ଲାଜ ମାଡ଼ିଲା ଯେ ମୁଁ ତାଙ୍କ ହାତକୁ ପାନ ଦେଇପାରିଲି ନାହିଁ । ନାଥନନା ମୋ ପାଖକୁ ଆହୁରି ଘୁଞ୍ଚିଆସି ନେହୁରା କଲାପରି କେତେ କହିଲେ; କିନ୍ତୁ ମୁଁ ସେମିତି ଓଢ଼ଣା ପକାଇ କାଠ ପରି ବସିରହିଲି ।

ବାହାର ପଟରୁ ଆସି ବୋଉ ଘରକୁ ଗଲା । ନାଥନନା ଉଠି ଠିଆହେଲେ । କହିଲେ- ଦେଲୁ ନାହିଁ ତା'ହେଲେ ପାନ ? ସେଇଠୁ କ'ଣ ବିଚାରି ଥାଳିଆରୁ ପାନତକ ଉଠାଇନେଇ ଦୁଆରକୁ ଫିଙ୍ଗି ଦେଇ ସେଠୁ ଚାଲିଗଲେ ।

ଜହ୍ନ ଆଲୁଅ ମିଞ୍ଜି ମିଞ୍ଜି ହୋଇ ଆସିଥିଲା ଖଣ୍ଡେ ଧଳା ବଉଦ ଭିତରେ ଛନ୍ଦିହୋଇ । ସେଇଠି ସେମିତି ପଥର ପରି ଠିଆହୋଇ ମୁଁ ମନେକଲି ପିଲାଦିନ କଥା । ସେଇଦିନୁ ଏମିତି ଏକଜିଦିଆ ଏ ନାଥନନା । ବଡ଼ ହେଲେଣି, ଟିକେ କଥାରେ ଆଗ ପରି ସେମିତି ରାଗ - ସେମିତି ଅଭିମାନ ।

ଘର ଭିତରୁ ବୋଉ ଡାକିଲା- ସତୀ ! ଇଆଡ଼େ ଆସିଲୁ ।

ଧଡ଼ପଡ଼ ହୋଇ ଉଠିଗଲି ।

ପୁନେଇଁ ଆଗଦିନ ରାତି ଘଡ଼ିକ ବେଳୁ ମୁଁ ଆଉ ବଉଳ ଦିହେଁ ମିଶି ଘର ଦୁଆର ସବୁ ଲିପାପୋଛା କଲୁ; ଚଉରାମୂଳେ ଫୁଲକୋଠି ଲେଖିଲୁ ତ ଯେତକ । ବୋଉ ଆସି ଗାଳିଦେଲା ଝିଅଦି'ଟା ସେଇ ପହରୁ ଏଇଆ କରୁଚ ? ଭୋକ ଶୋଷ ଆଉ ନାହିଁ ତତେ ନା ? ଆଲୋ ମା ! ତୁ ଖାଇବୁ ଆ, ସେ କ'ଣ କରୁଚି କରୁଥାଉ ।

ବଉଳକୁ ଟାଣି ଟାଣି ନେଇ ବୋଉ ଚାଲିଗଲା । ମତେ ବି ଭୋକ କରୁଥିଲା ଭାରୀ । ଗଲି ନାଇଁ ଖାଲି ରାଗରେ । ଗୋଟାଏ ହାତରେ ସେମିତି ଦୀପଟା ଧରି ଚିତା ଲେଖିବାରେ ଲାଗିଲି । ଆଜି ମୋର ଏ ଅଭିମାନରୁ ମନେପଡ଼ିଲା ଆଉ ଜଣକ

କଥା । ସେଦିନ ସେ ବି ମୋ ଉପରେ ଅଭିମାନ କରି ଚାଲି ଯାଇଥିଲେ, ପାନ ଖଣ୍ଡେ ହାତକୁ ନ ଦେଲି ବୋଲି । ସେଦିନୁ ଆଜିଯାଏ - ଚାରି ପାଞ୍ଚଦିନ ହୋଇଗଲାଣି । ସେ ତ ଜମା ଆମ ଘର ଛାଇ ମାଡ଼ି ନାହାନ୍ତି, ଆଗେ ନିତି ଆମ ଘରକୁ ନ ଆସିଲେ ଯାହାକୁ ଭାତ ରୁଚୁ ନ ଥିଲା । କ'ଣ ଏତେ ରାଗିଛନ୍ତି ମୋ ଉପରେ ?

ଖାଇସାରି ବଉଳ ଆସିଲା । ତାକୁ ପଚାରିଲି - ତମ ନନା ଆଜିକାଲି ଘରେ ଅଛନ୍ତି ନାଁ ?

ହଁ, କାହିଁକି ? ଆଶ୍ଚର୍ଯ୍ୟ ହୋଇ ସେ ମୋ ମୁହଁକୁ ଚାହିଁଲା ।

ମୁଁ ମନେକଲି ଅବା କଟକ ଗଲେଣି ।

କାହିଁକି କହନି ?

ଲାଜ ଲାଜ ହଉଥାଏ ମୁହଁ ଫିଟାଇ ପଚାରିବାକୁ । ଶେଷରେ କହି ପକାଇଲି- ନାଁ, ଆମ ଘରକୁ ଆଉ ଆସୁ ନାହାନ୍ତି ଯେ, ସେଇଥିପେଇଁ ।

ବଉଳ ଚିତାଲେଖା ବନ୍ଦ କରି ମୋ ମୁହଁକୁ ଚାହିଁଲା, ତା ପରେ ପୁଣି ଲେଖା ଆରମ୍ଭ କରି ମୁହଁ ନ ଟେକି କହିଲା- ଆଜି ତ ଆସିବାକୁ କହୁଥିଲେ, ଆସିଲେ ନାହିଁ କାହିଁକି କେଜାଣି ?

ଆସିବାକୁ କହୁଥିଲେ ? ମୋ ଉପରେ ରାଗି ନାହାନ୍ତି ତା ହେଲେ ? ମନେ ମନେ କହିଲି । କିଛି କାମ ଥିବ ଘରେ, ଆସିପାରି ନ ଥିବେ । ମୁଁ ମିଛରେ ଏଆଡ଼େ ଭାବି ଭାବି ମରୁଚି ।

ଭିତରୁ ଘରୁ ବୋଉ ଡାକିଲା- ସତୀ, ମୁଁ କ'ଣ ଏମିତି ଅନେଇ ବସିଥିବି ? ବଉଳ ମୋ ହାତରୁ ଆଣକାଠିଟା ଛଡ଼େଇନେଇ କହିଲା- ଯା ନା, ଖାଇଆ, ମାଉସୀ ସିଆଡ଼େ ଚିଡ଼ୁଛନ୍ତି ।

ହାତ ଧୋଇ ଯାଇ ଖାଇବସିଲି । ଦରଖିଆ ହୋଇ ମନେପଡ଼ିଲା, ମଲା ଯା, ମୁଁ ପରା କୁଆଡ଼େ ରାଗ କରିଥିଲି ଖାଇବି ନାହିଁ ବୋଲି ? ଏ ନାଥନନା ଯୋଉଠି ଥିବେ, ତାଙ୍କରି ଯୋଗେ ମୋର ସବୁ ଗୋଳମାଳ ହୋଇଗଲା ।

ପୁନେଇ ଦିନ ସଞ୍ଜଘଣ୍ଟା ବାଜିବା ପହଡ଼କ ଆଗରୁ ତୋଟା ଉହାଡ଼ରେ ମହତାପ ମାରି ରୂପା ପରାତ ପରି କୁଆଁର ପୁନେଇ ଜହ୍ନ ଉଇଁଆସିଲା । ଅନ୍ଧାରର ଅମୁହାଁ ଦେଉଳ ଭିତରେ ଯେମିତି କିଏ ଜାଳି ଥୋଇଦେଲା ଅଖଣ୍ଡ ଅଗୁରୁବତୀ । ନଡ଼ିଆଗଛ ମଥାନ ଉପରେ ରୁପେଲି ଫନ୍ଦଟି ତା'ର ଭଲକରି ନ ଦିଶୁଣୁ ଗାଁ ଯାକ ହୁଳହୁଳିରେ

ଉଚ୍ଛୁଳିଉଠିଲା । ଏକ କୁଆଁର ପୁନେଇ ଜହ୍ନ, ଯାହାକୁ ଦେଖିବ ବୋଲି ଜହ୍ନିଫୁଲ ଏତେଦିନଯାକେ ମଉଳି ନ ଥାଏ ।

ଜହ୍ନ ରାଇଜର ରାଣୀ ଏ ଜହ୍ନିଫୁଲ, ଚାନ୍ଦର ଭାରିଯା । ହଳଦିଆ ପାଖୁଡ଼ାରେ ସେଥିପାଇଁ ତା'ର ଜହ୍ନ ଆଲୁଅ ଦିଶୁଥିଲା ସବୁଠଉଁ ତୋରା, ସବୁଠଉଁ ସୁନ୍ଦର । ବାରିପଟ ଖଳାରେ ବଉଳ ହେରିକାଙ୍କ ସାଙ୍ଗେ ଖେଳୁଚି, ବୋଉ ଆସି କେତେବେଳୁ ମୋ ପାଖରେ ଠିଆ ହୋଇଚି କେଜାଣି ? ମତେ ଚାହିଁବାର ଦେଖି କହିଲା- ଧନ୍ୟରେ ଝିଅ, କାନରେ ପଥର ପକେଇ ଖେଳୁ ନାଁ କ'ଣ ଲୋ ? ସେଇ ପହରୁ ଡାକି ଡାକି ମୋର ପରା ତଣ୍ଟି ଫାଟିଗଲାଣି । ଦେ, ଆ ଇଆଡ଼େ ।

ବୋଉ ପଛେ ପଛେ ଭିତର ଘରକୁ ଗଲି । ଥାଳିରେ କାହାପାଇଁ ଭୋଗ ବାଢ଼ି ସେ କହିଲା- ଗଲୁ, ପାନ ଦି'ଖଣ୍ଡ ଭାଙ୍ଗିଦବୁ, ନାଥନନା ପାଇଁ ତୋ'ର । ମୁଁ ଭୋଗ ଦେଇଆସେ ।

ନାଥନନା କେତେବେଳେ ଆସିଲେ ମୁଁ ତ ଜମା ଜାଣିପାରି ନାଇଁ ? ମୋତେ ଆଉ ଦେଖି ନ ଥିବେ ତ ଏମିତି ଫାଙ୍ଗୁଳାହୋଇ ଖେଳିବାର, ଯେବେ ବାରିପଟକୁ କାହିଁକି ଯାଇଥିବେ ? ଛି, ଛି କି ଲାଜ କଥା !

ପାନ ନେଇ ବାହାରକୁ ଆସିଲି । ଖାଇସାରି ନାଥନନା ହାତ ଧୋଉଥିଲେ । ମୋତେ ଦେଖି ପାଖକୁ ଆସିଲେ । ଜୋର୍‌କରି ସବୁ ଲାଜ ପଛକୁ ପକାଇ ଚାରି ଖଣ୍ଡ ପାନ ତାଙ୍କ ହାତକୁ ବଢ଼ାଇ ଦେଲି । ଏଡ଼େ ଦୁଷ୍ଟ ପୁଣି ସେ, ସବୁ ଦେଖି ନ ଦେଖିଲା ପରି ରହିଲେ । ପୁଣି ମୁରୁକି ମୁରୁକି ହସୁଥାନ୍ତି ନା ଅହୁରି ! ବହୁ ଚେଷ୍ଟାରେ ମୁହଁ ଫିଟାଇ କହିଲି, ପାନ ନିଅ ।

ମୋ ହାତ ଥରୁଥାଏ । ସେ ହାତ ବଢ଼େଇ ପାନ ନେଲେ, ଆଉ ହାତଟାକୁ ମୋର ଜୋର୍‌ରେ ଟିକେ ଚିପିଦେଇ ପଚାରିଲେ- ମୋତେ ଖୋଜୁଥିଲୁ କି କାଲି ? ନିଶି କହୁଥିଲା ।

ଏଡ଼େ ଦୁଷ୍ଟ, ଏଡ଼େ ଡବଡ଼ବିଟା ନାଁ ଏ ବଉଳ ! ଯାଇ ମୋ ନାଁରେ ୟାଙ୍କ ଆଗରେ କ'ଣ ସତେ କହିଚିଟି ! ଛି ଛି, ଲାଜରେ ପାଟିରୁ ମୋର କଥା ବାହାରିଲା ନାହିଁ କହିବାକୁ ଯେ ଏକଥା ସବୁ ମିଛ । ବଉଳ ମିଛରେ ଯାଇ ମୋ ନାଁରେ ଲଗେଇ କହିଚି ।

ମୋତେ ଚୁପ୍ ହୋଇ ରହିବା ଦେଖି ସେ କହିଲେ- ଯାହା ପାଇଁ ମୋର ଏଠିକି ଆସିବା, ସେ ତ ଏମିତି ଲାଜ କରେ, ମୋତେ କଥା କୁହେ ନାହିଁ, ଆଉ ଆସିବି କାହା ପାଇଁ ?

ବଉଳ ଆସି କେତେବେଳେ ମୋ ପାଖରେ ଠିଆ ହୋଇଚି, ମୁଁ ଜାଣେନା । ନାଥନନା ତାକୁ ପଚାରିଲେ- କିଲୋ ନିଶି, ଯିବୁ ନା ମୋ ସଙ୍ଗେ ? ଆଉ ତା ପରେ ଖଣ୍ଡେ ଦୂର ଆଗକୁ ଯାଇ ଫେରିଲେ- ହଉ, ଥା ତେବେ ତୋ ବଉଳ ପାଖରେ ଆଜିକ, ସକାଳେ ଯିବୁ ।

ସେ ଚାଲିଗଲେ । ଖୁଣ୍ଟ ଉଢ଼ାଳରେ ତାଙ୍କର ଜରିଚାଦର କାନି ଯୋଉଠି ଲୁଚି ଯାଇଥିଲା, ସେଇ ଆଡ଼କୁ ଚାହିଁ ମୋର ଖାଲି ତାଙ୍କରି କଥା ପଦକ ମନେ ପଡୁଥାଏ । ମୋରି ପାଇଁ ସେ ଖାଲି ଏଠିକି ଆସନ୍ତି, କ'ଣ ସତେ ? ଛାତି ଭିତରେ ମୋର ସୁଖର ଜୁଆର ଉତୁରି ଉଠିଲା ଯେମିତି । ମୋରି ପାଇଁ, ମତେ ଦେଖିବା ଲୋଭରେ ଏ ଆମ ଘରକୁ ଆସନ୍ତି, ଆଉ କୋଉଥିପାଇଁ ନୁହେଁ । ଏଇକଥା ପଦକ ଶହେଥର ମୁହଁରେ ଆବୃତ୍ତି କରି, ହଜାର ଭଳି ମନରେ ଅନୁଭବ କରି ଯେମିତି ମୋର ତୃପ୍ତ ହେଲାନାହିଁ । ଦଣ୍ଡକ ଆଗରୁ ବଉଳ ଉପରେ ସବୁ ଅଭିମାନଯାକ କୁଆଡ଼େ ଲିଭି ଶୀତଳ ହୋଇଗଲା ।

ଫୁଲରେ ମୋର ସବୁଦିନେ ଶରଧା । ବାରିପଟେ ଛୋଟ କିଆରିଟିରେ ସେଥିପାଇଁ କେତେ ଫୁଲଗଛ ଯେ ଆଣି ଲଗାଇଥାଏ, ତା'ର ସୀମା ନାହିଁ । ଦିନେ ସଞ୍ଜବେଳେ କାହିଁକି ମନେହେଲା, ରଙ୍ଗଣୀ ଫୁଲ ତ ଫୁଟୁଥିବ ଆଜିକାଲି ଆମ ବାରିଆଡ଼େ, ସେ ଗଛଟାରେ । ବାରିଆଡ଼କୁ ଯାଇ ଚାହିଁଲି- ବଉଳ କେତେବେଳେ ଆସି ସେଥିରୁ ଅଣ୍ଟିଏ ଫୁଲ ତୋଳି ସାରିଲାଣି । ମତେ ଦେଖି ଡାକିଲା- ଆ, ତୋଳିବା !

କହିଲି- ସେତିକି ହୋଇଥାଉ ମ, କ'ଣ ହେବ ସେଗୁଡ଼ା ଏତେ ?

କ'ଣ ହେବ ଏତେ ? ବଉଳ ମୋ ଆଡ଼କୁ ହସି ଚାହିଁଲା । କହିଲା- ତା ଯଦି ଜାଣିଥାଆନ୍ତୁ, ଘରେ ଆଉ ତୁନି ହୋଇ ବସନ୍ତୁ ପରା ସଞ୍ଜହେଲେ ! ତୋର ତ ସବୁ କଥାରେ ଥଟ୍ଟା । ଦେ-ଆ-ଆ ।

ଦୁହେଁଯାକ ଆସି ପିଣ୍ଡାରେ ବସିଲୁ । ବଉଳଟା ଏଡ଼େ ଦୁଷ୍ଟ । ଫୁଲଗୁଡ଼ାକୁ ମୋ ମୁଣ୍ଡ ଉପରେ ଅଜାଡ଼ିଦେଇ ଖିଁ ଖିଁ ହୋଇ ହସିଉଠିଲା । କଅଁଳ ଫୁଲପାଖୁଡ଼ା ଲାଗି ଦିହ ଗୋଟାକ ମୋର କେମିତି ଶୀତେଇଉଠିଲା । କହିଲା- ଏ କ'ଣ ହେଲା ?

ମଧୁଶଯ୍ୟା ପରା-କହି ବଉଳ ହସି ହସି ଗଡ଼ିଗଲା ।

କାହା ସାଙ୍ଗରେ ?

କାହା ସାଙ୍ଗରେ ତ, ରହିଥା; ମୋର ତ ମନେ ପଡୁନାଇଁ । ତୋ ବର ନାଁ କ'ଣଟି ?

ବହୁତ ଦିନର ଗୋଟାଏ ପାସୋରିଗଲା ପରାସ ଉପରେ ଚୋଟ ଲାଗିଲା ପରି ଜଣାଗଲା ମତେ ସେ କଥା । ସେ କଥା ମନେପଡ଼ି ଛାତିରୁ ସତେ କି କ'ଣ ଗୋଟାଏ ଖସିପଡ଼ିଲା; କିନ୍ତୁ ମୁହଁରେ କହିଲି- ଯାଃ, ତୋର ଖାଲି ସବୁଥିରେ ଥଟ୍ଟା ।

ବଉଳ କହିଲା- ନାଁ, ସତରେ ତ ! ଥଟ୍ଟା କାହିଁକି ହବ ? ତୋ ବରଘର କଣ୍ଟ ପଠେଇଲେଣି କୁଆଡ଼େ ତତେ ନେବାକୁ । ମାଉସୀ କହୁଥିଲେ... ଇଏ କ'ଣ ? ତୋ ମୁହଁ କାହିଁକି ସେମିତି ହୋଇଗଲା ବଉଳ ? କହୁ କହୁ ସେ ଦି'ହାତରେ ମୋ'ଗଳାକୁ ବେଢ଼ାଇ ଧରିଲା ।

ବୁଡ଼ିଗଲା ଲୋକ ହାତରୁ ଉଦ୍ଧାରର ଶେଷ ଉପାୟଟିକକ ଖସିଗଲେ ତାକୁ ଯେମିତି ଜଣାଯାଏ, ଠିକ୍ ବୁଝିପାରିଲି ନାହିଁ ସେହି ଦଣ୍ଡକ ଭିତରେ ମୋର କ'ଣ ହୋଇଗଲା ।

ବଉଳ ମ-ବଉଳ ଡାକିଲା ।

ଚାହିଁ ଦେଖିଲି, ସେ ମଥାକୁ ମୋର ତା ଛାତି ଉପରେ ଆଉଜାଇ ବସିଛି । ମତେ ପଚାରିଲା- ସେମିତି କାହିଁକି ହେଲୁକି ବଉଳ ? ମୋ ରାଣଟି, କହ ।

କହିଲି- ନାଁ, ମୁଣ୍ଡଟା କାହିଁକି ବୁଲାଇଦେଲା ।

କ'ଣ ତୋର ବର କଥା ଶୁଣି ?

ମନେ ଅଛି, ସେତେବେଳେ ସୁଦ୍ଧା ମତେ ହସ ମାଡ଼ିଥିଲା ତା କଥା ଶୁଣି । କହିଲି- ଆଉ କ'ଣ, ଯାଃ !

ସେ କଥା ସେଇଠି ବନ୍ଦ ହୋଇଗଲା । ବିଲ ପଡ଼ିଆର ଏଇ ଯୋଉ ଅସରନ୍ତି ଶାଗୁଆ ନଈ ସଞ୍ଜ-ଅନ୍ଧାରରେ ଦିଗବୁଡ଼ା ମେଘ ମଉଳିକି ଲାଗିଗଲା ପରି ଦିଶୁଥିଲା, ଦି'ପହରେ କେତେବେଳେ କେଜାଣି ଖରାର ରଙ୍ଗ-ଗାଲିଚା ପାରି ବିଲପବନ ନିଛାଟି ହୋଇ ଶୋଇ ପଡ଼ିଥିଲା ତା' ଉପରେ । ସଞ୍ଜ ବୁଡ଼ିଗଲାରୁ ଉଠି ଦେଖିଲା, ଗାଲିଚାଟି ତା'ର କିଏ ସେ ଚୋରାଇ ନେଲାଣି । ଧାନଗଛ ଗହଳି ଭିତରେ ସେଥିପାଇଁ ତା'ର ଖୋଜାଖୋଜି ପଡ଼ିଯାଇଥିଲା । ପାଗଳଙ୍କ ପରି ଦିହେଁଯାକ ଆମେ ସେଇ ଆଡ଼କୁ ଚାହିଁ ତୁନିହୋଇ ବସିରହିଲୁ । କେତେବେଳେ ବଉଳ ଯିବାକୁ ଉଠିଲା । କହିଲା- ସଞ୍ଜ ହୋଇଗଲାଣି, ଆଜି ଯାଉଛି ବଉଳ ।

ଅନ୍ୟମନସ୍କ ହୋଇ କହିଲି- ହଉ ।

ସେ ଚାଲିଗଲା । ମୁଁ ଏକୁଟିଆ ସେଠି ପଥର ପରି ବସିରିହିଲି ଭାବନାରେ ଅତଳପାଣିକି ଗୋଡ଼ ଖସାଇ । ଶୀତ ଦିନର ଭାରୀ ପବନ ସେତେବେଳେ ଗୁହାଳଘର ମଥାନ ଉପରୁ ଧୂଆଁଯାକ ବୋହିନେଇ ଗୋଟାଏ କନିଅର ଗଛ ଆଗ ଡାଳରେ

ଧଳାକନାର ଲମ୍ବା ପଗଡ଼ି ବାନ୍ଧି ଦେଉଥିଲା; ଆଉ ଘାସ ଭିତରେ କେଉଁଠି ଗୋଟାଏ ଝିଙ୍କାରି ସଞ୍ଜବେଳର ନିଶବ୍ଦତାକୁ କରତରେ କାଟୁଥିଲା- କର୍, କର୍, କର୍ ।

କେତେ ରାତିରେ କେଜାଣି ବୋଉ ଆସି ମୋତେ ଡାକିଲା । ଚୁପ୍‌ହୋଇ ଯାଇ ଘରଭିତରେ ଶୋଇପଡ଼ିଲି; କିନ୍ତୁ ନିଦ ଯେବେ ଏ ନିଆଁଲଗା ଆଖି ଦି'ଟାକୁ ଥାଆନ୍ତା, ତେବେ ଦୁଃଖ ଆଉ କ'ଣ ଥିଲା କି ? ସେଇ ଅନ୍ଧାର ଭିତରେ ଚାରିଆଡ଼ର ସବୁଚିନ୍ତାଯାକ ମତେ ଏକାଠି ଘେରିବସିଲେ । ବଉଳ ଆଜି ଯେଉଁ କଥା କହିଲା, ବୋଧହୁଏ ସତ । ନଇଲେ ବାପା ସେଦିନ ବୋଉକୁ ମକୁନ୍ଦ ପୁର କଥା କହନ୍ତେ କାହିଁକି ? ଆଜିକି ଅନେକ ଦିନ ହୋଇଗଲାଣି, ସେଇ ବାହାଘର ଦିନ ମୋ ସ୍ୱାମୀଙ୍କି ଥରେ ଦେଖିଥିଲି ଯାହା, ସେତିକି ସେଇ ଥରକ ଦେଖାରୁ ତାଙ୍କର ଯେ ସ୍ମୃତିଟିକିଏ ମନ ଭିତରେ ରହିଯାଇଚି, ଆଜି ଏ ଅନ୍ଧାର ଭିତରେ ସେ ରୂପ ମନେପକାଇ ସତରେ ଚାରିଆଡ଼ ମତେ ଅନ୍ଧାର ଦିଶିଲା । ତାଙ୍କରି ସାଙ୍ଗରେ ମତେ ପୁଣି ସବୁଦିନେ ଘର କରିବାକୁ ହେବ ତ ? ସଂସାରର ଆଉସବୁ ସ୍ନେହମୟା କଟେଇବାକୁ ହେବ, ସେଇ ମୁହଁକୁ ଚାହିଁ ? କିନ୍ତୁ ଏସବୁ ଅନର୍ଥ ପାଇଁ କିଏ ଦାୟୀ ? ସେହି ନାଥନନା । ମୋ ବାହାଘର ସମୟରୁ କଟକରେ ଯେବେ ଏତେ ଦିନ ରହିଲେ ସେ, ଆଉ ଗୋଟାଏ ବର୍ଷ କ'ଣ ରହିପାରିଲେ ନାହିଁ ସିଆଡ଼େ ? ଏତେ ଦିନ ନ ଦେଖି ମୁଁ ତାଙ୍କୁ ଏକରକମ ଭୁଲି ବସିଥିଲି ମନେ ମନେ । ପୁଣି କାହିଁକି ସେ ଦେବତାବାଞ୍ଛିତ ରୂପପସରା ଘେନି ଅପୂଜା ଦେଉଳ ଦୁଆରେ ମୋର ଦେଖାଇବାକୁ ଆସିଲେ କି ? ତାଙ୍କ ରୂପ, ତାଙ୍କ ଅଶ୍ରୁ, ସ୍ନେହସୁହାଗ ତାଙ୍କର ମତେ ଯେ ସବୁ ଭୁଲାଇଦେଲା, ମୁଁ କ'ଣ କରନ୍ତି ? ମୋର ଆଉ କି ଉପାୟ ଥିଲା ତାଙ୍କ ପାଖେ ଶରଣ ନ ପଶି ?

ବୋଉ ଆସି ଡାକିଲା- ସତୀ, ଆ ଖାଇବୁ ।

କହିଲି- ମୁଁ ଖାଇବି ନାଇଁ ବୋଉ, ଭୋକ ନାହିଁ ।

ଆ, ଦିଟାନାକୁ ଖାଇବୁ, ମା'ଟା ପରା ।

ବ୍ୟଥା ଆଉ ଆଘାତ ଶୂନ୍ୟତା ଭିତରେ ଏଇ ପଦକ କଅଁଳ କଥାରେ ଦି'ଆଖିରୁ ଝର ଝର ହୋଇ ଲୁହ ଝରିପଡ଼ିଲା । ଏଡ଼େ ଅନ୍ଧାର, ଅଥଚ ବୋଉ କେମିତି ଜାଣିପାରିଲା କେଜାଣି ମୁଁ କାନ୍ଦୁଚି । ପାଖକୁ ଆସି, ପିଠି ଆଉଁସିଦେଇ ପଚାରିଲା- ଦିହ କ'ଣ ହଉଚି କି ମା ?

କହିଲି- ମୁଣ୍ଡ ବଥଉଚି ଭାରି ।

ଭାତଖିଆ ପଡ଼ିରହିଲା ସେମିତି, ପାଖକୁ ଆସି ସେ ମୋତେ ବିଞ୍ଚିବସିଲା । ତା ଭିତରେ କେତେବେଳେ ମତେ ନିଦ ହୋଇଗଲା, ମନେ ନାହିଁ ।

ତହିଁ ଆରଦିନ, ଘରେ ବସି ଗୁଆ ଭାଙ୍ଗୁଚି, ବଉଳବୋଉ ବଡ଼ମା ଆସିଲେ ଆମ ଘରକୁ ବୁଲି । ଅନେକ ଦିନ ରୋଗ ଭୋଗି ବୋଉ ସେଦିନ ଟିକେ ପିଣ୍ଡାରେ ଆସି ବସିଥିଲା । ବଡ଼ମା ପଚାରିଲେ- କିଲୋ, କ'ଣ ସବୁ ହଉଚି ?

ହବ ଆଉ କ'ଣ ? ଆସ । ବୋଉ କହିଲା ? ଆଜି ଅପୂର୍ବ କୁଆଡ଼େ ?

ବଡ଼ମା କହିଲେ- କାହିଁକି, ମୁଁ କ'ଣ ଆସେ ନାଇଁ ଏଠିକି ?

ମୁଁ କ'ଣ ମନାକରୁଚି ଆସ ନାଇଁ ବୋଲି ? ତେବେ, ସବୁ ଦିନେ ନୁହେଁ । ଗରିବଙ୍କ କଥା କୋଉଦିନ କେମିତି ମନେ ପଡ଼ିଯାଏ ସିନା ।

କ'ଣ କରିବି ଲୋ ଭଉଣୀ, ତୁ ତ ଘରଟିଏ କରୁଛୁ, ଜାଣୁନା କ'ଣ କେତେ ଅଡୁଆ ଜଞ୍ଜାଳ । ମରିବାକୁ ଦଣ୍ଡେ ତର ହୁଏ ନାଇଁ ଏଇ ଜାଳାରେ । ସେଇଥିପାଇଁ କେତେଥର ବିଚାରିଲିଣି ପୁରୀ ପଳେଇଯିବାକୁ ସବୁ ଛାଡ଼ିଛୁଡ଼ି ଦେଇ ।

ବୋଉ କହିଲା- ତା ତ ତମର ଏଣିକି ଖୋଜା । ତେବେ ଘର ଥୟ କରିଦେଇ ତ ଫେର୍ କୁଆଡ଼େ ଗୋଡ଼ କାଢ଼ିବ ? ନିଶିକି ବାହାକରିବ, ବୋହୂଟିଏ ପୁଣି ଘରକୁ ଆଣିବ ।

ବଡ଼ମା କହିଲେ- ହଁ, ତମମାନଙ୍କ କଲ୍ୟାଣ ଥିଲେ...

କେତେବେଳଯାଏ ଆଉ କିଛି ପାଟି ଶୁଭିଲା ନାହିଁ । ତା ପରେ ବଡ଼ମା ଆଗେ ପଚାରିଲେ- ହଁ ଗୋ, ତମ ସତୀ ପୁଆଣି ହୋଇଯିବା କଥା କ'ଣ ହେଲା କି ?

ଘର ଭିତରେ ପାନ ଭାଙ୍ଗୁଥିଲି, ହାତ ମୋର ଏକାଥରକେ ବନ୍ଦ ହୋଇଗଲା ଏକଥା ଶୁଣି । ବୋଉ କହିଲା- କହୁଥିଲେ ତ ଏ ମାଘମାସକୁ ପଠେଇବେ ବୋଲି । କ'ଣ ହଉଚି କେଜାଣି ? ବଡ଼ମା କହିଲା- ହଁ, ପଠେଇଦିଅ ଚଞ୍ଚଳ, ବୁଝିଲ ସତୀବୋଉ । ଦିନେ ତ ପୁଣି ପଠେଇବାକୁ ହବ, ଆଗ ହଉ; ପଛ ହଉ । ଯେଡ଼େ ବେଗି ଏ ଜଞ୍ଜାଳରୁ ଖଲାସ ହବ, ସେତେ ଭଲ ।

ମନ ହଉଥାଏ ଘରୁ ବାହାରିଆସି ପଚାରିବାକୁ ବଡ଼ମାଙ୍କୁ, ତମ ଝିଅଟି ତମକୁ ଯେବେ ଏମିତି ଜଞ୍ଜାଳ ହୋଇଚି, ଆଜିଯାଏ ତାକୁ ବାହା କରି ନାହଁ କାହିଁକି, ଶୁଣେ ? ନିଜ ପେଟରୁ, ପୁଣି ଆପଣା ରକ୍ତମାଂସରୁ ଜନ୍ମହୋଇ ଝିଅ ହେଲେ ବୋଲି କ'ଣ ଏତେ ଅଡୁଆ ସେ ହୋଇପଡ଼ନ୍ତି ମାଆମାନଙ୍କୁ ? ବୁଢ଼ା ହଉ, ଅସୁନ୍ଦର ଅଗୁଣର ହଉ ପଛକେ, ଘରର ଚଳନ୍ତି ଜିନିଷ ପରି ଏ ଝିଅଗୁଡ଼ାଙ୍କୁ ଗୋଟାଏ କାହା ବେକରେ ଛନ୍ଦିଦେଲେ ଏ ମା'ମାନଙ୍କର କର୍ତ୍ତବ୍ୟ ସରେ ପରା ! ଖାଲି ଝିଅ ଖାଇପିଇ ସୁଖରେ

ରହିଲେ ହେଲା; କିନ୍ତୁ ଯାହା ପାଇଁ ଏ ସୁଖ ଲୋଡ଼ା, ତାକୁ କ'ଣ ଭୁଲରେ ବି କିଏ ପଚାରେ ଏ ବିଷୟରେ କିଛି ?

ଆଉ କିଛି ସମୟ କଥାବାର୍ତ୍ତା ହୋଇ ବଡ଼ମା ଉଠିଲେ । ଦୁଆର ମୁହଁଯାଏ ଯାଇ ପୁଣି ଫେରି କହିଲେ- ମଲା ଯୋଉଥିଲାଗି ଆସିଥିଲି, ନିଆଁଲଗା ମୋର ମନେ ନାହିଁ କହିବାକୁ ।

ବୋଉ ପଚାରିଲା- କ'ଣ କି ?

ଆମ ନାଥର ଆଜି ଜନ୍ମଦିନ । ବାଇଶି ବର୍ଷରେ ତା'ର ଗୋଟାଏ ଘାଟି ଥିଲା । ସେଇଥିପାଇଁ ଠାକୁରଙ୍କ ପାଖେ ମାନସିକ କରିଥିଲି । ତମେ ଆଉ ସତୀ ସଞ୍ଜବେଳକୁ ଯିବ ନାହିଁ ଟିକେ ଆମ ଘରକୁ ଭୋଗ ପାଇବାକୁ ?

ବୋଉ କହିଲା- ସେ ତ ଘରେ ନାହାନ୍ତି, ମୁଁ ଆଉ କେମିତି ଯିବି କୁହ ?

ହଉ ସେ ଯିବ ପଛକେ ।

ସଞ୍ଜବେଳେ ଖୁବ୍ ତୋଫାନ କରି ମେଘ ଉଠାଇଲା । ଅନ୍ଧାର ଦେଖି ବୋଉ କହିଲା- ମେଘ ତ ଏମିତି ଉଠେଇଲାଣି ସତୀ, ତୁ କେମିତି ଆଉ ଯିବୁ ତୋ ମାଉସୀଙ୍କ ଘରକୁ ?

ଘରେ ଯାଇ ଶୋଇଲି । ପବନରେ କବାଟ ଝରକା ଧଡ଼ ଧଡ଼ ହୋଇ ବାଡ଼େଇ ହଉଥାଏ, ଆଉ ସେ ଶବ୍ଦରେ ଘର ଭିତରେ ମୁଁ ଚମକି ପଡୁଥାଏ, ତାଙ୍କ ଘରୁ ମତେ ଆଉକିଏ ସେ ଡାକିବାକୁ ଆସିଲା କି ? କେତେବେଳେ କେଜାଣି, ଟିକିଏ ଛାଇନିଦ ମାଡ଼ିବସିଲାଣି ମତେ, କିଏ ଝୁଲାଇଦେଲା ଖୁବ୍ ଜୋର୍‌ରେ । ନିଦ ଭାଙ୍ଗିଗଲା । ଧଡ଼ପଡ଼ ହୋଇ ଉଠିବସି ଦେଖିଲି, ବଉଳ ମୋ ହାତକୁ ଟାଣି କହୁଚି - ମଲା ଶୋଇପଡ଼ିଲୁଣି କି ବେଳ ବୁଡୁବୁଡୁ ?

କହିଲି- ବଉଳ, ତୁ କେତେବେଳେ ଆସିଲୁ ମ ?

ଘଡ଼ିଏ ହେଲା ପରା ଏଠି ବସି ତତେ ଉଠଉଚି ? ଆ, ଯିବା ପରା ! ମୁହଁ ପୋଛି ପଦାକୁ ଆସିଲି; କହିଲି- ଚାଲ୍ ଯିବା । ବୋଉକୁ କହିଚୁ ?

ହଁ ।

ପଡ଼ିଆ ପାରିର ଧାନଫୁଲ ମହକରେ ବର୍ଷାପବନକୁ ସେଦିନ ନିଶା ଲାଗିଥାଏ । ସରଗଆବୁରା ମେଘଗହଳି ଭିତରେ ପଶି ସେ ହୁରୁଜୁରୁ ଲଗାଇ ଦେଇଥାଏ ସେଥିଲାଗି । ତା'ର ଏ ଦୁରନ୍ତ ପଣକୁ ଟାହୁଲି କରି ମେଘଯାକ ଏଣେତେଣେ ପଳାଇ ଯାଇଥାନ୍ତି ଯେମିତି । ନାଥନନାଙ୍କ ଘରେ ପହଞ୍ଚିଲାବେଳକୁ ବର୍ଷା ଆରମ୍ଭ ହୋଇଗଲାଣି । ଦାଣ୍ଡ

ପରସ୍ତରେ ଗାଁର କେତେଜଣ ଲୋକ ବସି କଥାବାର୍ତ୍ତା ହଉଥାଆନ୍ତି । ତା ଭିତରେ ନାଥନନା ଥାଆନ୍ତି ବୋଧହୁଏ । ବଉଳ ମତେ ଏକାଥରକେ ଘର ଭିତରକୁ ନେଇଗଲା । ଭିତର ଘରେ ବଡ଼ମା ବସି ରନ୍ଧାବଢ଼ା କରୁଥିଲେ; ମତେ ଦେଖି ପଚାରିଲେ- ବାପା ଆସିଲେଣି ଲୋ ତୋର ?

କହିଲି- ନାଁ ।

ବୋଉ କ'ଣ କରୁଥିଲା ?

ବସିଥିଲା ।

ଅନେକଗୁଡ଼ାଏ ଅଟା ଜନ୍ତାହୋଇ ଥୁଆ ହୋଇଥିଲା ସେଠି । ଆମେ ଦିହେଁ ଯାଇ ପିଠା ଗଢ଼ିବସିଲୁ । ବଉଳର କ'ଣ ଜମା ମନ ଥୟ ହଉଥାଏ କି ଗୋଟାଏ ଜାଗାରେ ବସି ? ଦଣ୍ଡେ ଛାଡ଼ି ଦାଣ୍ଡଆଡ଼େ ଘେରାଏ ବୁଲିଆସୁଥାଏ ଯାଇଁ । ମୋଠଉଁ ଚାରି ବର୍ଷର ସାନ ହବ ସିଏ; କିନ୍ତୁ ତା ବୟସରେ ଗାଁରେ ଏତେ ଲୋକଙ୍କ ସାଙ୍ଗରେ ମୋର ବି ଚିହ୍ନା ହୋଇ ନ ଥିବ । ପିଠାଗଢ଼ା ସରି ଆସିଥିଲା ପ୍ରାୟ । ବଡ଼ମା ସେ ଆଡ଼କୁ ଚାହିଁ ନେତବୋଉ ଖୁଡ଼ୀଙ୍କି କହିଲେ- ଦେଖିଲଣି ଗୋ, ଦଣ୍ଡକରେ କେତେ ପିଠା ଗଢ଼ି ଥୋଇଦେଲାଣି ଝିଅଟା । ଯା ନାଁ ସିନା କାମ । ଆମ ନିଶି, ହେଇ ପରା କୋଉଠି ଯାଇ ଘୋଡ଼ା ପରି ବୁଲୁଚି । ତାପରେ ମତେ ଚାହିଁ କହିଲେ, ସେତିକି ଥାଉ, ମା'ଟା ପରା ! ନିଆଁ ପାଖରେ ବସି ବସି କେତେ ଝାଳ ବୋହିଲାଣି, ଯା ଟିକେ ଥଣ୍ଡାରେ ବୁଲିଆ । ଯା, ମୋ ରାଣଟି ।

ବଡ଼ମାଙ୍କ ଘରେ ସେଦିନ ଖିଆପିଆ ସରିଲାବେଳକୁ ରାତି ଅନେକ ହୋଇଯାଇଥିଲା । ବଉଳ ଆସି କହିଲା, ବୋଉ କହିଲା- ବଉଳ, ରାତି ଏତେ ହେଲାଣି, ଏଇଠି ଶୋଇପଡ଼ ।

ଭାରି ଲୋଭ ହଉଥାଏ ରହିବାକୁ । ତା'ହେଲେ ନାଥନନାଙ୍କୁ ତ କାଲି ସକାଳୁ ଆଉଥରେ ଦେଖିପାରିବି । କିନ୍ତୁ ଜୋର୍‌କରି ସେ ଇଚ୍ଛା ଦମନ କରି କହିଲି- ନାହିଁ ବଉଳ, ବୋଉ ସିଆଡ଼େ ଚାହିଁ ବସିଥିବ ମତେ ।

ଘରେ ଆସି ପହଞ୍ଚିବା ଆଗରୁ ଭଲକରି ବର୍ଷା ଆରମ୍ଭ ହୋଇଗଲା । ଭିତର ଘର ପିଣ୍ଡାରେ ବୋଉ ମତେ ଦେଖିପାରି କହିଲା, ବର୍ଷାଟାରେ ତିନ୍ତିଲୁ ନା ଗୋଟିପଣେ ? ଲୁଗା ପାଲଟି ପକେଇ ଶୋ'ଯା ।

ବୋଉ ଚାଲିଗଲାରୁ ତୁନି ତୁନି ଯାଇ ଘରେ କବାଟ କିଳି ସେଇ ଓଦାଲୁଗାରେ ଶୋଇପଡ଼ିଲି । ନାଥନନାଙ୍କ ଦିହ ଲାଗି ବାସୁଥିଲା ସେ ଲୁଗା । ମନେହେଲା, ଆଜି ମୋର ମଧୁଶଯ୍ୟା ।

...ଆଉ ଦି'ଚାରି ଦିନ ପରେ ସତକୁ ସତ ମୋର ଶାଶୂଘରକୁ ଯିବା ଆୟୋଜନ ଯୋଉଠୁ ପ୍ରବଳ ଭାବରେ ଚାଲିଲା, ଭୟ ଆଉ ଭାବନାରେ ଦରମରା ହୋଇ ଦିନ ରାତି ଖାଲି ବିଛଣାରେ ପଡ଼ିରହିଲି । ମୋର କିଏ ଅଛି ଏତେବେଳେ, ମନ କଥା ବୁଝି ମତେ ଏ ସଙ୍କଟରୁ ରକ୍ଷା କରିବ ? ନିରୀହ ଛେଳିଛୁଆକୁ ବଳି ଦେବାକୁ ନେଲାବେଳେ ତା'ଆଖିର କରୁଣ ମିନତି କିଏ ଶୁଣେ କି ? ମଣିଷ ଜନ୍ମ ପାଇ ମୋ ଦଶା ଯେ ଆଜି ତାଠଉଁ ବଳେ ।

ଆଜି ମତେ ପିଲାଦିନର ପରିଚିତ ଥାନ ଛାଡ଼ି ସବୁଦିନ ପାଇଁ ଯିବାକୁ ହବ କୋଉ ଅଜଣା ଅଚିହ୍ନା ଲୋକଙ୍କ ମେଳକୁ ମୋ ଯିବା କଥା ହେଲାଦିନୁ ବୋଉ ତ ସବୁଦିନେ ଟିକେ ଟିକେ କାନ୍ଦୁଥିଲା । ସେଦିନ ତା'ର ଆଉ କାନ୍ଦଣା ବାଧା ମାନିଲା ନାଇଁ । ମତେ ଧରି ସକାଳୁ ସଞ୍ଜଯାଏ ଭାରି ବିକଳ ହୋଇ କାନ୍ଦିଲା । ମୁଁ ତା ସାଙ୍ଗେ କାନ୍ଦିଲି । କାନ୍ଦି କାନ୍ଦି କେତେବେଳେ ଅଚେତ ହୋଇପଡ଼ିଚି, ମୁଁ ଜାଣେନା । ଚେତା ହେଲା, ବଡ଼ମା ଯେତେବେଳେ ମତେ ନେଇ ସବାରିରେ ବସାଇଦେଲେ । ସବାରି କବାଟଫାଙ୍କରେ ନାଥନନାଙ୍କ ଦିହ ଦିଶୁଥିଲା । ମୁଁ ତାଙ୍କ ଲୁଗାକାନି ଜୋର୍‌ରେ ମୁଠେଇ ଧରି କାନ୍ଦିବାକୁ ଲାଗିଲି । ନାଥନନା ସେତେବେଳଯାଏ ଖୁବ୍ କାନ୍ଦ ସମ୍ଭାଳିଥିଲେ; ଆଉ ପାରିଲେ ନାହିଁ । ମତେ ବୁଝେଇ ବୁଝେଇ ଅନେକ ବାଟ ସବାରି ସାଙ୍ଗେ ସାଙ୍ଗେ ଗଲେ; ତାପରେ ଫେରିଆସିଲେ । ବାଟ ଦୁଇପଟେ ପିଲାଦିନ ଚିହ୍ନା ମୋର ଗଛ ପତରସବୁ, ଯାହା ଛାଇରେ ବସି କେତେ ନିଶୂନ ଦିହରେ ମୋର ନାଥନନାଙ୍କ ସାଙ୍ଗେ କଟିଯାଇଚି, ଗୋଟି ଗୋଟି ହୋଇ ମୋଠଉଁ ବିଦା ହୋଇ ପଛକୁ ଚାଲିଗଲେ । ଗାଁ ମୁଣ୍ଡର ସେଇ ଗହଳିଆ ତାଳ ବଣ, ଯୋର କୂଳେ କୂଳେ ବାଉଁଶ ବଣର ନହକା ଛାଇ ତଳେ ଶିଉଳିଲଗା ସେଇ ବଡ଼ ପଥରଟି, ଗାଧୋଇଲାବେଳେ ନିତି ଯାହା ଉପରେ ଗୋଡ଼ ଘସେ; ସବାରିର ଅଳ୍ପଫାଙ୍କ ବାଟେ ସମେସ୍ତ ମତେ ଥରେ ଥରେ ଚାହିଁଗଲେ । ଆଉ ତ ଏମାନଙ୍କୁ ଦେଖିବି ନାଇଁ । ଆଖି ମୋର ଲୁହରେ ପୂରିଗଲା । ତକିଆରେ ମୁହଁମାଡ଼ି ମଲାଙ୍କ ପରି ପଡ଼ିରହିଲି ।

ଦୂର ଗାଁର କୋଉଠି ଗୋଟାଏ ନଡ଼ିଆଗଛର ପତର ପାଲିଙ୍କରେ ଚଢ଼ି ସେତେବେଳ ଅଷ୍ଟମୀ ଚାନ୍ଦ ଶାଶୂଘରକୁ ଯାଉଥିଲା; ଗଛଛାଇ-ଛଇଳା ଗାଁ ଦାଣ୍ଡରେ ତା'ର ଅନୁକୂଳ ଚିତା ପଡ଼ିଥିଲା କେତେ ଜାତିରେ ।

ରାତି ଗୋଟିକ ବାଟରେ କଟିଗଲା । ତହିଁଆରଦିନ ସକାଳେ ମତେ କେତେ ଜଣ ମାଇପେ ଧରାଧରି କରି ନେଇ ଗୋଟାଏ ବେଦିରେ ବସେଇଲେ । ଲୋକଗହଳି

ଆଉ ଗରମରେ ମୋର ନିଃଶ୍ୱାସ ବନ୍ଦ ହୋଇଗଲା ପରି ଜଣାଯାଉଥିଲା । ସ୍ୱାମୀ ଠିକ୍ ମୋ ପାଖରେ ବସିଥାନ୍ତି, ଦହିକୁ ଦିହ ଲଗାଲଗି ହୋଇ ଗୋଟାଏ ମସିଣା ଉପରେ । ଏତେ କଷ୍ଟରେ ସୁଦ୍ଧା ଭାରି ମନ ହେଉଥାଏ ତାଙ୍କ ମୁହଁ ଟିକେ ଦେଖିବାକୁ ଓଢ଼ଣା ଭିତରେ ବହୁ କଷ୍ଟରେ ମୁହଁକୁ ଟିକେ ଟେକି ତାଙ୍କୁ ଦେଖିଲି ।

ହାୟ ଭଗବାନ ! ନ ଦେଖିଲେ ବୋଧହୁଏ ଭଲ ହୋଇଥାଆନ୍ତା ସେ ରୂପା ପୋଡ଼ା କାଠ ପରି ରଙ୍ଗ, ସେଥିରେ ମୁହଁଯାକ ବସନ୍ତର ଦାଗ ଯମିତି ସିଙ୍ଗହୋଇ ଯାଇଚି । ଏଇ ମୁହଁ, ଲାବଣ୍ୟର ଲେଶ ଯାହାକୁ ଛୁଇଁ ନାଇଁ, ଏଇଆକୁ ଚାହିଁ ମତେ ଦୁନିଆର ସବୁ ସୌନ୍ଦର୍ଯ୍ୟ ପାସୋରିବାକୁ ପଡ଼ିବ ! ତରୁଣ ଜୀବନର ଶତ ମନପାଞ୍ଚ ଏଇଠି ସାର୍ଥକ ହବ ତ ? ଆଖି ଆଗରେ ମୋର ସବୁ ଅନ୍ଧାର ଦିଶିଲା । ତଳକୁ ମୁଣ୍ଡ ପୋତି କୌଣସିମତେ ବସିରହିଲି ଭଣ୍ଡାରୁଣୀ ହାତ ଉପରେ ଆଉଜି; ନଇଲେ ବୋଧହୁଏ ପଡ଼ିଯାଇଥାନ୍ତି ।

କର୍ମ ସରିଲା ପରେ ଜଣେ କିଏ, ବୋଧହୁଏ ଘରର ପୋଇଲୀ, ମତେ ଆଣି ଆଉ ଗୋଟାଏ ଘରେ ବସାଇ ଦେଇଗଲା । ତାପରେ ଗୋଟି ଗୋଟି କରି କେତେଗୁଡ଼ିଏ ମାଇପେ ସେ ଘରକୁ ଆସିଲେ ମତେ ଦେଖିବା ପାଇଁ । ଦଣ୍ଡକ ଭିତରେ ଲୋକଗହଳରେ ସେ ଘରେ ଆଉ ତିଳ ପକାଇବାକୁ ଜାଗା ରହିଲା ନାହିଁ ।

ମୁହଁ ଦେଖା ପର୍ବ ସରିଲା । ସମସ୍ତେ ମୋ ରୂପ ବିଷୟରେ ଯେଝା ମତ ପ୍ରକାଶ କରି ବାହରକୁ ଚାଲିଗଲେ । ଶେଷକୁ ଦୁଇ ଚାରୋଟି ଟୋକୀ; ପ୍ରାୟ ମୋ'ରି ବୟସ ହେବ ସେମାନଙ୍କର, ସେ ଘରୁ ଆଉ ଗଲେ ନାଇଁ । ମତେ କଥା କୁହାଇବା ଲାଗି କୁକୁରମାଛି ପରି ଲାଗି ରହିଲେ ମୋ ସାଙ୍ଗେ । ଭାଗ୍ୟକୁ ଆଉ ଜଣେ ବୁଢ଼ୀ ସେ ଘରକୁ ଆସିଲେ । ତାଙ୍କୁ ସବୁ ଦେଖି ଗାଳିଦେଲେ । ପିଲାଟି କାଲିଠଉଁ କିଛି ନ ଖାଇ ହାଲିଆ ହୋଇ ପଡ଼ିଛି; ତମେ ସବୁ ତା ସାଙ୍ଗେ କାହିଁକି ସେମିତି ନଗେଇଚ କିଲୋ ? ଯା, ସେ ଟିକିଏ ଶୋଉ ।

ସେମାନେ ସବୁ ମୁହଁ ଚାହାଁଚାହିଁ ହୋଇ ହସିଲେ । ତା'ପରେ ଗୋଟି ଗୋଟି ହୋଇ ଉଠିଗଲେ ସେ ଘରୁ । ସେ ବୁଢ଼ୀଟି ମୋତେ ଶୋଇବାକୁ କହି ଘର କବାଟ ଆଉଜାଇ ଦେଇ ଚାଲିଗଲେ ।

ହାୟ, ମତେ ପୁଣି ନିଦ ମାଡ଼ିବ ! ଏକୁଟିଆ ହେଲାରୁ ମୋ ସ୍ୱାମୀଙ୍କ କଥା ପୁଣି ମନେପଡ଼ିଲା । ସେ ଆସିବା ସମୟ ହେଲା, ଆମ ଶାସ୍ତ୍ର ଅନୁସାରେ ଯାହାଙ୍କର ମୁଁ ସ୍ତ୍ରୀ ହୋଇସାରିଛି । ମୁଁ ପୁଣି ତାଙ୍କ ଦ୍ୱିତୀୟ ସ୍ତ୍ରୀ; ଆଗ ସ୍ତ୍ରୀ ମରିଥିଲେ ବର୍ଷକର ଗୋଟିଏ ପୁଅ ରଖି । ସେଇଦିନୁ ଆଜିଯାଏ ମୋ ପାଇଁ ଏ ଯେମିତି ବାଟ ଚାହିଁ

ବସିଥିଲେ । ବୟସରେ ସେ ମୋ ବାପାଙ୍କ ସାଙ୍ଗର ହେବେ । ଏଇଆଙ୍କ ସାଙ୍ଗରେ ପୁଣି ମତେ ସବୁଦିନେ ଘର କରିବାକୁ ପଡ଼ିବ ସରିସମ ହୋଇ । ଏହି ମୁହଁକୁ ଚାହିଁ ମତେ ପୁଣି ପିଲାଦିନର ସବୁ ସ୍ନେହ ମାୟା ଭୁଲିବାକୁ ହେବ ତ ? ସେତିକିବେଳେ ମନେ ପଡ଼ିଗଲା ମୋର, ଆଉ ଗୋଟିଏ ଲାବଣ୍ୟସିନ୍ଧୁ ପଖଳା ଚିରପରିଚିତ ମୁହଁ, ବିଧାତାଙ୍କର ସବୁ ସୁନ୍ଦର ସୃଷ୍ଟି ଯାହା ଦିହରେ ସାର୍ଥକ ହୋଇଯାଇଚି । ସେ ମୁହଁ ଆଉ ମୋ ସ୍ୱାମୀଙ୍କ ମୁହଁ ! କେତେ ପ୍ରଭେଦ, କେତେ ଫରକ ୟା ଭିତରେ । ତୁଳନା କରିବାକୁ ସୁଦ୍ଧା ଲାଜ ମାଡ଼େ । ସେ ପୁଣି ତ ମତେ ଅପ୍ରାପ୍ତ ହୋଇ ନ ଥିଲେ । କିନ୍ତୁ... । ଆଉ ଭାବିପାରିଲି ନାହିଁ । ମନେହେଲା, ଏମିତି ଭାବିଲେ ମୁଁ ପାଗଳ ହୋଇଯିବି । କିନ୍ତୁ ଏଇ ଚିନ୍ତାରେ ପାଗଳ ହୋଇଯିବା କେଡ଼େ ସୁଖକର ମନେ କଲି ।

ସୂର୍ଯ୍ୟ ବୁଡ଼ି ଯାଇଥିଲେ ଅନେକବେଳୁ । ଦିନ ଆଲୁଅ କ୍ରମେ ଲିଭିଆସିଲା । କୋଠାଘର; କିନ୍ତୁ ଜଳାକବାଟି ମୋଟେ ନ ଥିଲା, ମୁଁ ଯୋଉ ଘରେ ବସିଥିଲି । ଅନ୍ଧାର ଘର ଭିତରେ ଚୁପ୍ ହୋଇ ଅନେକ ବେଳଯାଏ ବସିରହିଲି । ବାହାରେ- କୋଉଠି କେତେ ଦୂରରେ- ସଞ୍ଜଘଣ୍ଟା ବାଜିଗଲା । ଘରେ ଘରେ ଦୀପ ଲାଗିଲା । କେତେବେଳ ପରେ ଦୁଇ ଚାରି ମାଇପେ ଆସି ମତେ ଆଉ ଗୋଟାଏ ଘରକୁ ନେଇଗଲେ । ସେ ଘରଟା ବି ଏମିତି ଅନ୍ଧାର; ଖାଲି ଘରକଣରେ ଗୋଟିଏ ଦୀପ ମିଞ୍ଜି ମିଞ୍ଜି ହୋଇ ଜଳୁଥିଲା । ସେଇ ଅଳ୍ପ ଆଲୁଅରେ ଦେଖିଲି, ଘରର ଗୋଟାଏ ପାଖରେ ବଡ଼ ପଲଙ୍କଟାଏ, ତା ଉପରେ ବିଛଣା ପଡ଼ିଛି । ଏମାନେ ମତେ ନେଇ ଘର କଣରେ ଖଣ୍ଡେ ସପ ଉପରେ ବସାଇଦେଇ ସେ ଘରୁ ଚାଲିଗଲେ । ବୁଝିପାରିଲି କାହିଁକି ମତେ ଏ ଘରକୁ ଅଣାହୋଇଛି । ବିଜୁଳି ମାରିଲା ପରେ ଘଡ଼ଘଡ଼ି ଗର୍ଜନକୁ ଯିମିତି ଲୋକେ ଭାବି ନିଅନ୍ତି, ଗୋଟାଏ ଅଜଣା ଭୟରେ ମୋର ଦିହ ଥରି ଉଠିଲା, ଛାତି ଦାଉଁ ଦାଉଁ ପଡ଼ିଲା । ଭାବିଲି, କାହିଁକି ମୁଁ ଏତେ ଡରୁଚି ? ସେ ତ ବାଘ ସାପ ନୁହନ୍ତି, ମତେ ଖାଇଯିବେ ? ତୁଚ୍ଛାଟାକୁ ଏତେ ଡରିବି କାହିଁକି ?

ଘଡ଼ିଏ ଖଣ୍ଡେ ବିତିଗଲା, କେହି ଆସିଲେ ନାହିଁ ସେ ଘରକୁ । ମନରେ ଟିକିଏ ଦମ୍ଭ ଆସିଲା । ଭାବିଲି, ଯେଡ଼େ ଅସୁନ୍ଦର ସେ ହେଉନ୍ତୁ, ମୁଁ ତ ତାଙ୍କରି ସ୍ତ୍ରୀ । ତାଙ୍କ ଛଡ଼ା ମୋର ଆଉ ଗତି କ'ଣ ଅଛି ? ମୋ ମନକୁ ନ ଆସିଲେ ସଂସାର ଲୋକେତ ମୋ ଦୁଃଖ ଶୁଣିବେ ନାହିଁ । ଅଧିକ ହସିବେ ସମସ୍ତେ । ମୁଁ କ'ଣ ୟା'ଙ୍କୁ ଭଲ ପାଇପାରିବି ନାହିଁ ? ଦେଖିବି ଚେଷ୍ଟାକରି, ପ୍ରାଣର ସବୁ ବଳ ଖରଚ କରି, ତାଙ୍କ ପ୍ରତି ମନର ସବୁ ବିମୁଖତାକୁ ସହିନେଲେ ତ ଯିବ । ନା-ନା, ମୁଁ ଥରେ

ଦେଖିବି ଚେଷ୍ଟାକରି, ଯାଙ୍କୁ ଭଲ ପାଇବାକୁ, ନିଶ୍ଚୟ-ନିଶ୍ଚୟ । ସାରାଦିନର ଅନିୟମ ଓ ଅବସାଦରେ ଆଖି ଦି'ଟା ନିଦରେ ଭାରି ହୋଇ ଆସିଥିଲା । ଆଉ ସିଧାହୋଇ ବସି ପାରିଲି ନାହିଁ, ସେଇଠି ସେମିତି ଶୋଇପଡ଼ିଲି । କେତେବେଳେ ମତେ ନିଦ ହେଇଯାଇଚି ଜାଣେନା । ହଠାତ୍ କାହା ଥଣ୍ଡା ହାତ ଲାଗି ନିଦଟା ମୋର ଚାଉଁକିନା ଭାଙ୍ଗିଗଲା । ଧଡ଼ପଡ଼ ହୋଇ ଉଠିବସି ମୁଣ୍ଡରେ ଲୁଗା ଦେଇଦେଲି । ଛାତିଟା ଦୁମ୍‌ଦୁମ୍ ହୋଇ କମ୍ପିଗଲା । ସେଇ ଅଳ୍ପ ଆଲୁଅରେ ମୁଣ୍ଡରେ ଲୁଗାଦେବା ଭିତରେ ଚିହ୍ନିପାରିଲି, ସେ ମୋ ସ୍ୱାମୀ ।

ଦୀପଟା ଆହୁରି କମ କରିଦେଇ ସେ କହିଲେ, ଆ ବିଛଣାକୁ ।

କିଛି କହିଲି ନାଇଁ । ସେ ମୋ ପାଖକୁ ଆସିଲେ । ଦୁଇ ହାତରେ ମତେ ଏକରକମ ବିଛଣା ପାଖକୁ ଟେକିନେଇ କହିଲେ; ଉପରକୁ ଯା ।

ଖଟ ପାଖରେ ପୁଣି ଠିଆହେବା ଦେଖି ସେ ତଳକୁ ଓହ୍ଲାଇ ଆସିଲେ । ମୁଣ୍ଡରୁ ମୋର ଓଢ଼ଣା ଟେକିଦେଇ ହସି ହସି କହିଲେ ଏତେ ଲାଜ ଗୋଟାଏ କ'ଣ ? ମତେ ଭଲ ଲାଗେ ନାହିଁ ସେଗୁଡ଼ା ।

ଏଇ ପହିଲୁ ବୋଧହୁଏ ମୁଁ ତାଙ୍କୁ ହସିବାର ଦେଖିଲି । କିନ୍ତୁ ମନେହେଲା, ନ ଦେଖିଥିଲେ ବରଂ ଭଲ ହୋଇଥାନ୍ତା । ଭଗବାନ୍, ହସ ପୁଣି ମଣିଷଙ୍କର ଏମିତି ବିକୃତ ! ମୋର ଏ ଧାରଣା ନ ଥିଲା ।

ମତେ ଚୁପ୍‌ହୋଇ ଠିଆ ହେବାର ଦେଖି ସେ ଆହୁରି ପାଖକୁ ଆସିଲେ । ଦୁଇ ହାତରେ ମୋ ହାତକୁ ଧରି ଖଟ ଉପରକୁ ଟାଣିନେଲେ । ମୁଁ ତାଙ୍କ ହାତକୁ ଟିକେ ଠେଲିଦେଇ ପଛକୁ ଘୁଞ୍ଚିଆସିଲି । ସେ ପୁଣି ମୋ ହାତକୁ ଧରି ରାଗରେ ଟାଣକରି କହିଲେ- ଇଏ କ'ଣ ? ମୁଁ ଖାଇଯାଉଚି ନା କ'ଣ ତତେ ?

କହୁ କହୁ ମତେ ପାଖକୁ ଭିଡ଼ିନେଲେ ଏତେ ଜୋର୍‌ରେ ଯେ ମୁଁ ଟାଳ ସମ୍ଭାଳି ନ ପାରି ଏକରକମ ତାଙ୍କ ଛାତି ଉପରେ ଆଉଜି ପଡ଼ିଗଲି । ପୁଣି ସିଧାହେବା ଆଗରୁ ସେ ମୋ ମୁହଁକୁ ଟେକିଧରି ଚୁମ୍ବନ କଲେ ।

ବିଜୁଳି ପରି ତାଙ୍କୁ ଦୁଇହାତରେ ଠେଲିଦେଇ ଖଟଉପରୁ ଓହ୍ଲାଇ ଆସିଲି । ଛି ଛି, ଏ ମଣିଷ ନାଁ କ'ଣ !

ଦିହ ଗୋଟାକ ଝିମିଝିମି ହୋଇଗଲା ଘୃଣା ଆଉ ରାଗରେ । କିନ୍ତୁ ମୋ ବ୍ୟବହାର ଦେଖି ସେ ବୋଧହୁଏ ସତରେ ରାଗିଗଲେ । ଦୁଇ ହାତରେ ମୋତେ ପିଲାଙ୍କ ପରି ଖଟ ଉପରକୁ ଟେକିନେଇ ଜୋରକରି କହିଲେ, ଶୋ ଏଠି ।

ସେଇ ବିଛଣାରେ ସେମିତି ପଥର ପରି ବସିରହିଲି ମୁଁ । ଏଡ଼େ ଅଭଦ୍ର, ଇତର ଏ ? ବାହା ହୋଇଛନ୍ତି ବୋଲି କ'ଣ ଏମିତି ବଳ ପ୍ରୟୋଗ କରି ଏ ମୋ ମନ ପାଇବେ ? ହାୟ, ହୟ ମୁଁ ପୁଣି ଏଇୟାଙ୍କୁ ଭଲ ପାଇବାକୁ ଚେଷ୍ଟା କରିବି ବୋଲି ଆଉ କେତେ ଦଣ୍ଡ ଆଗରୁ ପ୍ରତିଜ୍ଞା କରୁଥିଲି ?

ବିଛଣାରେ ଅନ୍ୟଆଡ଼କୁ ମୁହଁ କରି ସେ ଶୋଇଥିଲେ । ମନେକଲି, ବୋଧହୁଏ ଶୋଇ ପଡ଼ିଲେଣି । ସେ ବିଛଣାରେ ତାଙ୍କ ସାଙ୍ଗରେ ଏକାଠି ଶୋଇବାକୁ ମୋର ମନ ହେଲା ନାଇଁ । ତଳେ ଶୋଇବାକୁ ମନେକରି ଉଠିଆସୁଚି, ସେ ମୋ ଲୁଗାକାନିକି ଧରିପକାଇ ପଚାରିଲେ, କୁଆଡ଼େ ଯାଉଚୁ ? ମନ ହେଉଥାଏ ବଡ଼ ପାଟିକରି କହିବାକୁ, ଯମ ଘରକୁ । କଥାର ଜବାବ ନ ପାଇ ସେ ଭାରି ଚିଡ଼ିଗଲେ । କହିଲେ, ଏମିତି ହେଲେ ଏକା ଜାଣିଥା, ଭାରି ଖରାପ ହବ । ମୁଁ କହୁଚି, ମୋ କଥା ମାନ୍ । ପାଖକୁ ଆ ।

ପୁଣି ସେମିତି ଟଣା ଓଟଣା । ସ୍ତ୍ରୀ ହୋଇ ମୋର କେତେ ବଳ ତାଙ୍କ ସାଙ୍ଗେ ଲଢ଼ିବାକୁ ! ମୁଁ ପାରିଲି ନାହିଁ । ଦୁଇ ହାତରେ ମତେ ଛାତି ଉପରେ ଭିଡ଼ିଧରି ସେ ମୋ ମୁହଁ ପାଖକୁ ମୁହଁ ଆଣିଲେ-ବୋଧହୁଏ ଆଉ ଥରେ ଚୁମ୍ବନ କରିବାକୁ...

ଭାବିଲି, ବାଧା ଦେବି ନାଇଁ ଏଥର ତାଙ୍କ କାମରେ । କ'ଣ କରୁଛନ୍ତି ସେ କରନ୍ତୁ, କିନ୍ତୁ ଘୃଣା ଆସି ମୋତେ ବାଟ କଢ଼େଇନେଲା । ଅଜାଣତରେ କେତେବେଳେ ମୁଁ ତାଙ୍କୁ ପଛକୁ ଠେଲିଦେଇ ଖଟ ଉପରୁ ଡେଇଁପଡ଼ିଲି । ସେ ବି ମୋ ପଛେ ପଛେ ମତେ ଧରିବାକୁ ଆସୁଛନ୍ତି ଦେଖି ଦୀପଟା ଲିଭାଇ ଦେଲି ।

ଅନ୍ଧାର ଭିତରେ ମୁଁ କୋଉଠି, ସେ ଦେଖିପାରିଲେ ନାହିଁ । ମୋତେ ଖୋଜୁ ଖୋଜୁ ସେଇ ଅନ୍ଧାରରେ ତାଙ୍କ ମୁଣ୍ଡ ଖଟ ଦିହରେ ଖୁବ୍ ଜୋର୍‌ରେ ବାଡ଼େଇ ହୋଇଗଲା । ମୁଁ ଶୁଣିପାରିଲି, ଯନ୍ତ୍ରଣାରେ ଭାରି ରାଗିଯାଇ ସେ କହିଲେ- ହଉ ରଇଥା, କାଲି ସକାଳେ ଯାଇ ତୋର ମୋର ବୁଝାବୁଝି । ମତେ ଚିହ୍ନି ନାଉଁ ପରା ଆଜିଯାଏ ?

ବହୁ କଷ୍ଟରେ ଦରାଣ୍ଡି ଦରାଣ୍ଡି ସେ ବିଛଣାକୁ ଯାଇ ଶୋଇଲେ । ଅନ୍ଧାରେ କିଛି ଦିଶୁ ନ ଥାଏ, ପଲଙ୍କ କଟ୍ କଟ୍ ହେଲାରୁ ଖାଲି ଅନୁମାନ କଲି ।

ଘଡ଼ିଏ ଗଲା । କିଛି ସୋର୍ ଶବ୍ଦ ନାହିଁ ।

ଭୟରେ ଦରମରା ହୋଇ ଦୁଆରମୁହଁ ପାଖରେ ସେମିତି ସେତିକିବେଳୁ ଠିଆ ହୋଇଚି କାଠ ପରି । ହଲଚଲ ହେବାକୁ ବି ଡର ମାଡୁଥାଏ, କାଳେ ସେ ପୁଣି ମତେ ଧରିବାକୁ ଆସିବେ ।

କେତେବେଳେ କେଜାଣି ଖଟ ଉପରୁ ତାଙ୍କ ଘୁଙ୍ଗୁଡ଼ି ଶବ୍ଦ ଶୁଭିଲା । ସାବଧାନରେ କବାଟ ଟିକେ ମେଲାକରି ଗୋଡ଼ ଚିପି ଚିପି ବାହାରକୁ ଚାଲିଆସିଲି ।

ରାତି ପାହି ଆସୁଥାଏ ସେତେବେଳକୁ, ଦୂର ସାଗରଦିହରେ ଅନ୍ଧାରର ଯେମିତି ଛେନା ଛିଣ୍ଡି ଯାଇଛି । ଏଠି ସେଠି ଗଛପତ୍ର ସବୁ ପତଳା ଅନ୍ଧାର ଭିତରେ କଳା କଳା ହୋଇ ବାରି ହେଉଥାନ୍ତି । ଭଗବାନଙ୍କର ଏ ମୁକୁଳା ରାଜ୍ୟତଳେ ଠିଆହୋଇ ମନର ଗୋପନ ଗୁହାରିଟିକ ତାଙ୍କ ପାଖେ ପହଞ୍ଚାଇବା ଲାଗି ରାତିସାରା ଯେମିତି ତରଳ ଆଖି ଦିଟା ବାଟେ ଝରିପଡ଼ିଲା । ମନେହେଲା, ଏଇ ସ୍ୱାମୀ ? ୟା'ଙ୍କୁ ମୁଁ ଭଲ ପାଇପାରିବି ତ ?

ସେଦିନ ସକାଳୁ ଜମିଦାରୀର କ'ଣ ଗୋଟାଏ କାମରେ ସ୍ୱାମୀ ଅନ୍ୟ ଗାଁକୁ ଯିବେ ବୋଲି ସଜ ହଉଥିଲେ । ସେଦିନ ଘରକୁ ଫେରିବେ ନାହିଁ ବୋଲି ଶୁଣିଲି । ମନେହେଲା, ଯାହା ହଉ ଆଜି ଦିନକ ତ ଛୁଟି ।

ପାହାନ୍ତା ପହରୁ ସେ ଯିବେ ବୋଲି ସେ ପୋଇଲୀଟା ଏପଟ ସେପଟ ହୋଇ ତାଙ୍କର ଜିନିଷ ସବୁ ସଜାଡୁଥାଏ । ଭାବିଲି, ୟାଙ୍କ ଘରେ ଆଉ କେହି ନାହାନ୍ତି ନା କ'ଣ ? ଶୁଣିଛି, ମୋର ଶାଶୂ ଅଛନ୍ତି – ସେ ବିଧବା, କିନ୍ତୁ ଏ ତ ଅଷ୍ଟ ଅଳଙ୍କାର ମଣ୍ଡିହୋଇଛି ଦିହଯାକ । ବୟସ ବି ଏମିତି ବେଶି କିଛି ହୋଇନାହିଁ । ତେବେ ଏ କିଏ ?

ଦୁଆରମୁହଁ ପାଖରେ ମତେ ଦେଖି ସେ ମୋ ପାଖକୁ ଆସିଲା । ନାଚ ପିଲାଙ୍କ ପରି ମୋ ମୁହଁ ପାଖରେ ହାତ ହଲାଇ କହିଲା– ହେ ବୋହୂ ! ମା ସିଆଡ଼େ କୋଉ ପହରୁ ଗାଧୋଇଆସି ଓଦାଲୁଗାରେ ଠିଆ ହୋଇଛନ୍ତି, ଆଖିରେ କ'ଣ ତୁମର ପୁଅ ନାହିଁ କି ?

ଭାରି ରାଗ ହେଲା ତା କଥା ଶୁଣି । ୟା'ଙ୍କ ଘରେ ଗୋଟିକଠଉ ସମସ୍ତେ ଏମିତି ଅଭଦ୍ର ନା କଅଣ ? କହିଲି, ମୁଁ ତ ଜାଣି ନାହିଁ ।

ଜାଣି ନା ? ଅଜଣା ହୋଇ ଆସିଛ ଏଠିକି ? ଗାଧୋଇ ସାରିଲେ ଶୁଖିଲା ଲୁଗା ଦବା କି ପୂଜାପାଇଁ ଠା କରିଦେବା, ଏକଥା ପୁଣି କିଏ ଶିଖେଇଦବ ମ ! କ'ଣ ଛୁଆ ନା ପିଲା ? ଆସ ବାହାରି –

ସେ ଚାଲିଗଲା । ଦି'ଦିନ ହେଲା ମୁଁ ଏଠିକି ଆସିଚି, କିନ୍ତୁ କ'ଣ କରିବି ? ପଦାକୁ ଆସିଲି । ଖଣ୍ଡେ ପକ୍କା ଦୁଆର ଛାଡ଼ି ଆରପଟେ ଠାକୁର ଘର । ଓଦାଲୁଗା ପିନ୍ଧି ସେଠି ଯିଏ ଠିଆ ହୋଇଥିଲେ, ସେ ବୁଢ଼ୀ, କିନ୍ତୁ ଏତେ ବୟସର କୌଣସି ଲକ୍ଷଣ

ତାଙ୍କ ଦିହରେ ନ ଥିଲା । ପିଞ୍ଛି ପରି ଲମ୍ବା ପତଳା ଦିହ, ସୁନା ପରି ଦୂରରୁ ଝଟକୁଚି । ବୁଦ୍ଧି ଆଉ ଦୃଢ଼ତାରେ ମୁହଁଟି ସମୁଜ୍ଜ୍ୱଳ । ଏଇ ମୋ ଶାଶୂ ।

ଘର ଭିତରୁ ଶୁଖିଲା ଲୁଗା ଆଣି ଦେଲି ତାଙ୍କୁ । ସେ ପୋଇଲୀଟା ସେତେବେଳେ ଦୁଆର ମଝିରେ ଠିଆହୋଇ ଆପଣା ମନକୁ ସମସ୍ତଙ୍କୁ ଶୁଣାଇ ଶୁଣାଇ କହୁଥାଏ- ମୋର ଛୁଇଁବା କଥା ନୁହେଁ ବୋଲି ସିନା, ନଇଲେ ପରଙ୍କୁ ଏତେ ଖୋସାମତ କିଆଁ ପଡ଼ନ୍ତା ? ଦଣ୍ଡକେ ସବୁ ସଜ କରି ଥୋଇଦିଅନ୍ତି ପରା ।

ଶାଶୂ ଲୁଗା ପାଲଟିଲେ । ମତେ ତୁନି ତୁନି କହିଲେ, ଦେଖୁଚୁ ତ କେମିତି ଏକୁଟିଆ ଘର, ଏତେ ଲାଜ କଲେ ଚଳିବ କୋଉଠୁ, ଝିଅ ?

ସେ ଠାକୁରଘର ଭିତରକୁ ଯାଇ କବାଟ ଲଗାଇଦେଲେ । ଠାକୁରଘର ଦୁଆରମୁହଁ ପାଖରେ ଗୋଟିଏ ପିଲା କେତେବେଳୁ ଖୁଣ୍ଟକୁ ଆଉଜି ଠିଆ ହୋଇଥିଲା । ମତେ ଦେଖି ପାଖକୁ ଆସିଲା, କାନିଧରି ହସି ହସି କହିଲା- ନୂଆ ମା ! କାଖ କରି ମୁଁ ତାକୁ ମୋରି ଘରକୁ ନେଇଆସିଲି । ଘର ଭିତରେ ଆଉ କେହି ନ ଥିଲେ ସେତେବେଳେ । ତୁନି ତୁନି ପଚାରିଲି- ତୋ ନାଁ କ'ଣ କି ?

ନଟ ପରା ! ସେ କହିଲା ।

ପଚାରିଲି- ହଇରେ ନଟ, ମତେ ତୁ ଚିହ୍ନିଲୁ କମିତି ?

ବାଃ ରେ, ଆମ ଧାଇମା ପରା କହୁଥିଲା, କୋଉଦିନ କେଜାଣି, କେତେଦିନ ହୋଇଗଲାଣି, ତୋର ନୂଆ ମା ଆସିବ । ବାପା ଯିବେ କେତେ ବାଜା ବଜାଇ ତାକୁ ଆଣିବାକୁ ।

ଧାଇମା କିଏ ?

ମଲା ତୁ ଜାଣିନଉଁ ନା ? ସିଏ ସଉରଭୀ ପରା । ଏଇକ୍ଷଣି ଯେ ଦୁଆରେ ଠିଆ ହୋଇଥିଲା, ତୁ ଆସିଲାବେଳେ ।

ବୋଧହୁଏ ସେଇ ପୋଇଲୀଟା ।

ପଚାରିଲି- ହଇରେ ଧାଇମା ଏଠି କି କାମ କରେ ?

ମତେ ଦୁଧ ପେଇଦିଏ, ଦାଣ୍ଡକୁ ବୁଲେଇନିଏ । ଆଗେ ତାରି ପାଖରେ ଶୋଉଥିଲି, ଏବେ ମା ପାଖରେ ଶୁଏ ଭଉତୁ ଦିନ ହେଲା ।

ପଚାରିଲି- ଧାଇମା ତତେ ମାରେ, ହଇରେ ?

ଖୁ-ଉ-ଉବ୍ । ଦୁଧ ନ ପିଇଲେ, ଅମାନିଆ ହେଲେ ଗୋଟାଏ ବାଡ଼ି ଧରି ଏମିତି ପିଟିପକାଏ ଖାଲି ।

ବାପା କିଛି କୁହନ୍ତି ନାଇଁ ତାକୁ ?

ନାହିଁ, ଖାଲି ହସିଦେଇ ଦାଣ୍ଡକୁ ଚାଲିଯାନ୍ତି । ତା'ପରେ ଦଣ୍ଡେ କ'ଣ ଭାବି କହିଲା- ବାପାକୁ ସେ ଓଷଦ କରିଚି କୁଆଡ଼େ ।

ଆଉ, ମା ? ମୁଁ ପଚାରିଲି । ସେ କିଛି କୁହନ୍ତି ନାହିଁ ଧାଇମା ତତେ ମାରିଲେ ? ସେ କହିଲା, ସେ ତ ସବୁବେଳେ ଖାଲି ଠାକୁରଘରେ ପଶିଥାଏ । ଏ ଖଞ୍ଜାକୁ ଜମା ଆସେ କି ?

ଆଖି ଦି'ଟା ମୋର ଲୁହରେ ପୂରି ଉଠିଥିଲା ତା କଥା ଶୁଣି ଶୁଣି । ମା-ମଲା ଏଇ ଅରକ୍ଷ ଅଶରଣ ପିଲାଟି; କାହାର ତ ଟିକେ ହେଲେ ନୋଭ ନାହିଁ ଯା ପ୍ରତି ! ଦୁଇ ହାତରେ ତାକୁ ଛାତି ଉପରେ ଭିଡ଼ିଧରି ମନେ ମନେ କହିଲି, କେହି ନ ଥିଲେ ତୋର ମୁଁ ତ ଅଛି ।

ଜମିଦାର ଘର । ବେଶି କେହି ଲୋକ ନ ଥିଲେ ବି ଅମଲା ଚାକରଙ୍କ ଗୋଳମାଳ ଭାଙ୍ଗୁ ଭାଙ୍ଗୁ ରାତି ଅନେକ ହୋଇଯାଏ । ଆଜି ପୁଣି ସହଜେ ସେ ଘରେ ନାହାନ୍ତି । ରାତି ଦି'ପହରଯାଏ ଖଞ୍ଜାରେ ଗହଳ ଚହଳ ଲାଗିଲା । ଅନେକ ରାତିରେ ଗୋଟି ଗୋଟି ହୋଇ ସମସ୍ତେ ଘରକୁ ଗଲେ । ଘର ଭିତରେ ଖଣ୍ଡେ ସପ ପକାଇ ଶୋଇବାକୁ ଯାଉଛି, ନଟ ଆସି ଡାକିଲା-ନୂଆ ମା, ଶୋଇଲୁଣି ? ମୁଁ ତୋ ପାଖରେ ଶୋଇବି ।

ପିଲାଟା, ଏତେବେଳଯାଏ ତାକୁ ନିଦ ନାହିଁ, ଖାଲି ମୋ'ରି ପାଖରେ ଶୋଇବ ବୋଲି । ଏଡ଼େ ସ୍ନେହରଙ୍କ ବିଚାରି । କୋଳକୁ ଟାଣିନେଇ କହିଲି- ଆ ଲୋ, ଶୋଇବୁ ମୋ ପାଖରେ । ମା ପାଖରେ ଶୋଇଲୁ ନାହିଁ କି ଆଜି ? ସେ କହିଲା, ମାଆକୁ କହିଲି ନୂଆ ମା ପାଖରେ ଶୋଇବି ଯାଉଚି । ସେ କ'ଣ କହିଲେ ? ପଚାରିଲି ।

କହିଲା, ହଉ ଯା ।

ସଉତୁଣୀ-ପୁଅ ସେ ମୋର; କିନ୍ତୁ ଏଡ଼େ ସ୍ନେହ ତାହା ପାଇଁ ଏ ପୋଡ଼ା ଛାତି ଭିତରେ କୋଉଠି ଥିଲା କେଜାଣି ?

ବାହାରେ ସଉରଭୀ ପାଟି ଶୁଭିଲା- ନଟ, ଆ ଶୋଇବୁ ।

ବିକଳେ ମୋ ବେକକୁ ବେଢ଼ାଇଧରି ନଟ କହିଲା- ନୂଆ ମା । କହିଦେ ତାକୁ, ମୁଁ ଏଇଠି ଶୋଇବି; ତୋ ପାଖରେ ।

ସଉରଭୀ ପୁଣି ଆସି ଡାକିଲା- ନଟ, ଆ, ମା ଡାକୁଛନ୍ତି ।

ସେ କହିଲା- ମୁଁ ମାଆକୁ କହି ଆସିଚି, ଏଇଠି ଶୋଇବି ।

ଆ, ତେବେ ମୋ ପାଖରେ ଶୋଇବୁ ।

ଆଉ ମୁହଁ ବୁଜି ରହିପାରିଲି ନାହିଁ । କହିଲି- ପିଲାଟା କହୁଚି, ସେ ଏଇଠି ଶୋଉ ଆଜିକ ।

ମୋ ଆଡ଼କୁ ଆଖି ତରାଟି ଚାହିଁ ସେ କହିଲା- ଚାଖଣ୍ଡେ ବୋଲି ପିଲା, ତା'ର ପୁଣି ଗୋଟାଏ ଆଇନି । ଆ, ଶୋଇବୁ ମୋ ପାଖରେ କହୁଚି । ଡରରେ ପିଲାଟା କାଠପିତୁଳା ପରି ସେମିତି ପଡ଼ିଥାଏ । ତାକୁ ଜୋର୍‌ରେ ମୋ ପାଖରୁ ଝିଙ୍କିନେଇ ସଉରଭୀ କହିଲା- ଚାଲ, ସଇତାନ ଟୋକା, ମାରି ମାରି ହାଡ଼ ଚୂନା କରିଦେବି ଯେ ।

ଲୁହ ଢଳଢ଼ଳ ଆଖିରେ ନଟ ଚାଲିଗଲା ତା ସଙ୍ଗେ, ମୋ ଆଡ଼କୁ ଚାହିଁ ଚାହିଁ । ମନେ ହେଲା, ମୋ ଦିହରୁ ଖଣ୍ଡେ ଯେମିତି କିଏ କାଟିନେଲା । ସପଟା ସେଇ ଘରେ ଫୋପାଡ଼ିଦେଇ ବାହାର ପିଣ୍ଡାରେ ଆସି ବସିଲି ।

ତହିଁଆରଦିନ ସକାଳୁ ମୋ ସ୍ୱାମୀ ଘରକୁ ଫେରିଲେ । ଘରୁ ବାହାର ଯାଏ ଚାକର ପୋଇଲୀଙ୍କର ଧାଁ ଦଉଡ଼ ପଡ଼ିଗଲା । ଭାବିଲି, ମୋର ବି କାଳ ଆସିଲା ।

ଆଗ ରାତିର ଘଟଣାଯାକ ମନେପଡ଼ି ଦିହଟା କେମିତି ଶୀତେଇ ଉଠିଲା । ମନରୁ ଜୋର୍‌କରି ସେ ଭାବ ତଡ଼ିଦେବାକୁ ଚେଷ୍ଟାକଲି । ଭାବିଲି, ଯେତେ ଖରାପ ହେଲେ ସେ ତ ପୁଣି ମଣିଷ । ସେ କ'ଣ ବୁଝିବେ ନାହିଁ ମୋ କଥା ?

ଭିତର ଖଞ୍ଜାରେ ତାଙ୍କ ପାଟି ଶୁଭିଲା । ମୋର ସାମ୍ନାଘରେ ତାଙ୍କର ଲୁଗାପଟା ଥାଏ । ଖୋଲା କବାଟବାଟେ ଯାହା ଦେଖିଲି, ମନ ମୋର ଘୃଣାରେ ପୂରିଉଠିଲା । ଖଟ ଉପରେ ସ୍ୱାମୀ ବସିଛନ୍ତି, ସଉରଭୀ ପାଖରେ ଠିଆହୋଇ ତାଙ୍କ ଜାମାର ବୋତାମ ଫିଟଉଚି । ଦୁହେଁଯାକ ହସି ହସି କ'ଣ କଥାବାର୍ତ୍ତା ହଉଛନ୍ତି । ମୋତେ ଦେଖି କାବାଟଟା ଆଉଜେଇ ଦେଲେ ।

ଭାବିଲି, ଅପମାନ ଷୋଳ ଅଣା ପୂର୍ଣ୍ଣ ହେବାକୁ ଆଉ କେତେ ବାକି ଅଛି ?

ଘର ଭିତରେକାନ୍ଥକୁ ଆଉଜି ବସିଚି, ଗୋଟାଏ ପୋଇଲୀ ତାଟିଆଏ ଦୁଧ ମୋ ପାଖରେ ଥୋଇଦେଇ କହିଲା- ବୋହୂ ସାନ୍ତାଣୀ, ସଉରଭୀ ଧାଈମା କହିଲେ, ନଟବାବୁଙ୍କୁ ଦୁଧ ପେଇଦିଅ ।

ନ ଶୁଣିଲା ପରି କହିଲି, କିଏ କହିଲା ?

ସଉରଭୀ- ଧାଈମା ।

ମନ ହଉଥାଏ ଗୋଇଠା ମାରି ତାଟିଆ ଫାଟିଆ ଫୋପାଡ଼ି ଦେବାକୁ । ରାଗ ଚପେଇ ରଖି କହିଲି- ମୁଁ ପାରିବି ନାଇଁ, ସେଇଆକୁ ଡାକିଦିଅ । ସେ ଚାଲିଗଲା ।

ଦଣ୍ଡକ ପରେ ଆଉ ଘରୁ ସ୍ୱାମୀଙ୍କର ପାଟି ଶୁଭିଲା, ନ ପାରିବ ଯଦି ଏଠିକି ଆସିଚ କ'ଣ ସାନ୍ତାଣୀ ହବାକୁ ? ନଟ, ଯା ସେ ଘରକୁ ।

ମୋ ଘର କବାଟଟା ଧଡ଼୍‌କରି ଫିଟାଇଦେଇ ସଉରଭୀ ନଟକୁ ଟାଣି ଟାଣି ଆଣି ସେ ଘରେ ଛାଡ଼ିଦେଲା । ମତେ ଚାହିଁ ମୁହଁ ବୁଲେଇ ଟିକେ ହସିଦେଇ ଚାଲିଗଲା । ନଟ ଆସି ମୋ କୋଳ ପାଖରେ ବସି ଡାକିଲା- ନୂଆମା, ଭୋକ କଲାଣି ମ । ସବୁ ଅପମାନ, ସବୁ ବିରକ୍ତି କୁଆଡ଼େ ପାଣି ପରି ହୋଇଗଲା ସେ କଥା ପଦକରେ । ଦୁଧବାଟି ପାଖକୁ ଆଣି କହିଲି- ଆ, ପେଇଦିଏ ।

ଦି'ପହରଟାଯାକ ଏକରକମ ବୈଚିତ୍ର୍ୟହୀନ ହୋଇ କଟିଗଲା ଖାଲି ଶୋଇ ଶୋଇ । ନିଦ ଜମା ମତେ ମାଡୁ ନ ଥାଏ, କିନ୍ତୁ ନ ଶୋଇଲେ କାଳେ ରାତିରେ ନିଦ ହୋଇଯିବ । ସେ ଯଦି ସେଦିନ ପରି ଅତ୍ୟାଚାର କରନ୍ତି ଶୋଇଥିଲାବେଳେ, ଏଇ ଭୟରେ ବିଛଣାରେ ଖାଲି ପଡ଼ିରହିଲି ଆଖିବୁଜି ।

ଉଠିଲାବେଳକୁ ସଞ୍ଜବତୀ ଲାଗିଯାଇଥିଲା । ଦିନ ଆଉ ନ ଥିଲେ ବି ଉଠିବାକୁ ମନ ହେଲା ନାହିଁ । ସେମିତି ସେଇ ଅନ୍ଧାର ଘର ଭିତରଟାରେ ପଡ଼ି ପଡ଼ି ଆଜି ରାତି ପାଇଁ ମନରେ ସାହସ ବାନ୍ଧିବାକୁ ଚେଷ୍ଟା କଲି ।

ମୋ ସ୍ୱାମୀ ଘରକୁ ଆସିଛନ୍ତି ବୋଲି ସେଦିନ ସମସ୍ତଙ୍କର ଖିଆପିଆ ସହଳ ସହଳ ବଢ଼ିଯାଇଥିଲା । ଖଞ୍ଜାରୁ ଲୋକଙ୍କ ଗହଳ କମିଆସିଲା । ଭାବିଲି- ହେ ଭଗବାନ୍, ନଟ କାଲି ପରି ଆଜି ମୋ ପାଖକୁ ଶୋଇବାକୁ ଆସନ୍ତା ଯଦି । କିନ୍ତୁ ନଟ ତ ଆସିଲା ନାଇଁ, ଆସିଲା ଜଣେ ପୋଇଲୀ, ଗୋଟାଏ ଦୀପ ଧରି । ଟିକିଏ ଗଳାଖଙ୍କାର ମାରି, ଟିକେ ହସି ତୁନି ତୁନି କରି କହିଲା- ବୋହୂ ସାନ୍ତାଣୀ, ଆସ ସେ ଘରକୁ, ସାଆନ୍ତ ଡାକୁଛନ୍ତି ।

ଖଟ ଉପରେ ଦୁଆରମୁହଁ ଆଡ଼କୁ ପଛକରି ସେ ଶୋଇଥିଲେ ବୋଧହୁଏ ଚାହିଁକରି । ପାଦଶବ୍ଦ ଶୁଣି ଫେରି ଚାହିଁଲେ । କହିଲେ- ଆ ଏଠିକି । ସବୁ କାମରେ ଏମିତି ପ୍ରତିବାଦ କରିବାକୁ ମୋର ଇଚ୍ଛା ବା ଆଗ୍ରହ ନ ଥିଲା । ଖଟ ପାଖରେ ଯାଇ ଠିଆହେଲି । ସେ ଉଠିଆସି ଖଟ ଉପରେ ମତେ ଶୁଆଇଦେଲେ । ତାପରେ ନିଜେ ଆସି ମୋ ପାଖରେ ଶୋଇଲେ, ଏତେ ପାଖରେ ଯେ ତାଙ୍କ ନିଶ୍ୱାସତାତି ଆସି ମୋ ଦିହରେ ଲାଗୁଥାଏ । ମନେହେଲା କହିବାକୁ, ଏତେ ଲଗାଲଗି ହୋଇ ନ ଶୋଇଲେ ସ୍ୱାମୀ-ସ୍ତ୍ରୀ ବୋଲି କେହି କହିବେ ନାଇଁ ନା କ'ଣ ? ଭାବିଲି, ଆଜି ସବୁ ସହିଯିବି, ଯେତେ ସେ ବିରକ୍ତ କରନ୍ତୁ ।

ଦଣ୍ଡେ ଗଲା । ସେ କହିଲେ, ଓହୋ ସେହିପରି ମୋ ସାଙ୍ଗେ ଆଜି ଆଉ ଯୁଦ୍ଧ ଲଗାନା ବାବୁ । ଟଣାଓଟରା, ଝିଙ୍କାଝିଙ୍କି । ମୁଁ ଏମିତି ବାଘ ନା ସାପ ଯେ ପାଖକୁ ଆସିଲେ ଗିଳିଦେବି ?

ସେ ଆସ୍ତେ ଆସ୍ତେ ମୋ ପିଠିରେ ହାତ ଦେଇ ପାଖକୁ ତାଙ୍କର ଭିଡ଼ିନେଲେ । କିଛି କହୁ ନ ଥାଏ । କହିଲେ, ଆଜି ଭଲ ପିଲାଟି ପରି ଚୁନିହୋଇ ଶୋ । ସେମିତି ଗୋଡ଼ହାତ ଛାଟି ମତେ ଆଉ ବିରକ୍ତ କରନା ।

ଏଥର ସେ ମତେ ଏତେ ପାଖକୁ ଭିଡ଼ିନେଲେ ଯେ ମୁଁ ଏକରକମ ତାଙ୍କ ଛାତି ଉପରେ ଆଉଜି ପଡ଼ିଲି । ବିରକ୍ତିରେ ମୋର ଲାଜସରମ ସବୁ କୁଆଡ଼େ ପାସୋରି ଗଲା । ଜୋର୍‌କରି ଉଠିବସି ଦୃଢ଼ ସ୍ୱରରେ କହିଲି- ଓଃ, ଇଏ କ'ଣ ହଉଛି ?

ଏତକ କହିଦେଇ ତାଙ୍କ ଆଡୁ ଗୋଟାଏ ଆସନ୍ନ ବଜ୍ରପାତର ଆଶଙ୍କାରେ ସ୍ତବ୍ଧ ହୋଇ ରହିଲି । କିନ୍ତୁ ସେ ଶାନ୍ତ କଣ୍ଠରେ କହିଲେ- ହଉ ହଉ, ମୁଁ ତତେ କିଛି କହୁନାଇଁ, ଏଇକ୍ଷଣି ତୁ ଶୋ । ପିଲାଲୋକ, ଏତେଦିନଯାକେ କିଛି ବୁଝିନଉଁ, ଜାଣିନଉଁ; ସେଥିଲାଗି ଏସବୁ ତତେ ବିଷପରି ଲାଗୁଚି । ମୁଁ ବି ସେଥିଲାଗି ତୋତେ ଜୋର କରୁ ନାଇଁ । ତେବେ, କେତେଦିନ ଆଉ ଏମିତି ନ ଜାଣିଲା ପରି ରହିବୁ ? ସ୍ୱାମୀ କି ଜିନିଷ ବୁଝିଥିଲେ ତୁ ଏମିତି ହୁଅନ୍ତୁ ନାହିଁ । ଆମ ହିନ୍ଦୁଘରେ ସ୍ୱାମୀ ହଉଛନ୍ତି ସ୍ତ୍ରୀର...

ବାଧା ଦେଇ କହିଲି, ମୁଁ ଜାଣେ ।

ସେ ହସିଲେ । କହିଲେ, ନା, ନା, କିଛି ଜାଣିନାହୁ । ଶାସ୍ତ୍ରରେ ଅଛି, ଇହ ପରକାଳର ସ୍ୱାମୀ ଛଡ଼ା ସ୍ତ୍ରୀ ଅନ୍ୟ ଗତି ନାହିଁ ।

ମୁଁ ପାଟି ଫିଟାଇଲି ନାଇଁ ।

ସେ ସେମିତି କହିଯିବାକୁ ଲାଗିଲେ- ଯେତେହେଲେ ତୁ ପିଲା, ସେଥିପାଇଁ ମୁଁ ତତେ କିଛି କହୁନାଇଁ, ବୁଝିଲୁ ? ତା ବୋଲି ସବୁବେଳେ ଯଦି ଏମିତି ହଉ, ମୁଁ ସତରେ ଯଦି ଚିଡ଼ିଯାଏ ତୋ ଉପରେ, ତେବେ ଦଶାଟା କ'ଣ ହବ, ଜାଣିଚୁଟିକି ?

କହିଲି, କ'ଣ ?

ତତେ ଖାଇବାକୁ ଦେବିନାଇଁ, ମୋ ପାଖରେ ଖଟ ଉପରେ ଏମିତି ଶୋଇବାକୁ ଦେବିନାଇଁ । ଘରେ ସମସ୍ତେ ଖାଇ ସାରିଲାପରେ ଅଇଁଠା ସଙ୍ଗୁଡ଼ି ଗଣ୍ଡାଏ ଖାଇ ପୋଇଲୀଙ୍କ ପରି ପଡ଼ିରହିବୁ ଏଠି । କେହି ପଚାରିବେ ନାଇଁ ।

ସେ ମୋ ମୁହଁ ପାଖକୁ ମୁହଁ ଆଣି ମତେ ଟିକେ ଆଦର କରବାକୁ ଚେଷ୍ଟା କଲେ ।

ମୁଁ ଅନ୍ୟଅଡ଼କୁ ମୁହଁ ଫେରାଇ ପଚାରିଲି- ଏତିକି ?

ସେ କହିଲେ- ମୋର ତୋ ଉପରେ ଯେତେବେଳେ ଷୋଳପଣ ଅଧିକାର ମୁଁ ତତେ ଯାହା ଇଚ୍ଛା କରିପାରେ । ସେଥିରେ ମତେ କେହି ପାଟି ଫିଟାଇପାରିବେ ନାହିଁ, ତା ତ ଜାଣୁ ?

ଏଇ ଭାତ ଗଣ୍ଡାକ ଲୋଭରେ ମୁଁ ଏଠିକି ଆସିଚି ପରା । ବଡ଼ଲୋକଙ୍କ ପାଖରେ ଖାଲି ଟିକେ ଶୋଇବା ଲାଗି ? କଣ୍ଠ ରୁଦ୍ଧହୋଇ ଆସୁଥିଲା ମୋର ବେଦନାରେ ।

ସେ ପୁଣି କହିଲେ- ଖାଲି ସେତିକି ମନେକରିଛୁ ପରା । ଇଚ୍ଛା କଲେ ଆଜି ତତେ ଘରୁ ତଡ଼ିଦେଇ ଆଉ ଗୋଟାଏ ବାହା ହୋଇପାରେ । ତୁ ଯେମିତି ହଉଚୁ ମୁଁ ଯଦି ସତରେ ସେଇଆ କରିବି, ତେବେ ଦଶାଟା ତୋର କ'ଣ ହବ, ଥରେ ଭାବୁଚୁଟିକି ? ସଉତୁଣୀ ତୋର ରାଣୀ ହୋଇ ବସିବ ଖଟପଲଙ୍କ ଉପରେ, ଆଉ ତୁ ପୋଇଲୀଙ୍କ ପରି ପିଣ୍ଡାରେ ପଡ଼ିଥିବୁ ଉଠୁଣୁ ବସୁଣୁ ମାଡ଼ ଗାଳି ଖାଇ ।

କହିଲି- ଆମ ଘରକୁ ଚାଲିଯିବି ।

ସେ ହସିଲେ । କହିଲେ, ଚାଲିଗଲେ ସେଠିକି ଅଧିକ ବେଶୀ ଗଞ୍ଜଣା । ବାପଘରେ କେହି ତ ପଚାରିବେ ନାହିଁ । ଉଠୁଣୁ ବସୁଣୁ ସମସ୍ତେ ଦୂର ଦୂର ମାର୍ ମାର୍ କରିବେ । ସେଠୁ ତୋ ବାପ ଦିନେ ଜୋର୍କରି ତତେ ଆଣି ଏଠି ଛାଡ଼ି ଦେଇଯିବେ ନିନ୍ଦା ଶୁଣି । ଦିହଯାକ ଯେମିତି ଛୁଞ୍ଚି ଫୋଡ଼ିହୋଇ ଯାଉଥାଏ କଥା ଶୁଣି । କହିଲି- ମୁଁ କୁଆଡ଼େ ଚାଲିଯିବି ।

ଚାଲିଗଲେ ବି କୁଆଡ଼େ, କ'ଣ ରକ୍ଷା ପାଇବୁ ପରା ଭାବିଚୁ ? ଆଉଥରେ ବାହାହୋଇ ପାରିବୁ ନାଇଁ ଯେ ସୁଖରେ ରହିବୁ । ତେବେ ରୂପ ଯୌବନ ଥିଲେ ଅବା ମୁଠାଏ କୋଉଠି ଖାଇବାକୁ ମିଳିପାରେ ।

କି ଅଭଦ୍ର ଇତର କଥା । ଏ କଥା ଏ ମୁହଁରେ ଧରିପାରିଲେ କେମିତି, ନିଜ ସ୍ତ୍ରୀ ବିଷୟରେ ପୁଣି ? ଘୃଣା ଆଉ ବିରକ୍ତିରେ ସ୍ତବ୍ଧହୋଇ ପଡ଼ିରହିଲି ସେମିତି । ସେ ପୁଣି ମୋ ହାତକୁ ଧରି କହିଲେ ଭଲ ପିଲା ପରି, ସେ ବୁଦ୍ଧି ଛାଡ଼ । କହୁ କହୁ ସେ ଦୁଇ ହାତରେ ମତେ ଜୋର୍ରେ କୁଣ୍ଢାଇ ଧରି ଚୁମ୍ବନ କଲେ... ମଣିଷର ସହିବାର ତ ଗୋଟାଏ ସୀମା ଅଛି । ଆଉ ଚୁପ୍ହୋଇ ରହିପାରିଲି ନାହିଁ । ପ୍ରାଣପଣେ ନିଜକୁ ମୁକ୍ତ କରିବାକୁ ଚେଷ୍ଟାକରି କହିଲି- ମତେ ଛାଡ଼, ନଇଲେ ପାଟି କରିବି ଏଇକ୍ଷଣି ।

ତାଙ୍କ ଛାତି ଉପରେ ମତେ ସେମିତି ଭିଡ଼ିଧରି କହିଲେ- କିଏ ଶୁଣିବ ଏଠି ହଜାରେ ପାଟି କଲେ ? ଓଲଟି ସକାଳେ ସମସ୍ତେ ଗାଳିଦେବେ, ଥଟ୍ଟା କରିବେ ।

ତାଙ୍କ ମୁହଁ କ୍ରମେ ମୋ ମୁହଁ ପାଖକୁ ଲାଗିଆସିଲା । ଆଉ ପାରିଲି ନାହିଁ । ଖୁବ୍ ଜୋର୍‌ରେ ତାଙ୍କ ହାତକୁ ଫୋପାଡ଼ିଦେଇ ବାହାରକୁ ପଳାଇ ଆସିଲି । ପିଣ୍ଡାତଳେ ଗୋଟାଏ ପକ୍କା କୂଅ ଥିଲା । ତାଙ୍କୁ ମୋ ପଛରେ ଆସିବାର ଦେଖି ମୁଁ କୂଅ ଉପରେ ଠିଆହୋଇ କହିଲି- ମୋ ସାଙ୍ଗେ ପୁଣି ସେମିତି ଲଗାଇଲେ ମୁଁ କୂଅକୁ ଡେଇଁ ପଡ଼ିବି ଜାଣିଥା ।

ଭୟରେ ସେ ଆଉ ପିଣ୍ଡା ତଳକୁ ଓହ୍ଲାଇଲେ ନାହିଁ; କିନ୍ତୁ ସେଇଠୁ ରାଗରେ ଗର୍ଜିଉଠି କହିଲେ- ଆଚ୍ଛା ରହ, ତତେ ଦେଖୁଚି । ତା'ପରେ ଘର ଭିତରକୁ ଯାଇ ଦୁଲ୍ କରି କବାଟ ଲଗାଇଦେଲେ ।

ବାଡ଼ିପଟ ତୋଟାଗହଳ ଭିତରେ ଅନ୍ଧାର, କାନପାରି ସବୁ ଶୁଣୁଥାଏ, ଆଉ ଭୟରେ ଦେହ ମୋର ଥରି ଉଠୁଥାଏ । ପତର ଫାଙ୍କରେ ସର ସର ହୋଇ ମୁଣ୍ଡ ଉପରେ ଗୋଟାଏ ପେଚା ବିକଟ ଶବ୍ଦ କରି ଉଡ଼ିଗଲା । ସେଇଠି ସେମିତି କାଠପିତୁଳା ପରି ଠିଆହୋଇ ଭାବିଲି, ନା, ଏ ଜନ୍ମରେ ଯାଙ୍କ ସାଙ୍ଗରେ ମୋର ପଡ଼ିବାର ନୁହେଁ । ଚେଷ୍ଟା କରିବା ବୃଥା ।

ଶୀତ ଆସିଲା, ପାହାନ୍ତା ଆଲୁଅର ଧୂପଛାୟା ଉପରେ କୁହୁଡ଼ି କନ୍ଥା ଘୋଡ଼ିହୋଇ । ବିଲ ଅପନ୍ତରା ଭିତରେ କେତେଆଡ଼େ କେତେ ବାଟ ଫିଟି ଯାଇଥିଲା ତା'ର ଆସିବା ଲାଗି । ଧାନସବୁ ପାଚି ଆସିଥିଲା ଅନେକଠେଇଁ, ତା'ରି କଡ଼ା ବାସନା ଚାରିଆଡ଼େ ଘୋଟି ଯାଇଥିଲା ଯେମିତି । ଚାରି ପାଞ୍ଚ ଦିନ ହୋଇଗଲାଣି ଯା'ଭିତରେ, ସେହିଦିନୁ ସ୍ୱାମୀ ମତେ ପାଟି ଫିଟାଇ ନାହାନ୍ତି । ସଉରଭୀକି ନେଇ ଆଜିକାଲି ତାଙ୍କର ବେଶୀ କଥାବାର୍ତ୍ତା, ଇଚ୍ଛା କରି, ମତେ ଦେଖାଇ ଦେଖାଇ । ଏ ଘର ଭିତରେ ମୁଁ ଯେ ଅଛି, ଏକଥା ସେ ଯେପରି ଭୁଲି ଯାଇଛନ୍ତି । ମୁଁ ମଧ୍ୟ ଖୁବ୍ ସାବଧାନରେ ରହିଚି । ରାତିରେ ନଟକୁ ନେଇ ମୁଁ ଆଉ ଗୋଟିଏ ଘରେ ଶୁଏ । ଖାଇସାରି ମତେ ବି ଆଉ କେହି ଡାକିବାକୁ ଆସନ୍ତି ନାହିଁ ସ୍ୱାମୀଙ୍କ ଘରକୁ ଯିବାକୁ । ତଥାପି ଭୟ ଥାଏ, କାଳେ ଆସିବେ ସେ ଏ ଘରକୁ । ପ୍ରତିଦିନ ସେଥିଲାଗି ଭିତରୁ କବାଟ କିଳି ଦେଇଥାଏ ଶୋଇବା ଆଗରୁ । ରାତିରେ ଦିନେ ଦିନେ ନିଦ ଭାଙ୍ଗିଗଲେ ଶୁଣେ, ସ୍ୱାମୀଙ୍କ ସଙ୍ଗେ ସେଇ ପୋଇଲୀଟାର କଣ୍ଠ ଶୁଭୁଚି । କଥାଗୁଡ଼ାକ ବାଟୁଳି ପରି କାନରେ ଆସି ବାଜେ । ଭାବେ, ସମସ୍ତଙ୍କୁ ଯାଇ ଉଠେଇଦିଏ, ଦେଖନ୍ତୁ । ପୁଣି ମନେକରେ, କରନ୍ତୁ ସେ ଯାହା ତାଙ୍କର ଖୁସି, ମୋର ସେଥିରେ କଅଣ ଅଛି ?

ସକାଳ ଓଳିଟା ମୋର ଶାଶୂଙ୍କ ସେବାରେ କଟିଯାଏ । ଦିନେ ପାହାନ୍ତାରୁ

ଗାଧୋଇ ଆସି ଠାକୁରଙ୍କ ଘରେ ଚନ୍ଦନ ଘୋରୁଚି, ଶାଶୂ ଆସି କହିଲେ- ମା ! ଭଣ୍ଡାରଘର ଚାବିଟା ତୋ ପାଖରେ ରଖ, ଦବା ନବାକୁ ମତେ ଅଡୁଆ ହଉଚି ।

ଆସ୍ତେ ଆସ୍ତେ କହିଲି, ମୁଁ କ'ଣ ପାରିବି ?

ସେ ସବୁଦିନେ ଅଳ୍ପ କଥା କହନ୍ତି । କହିଲେ, ନଇଲେ କିଏ ଆଉ କରିବ ? ଠାକୁରପୂଜାରେ ତ ମତେ ଦଣ୍ଡ ପୁରୁସତ୍ ନାଇଁ । ସେ ଚାବି ମୁଁ ଆଉ କାହାକୁ ଦେଇପାରିବି ନାଇଁ ତୋ ଛଡ଼ା ।

ମନ ହଉ ନ ଥାଏ; କଥା ଭାଙ୍ଗି ନ ପାରି ତାଙ୍କଠଉଁ ଚାବି ନେଲି । ସେଇଦିନୁ ମୋର ଆଉ ଗୋଟାଏ କାମ ବଢ଼ିଗଲା । ଭାବିଲି, ଯେତେ ଏମିତି କାମ ଭିତରେ ନିଜକୁ ଭୁଲାଇ ରଖିବି, ସେତେ ଭଲ । ଚଞ୍ଚଳ ଆଉ ସବୁ କାମ ବଢ଼େଇଦେଇ ଚାବି ନେଇ ଭଣ୍ଡାରଘର ଫିଟେଇଲି । ସଉରଭୀ ଦୁଆରେ ଠିଆ ହୋଇଥିଲା । ମତେ ଦେଖି ମନକୁ ବକର ବକର ହୋଇ ସେଠାରୁ ଚାଲିଗଲା ।

ଖୁବ୍ ବଡ଼ ଘରଟାଏ ସେଟା; କିନ୍ତୁ ତିଳ ପକାଇବାକୁ ଜାଗା ନାଇଁ, ଭିତରେ ଏତେ ଜିନିଷ । କୋଉଠି କ'ଣ ଥୁଆ ହୋଇଚି ଖାଲି ଚାହିଁଯିବାକୁ ମତେ ଘଡ଼ିଏ ଲାଗିଲା । ସବୁ ଜିନିଷ ତଳକୁ କାଢ଼ି ଆଉ ଥରେ ସଜାଡ଼ି ବସୁଚି, ଚମ୍ପାମା ପୋଇଲୀ ଆସି କହିଲା- ବୋହୂ ସାନ୍ତାଣୀ ! ଭିତରକୁ ଜିନିଷ ଦିଅ । ବାମୁଣ ଠିଆ ହୋଇଚି କେତେବେଳୁ ।

ଏଇ କେତେ ଦିନ ଦେଖିଶୁଣି ଯାହା ମନେ ଥିଲା ସବୁ, ବରଂ ବେଶୀ କରି, ଗୋଟାଏ ଡାଲାରେ ସଜକରି ଚମ୍ପାମା ହାତରେ ଭିତର ଘରକୁ ପଠାଇଦେଇ ପୁଣି ସଜାଡ଼ି ବସୁଚି, ମନେ ପଡ଼ିଲା ନଟ ତ ଏତେବେଳଯାଏ ଦୁଧ ପିଇ ନାହିଁ । ଘର ଚାବି ଲଗାଇ ବାହାରକୁ ଆସିଲି । ଗୋଟାଏ ଭଙ୍ଗା ମାଟି ଘୋଡ଼ା ଉପରେ ଚଢ଼ି ନଟ ଖେଳୁଥିଲା ମତେ ଦେଖି ପାଖକୁ ଆସି କହିଲା- ନୂଆ ମା ଗୋଟାଏ ଭଲ ଘୋଡ଼ା କିଣିଦେ ମତେ ।

କହିଲି, ହଉ କିଣି ଦେବି; ସୁନାଟା ପରା ଆ ଦୁଧ ପିଇବୁ ।

ଦବୁ କିଣି ? ସତ କହନି, ମୋ ରାଣ ପକାନି ?

କହିଲି, ଦେବି ଲୋ, ଆ ।

ମୋ ଘର ଭିତରେ ନଟକୁ ଦୁଧ ପେଇଦଉଚି, ଭିତର ଘରୁ ସଉରଭୀ ପାଟି ଶୁଭିଲା- ଇଏ ସବୁ କ'ଣ ପିଣ୍ଡ ବଢ଼ାହୋଇଚି ନା ସିଧା ମ ? ଚାଉଳ ଡାଲି କେଇଟା ଆଙ୍ଗୁଠି ଆଗରେ ଗଣିହବ । ଆଳୁ ନାଇଁ, ପିଆଜ ନାଇଁ । ଆମ ବାବୁ କ'ଣ ଏଇଆ ନଗେଇ ଭାତ ଖାଇବେ ? ଆସୁଛନ୍ତି ତ ବାର ଅରକ୍ଷିତ ଘରୁ, ସିଧା

ସଜାଡ଼ି ନ ଆସେ ଯେବେ, ଚାବିଟା ଅଣ୍ଟାରେ ମାରି ବୁଲିବାର ଏତେ ସଉକ୍ କାହିଁକି ?

ଏତେଗୁଡ଼ାଏ ଅପମାନ, ଏତେ ଲୋକଙ୍କ ଆଗରେ ଗୋଟାଏ ଚାକିରିଆଣୀ ମୁହଁରୁ ! ମନ ହଉଥାଏ; ଏଇ ମୁହୂର୍ତ୍ତରେ ତାକୁ ଏ ଘରୁ ବାହାର କରିଦବାକୁ, କିନ୍ତୁ ଉପାୟ ନାହିଁ । ସେଠି ତୁନିହୋଇ ବସି ବସି ନିଜ ରାଗରେ ନିଜେ ଜଳିଗଲି ।

ନଟ ଡାକିଲା- ନୂଆ ମା ! ଏ ସଉରଭୀଟା ଭାରି କଳିହୁରୀ, ନୁହେଁ ?

ଜୋର୍‌ରେ ନିଃଶ୍ୱାସ ପକାଇ କହିଲି- ହଁ, ଦେ ତୁ ପିଇଦେ ।

ଶୀତଦିନେ କଅଁଳ ଖରା କୋଠା ଉହାଡ଼ରେ ବଙ୍କାହୋଇ ଦୁଆରଯାଏ ଲମ୍ବି ପଡ଼ିଥିଲା । ଦି'ପହର ଖିଆପିଆ ସାରି ସମସ୍ତେ କିଏ କୋଉଠି ଶୋଇ ପଡ଼ିଥିଲେ ସବୁ, ସେତେବେଳକୁ । ମୋ ଘରେ ଏକା ମୁଁ ଶୋଇ ନ ଥିଲି । ବାହାରେ କାହାର ପାଦଶବ୍ଦ ଶୁଭିଲା । ଦୁଆରବାଟେ ଚାହିଁଲି- ସ୍ୱାମୀ ।

ମୁଣ୍ଡରେ ଲୁଗାଦେଇ ଧଡ଼ପଡ଼ ହୋଇ ଉଠି ବସିଲି । ଘର ଭିତରକୁ ଆସି ସେ କହିଲେ- ସେ ଚାବିଟା ଦେଲୁ ।

ପଚାରିଲି, କୋଉ ଚାବି ?

କହିଲେ, ଭଣ୍ଡାର ଘର ଚାବି ।

କ'ଣ ହବ ?

ବିରକ୍ତ ହୋଇ ସେ କହିଲେ- କ 'ଣ ହେବ କାହିଁକି, ତୋର ଏତେ ଜମା-ଖର୍ଚ୍ଚରେ ଦରକାର କ'ଣ, ଶୁଣେ ?

କହିଲି, ମା ମତେ କାହାକୁ ଦବାକୁ ମନା କରିଚନ୍ତି ଏ ଚାବି ।

ଆଚ୍ଛା, ସେ କଥା ପରେ ବୁଝାଯିବ, ଚାବି ଆଗ ଦେ ।

ରାଗରେ ଝଣ୍‌କରି ଚାବିଟା ଫୋପାଡ଼ିଦେଇ ବିଛଣାରେ ମୁହଁମାଡ଼ି ଶୋଇପଡ଼ିଲି । ଚାବିଟାକୁ ଉଠାଇନେଇ ସେ ସେଘରୁ ଚାଲିଗଲେ । ମନହେଲା, ଏସବୁ ସେଇ ସଉରଭୀର ଫିସାଦି । ମୋ ପାଖରେ ଘରର ଏଡ଼େ ବଡ଼ ଦରକାରୀ ଜିନିଷଟାଏ ରହୁ, ଏଟା ବୋଧହୁଏ ତା'ର ଇଚ୍ଛା ନୁହେଁ । ଏ ଘରେ ମୋଠଉଁ ତା'ର ଯେ ବେଶୀ ଅଧିକାର, ଏ କଥା ମୁଁ ଆସିବା ଦିନୁ ଦେଖୁଚି । ସେ ପ୍ରତି କଥାରେ ମତେ ଦେଖାଇ ଦେବାକୁ ଚେଷ୍ଟା କରୁଛି । କିନ୍ତୁ କାହିଁକି ମୋ ଉପରେ ତା'ର ଏତେ ରାଗ ? କିଛି ତ ଅନିଷ୍ଟ ତା'ର ମୁଁ କରି ନାହିଁ କେବେ ? କାହିଁକି ତେବେ ସେ ଉଠୁଣୁ ବସୁଣୁ ମତେ ଏତେ ଅପମାନ କରୁଚି ? ମନେକଲି ଶାଶୂଙ୍କୁ ଏ କଥା ଜଣାଇଲେ

କେମିତି ହୁଅନ୍ତା ? କିନ୍ତୁ, ନା ଥାଉ । ସେ ଯେମିତି ଉଦାସୀଆ ଲୋକ, ଏ ଜଞ୍ଜାଳ ଭିତରକୁ ତାଙ୍କୁ ଟାଣିଆଣି ମିଛରେ କଷ୍ଟ ଦବା ଦରକାର ନାଇଁ । ନିଜେ ଯଦି ଜାଣିବେ ଜାଣନ୍ତୁ । ବାହାହବା ଦିନୁ ତ ଜାଣିଚି କପାଳ ମୋର ଫାଟିଚି, ଆଉ ଏଇ ଗୋଟାକରେ କ'ଣ ସେସବୁ ଆଜି ସୁଧୁରିଯିବ ?

ଚମ୍ପାମା' ଆସି ଡାକିଲା- ବୋହୂ ସାଆନ୍ତାଣୀ । ସଞ୍ଜ ଲାଗିଗଲାଣି ପରା, ଭଣ୍ଡାରଘର ଫିଟେଇବ ନାଇଁ କି ମ ?

କହିଲି- ମୋ ପାଖରେ ଚାବି ନାହିଁ, ଯା ।

ଆକାଶରୁ ପଡ଼ିଲା ପରି ଆଶ୍ଚର୍ଯ୍ୟ ହୋଇ ସେ ପଚାରିଲା- ତମ ପାଖରେ ନାହିଁ, ଆଉ କାହା ପାଖରେ ଲୋ ମା ?

ମୁଁ ଜାଣେ ନାଇଁ, ଯା । ଚିଡ଼ିକରି କହିଲି ।

ବାହାରେ ସଉରଭୀ ପାଟି ଶୁଭିଲା- ଏ ଚମ୍ପାମା' ଇଆଡ଼େ ଆ ।

କଥାଟା କ'ଣ ଚମ୍ପାମା' ବିଚାରୀ କିଛି ବୁଝି ପାରିଲା ନାହିଁ । ବୋକାଙ୍କ ପରି ମୋ ଆଡ଼କୁ ଦଣ୍ଡେ ଚାହିଁ ସେ ସେଘରୁ ଚାଲିଗଲା । ବାହାରେ, ଭଣ୍ଡାରଘର ଫିଟେଇବା ଝଣ୍ ଝଣ୍ ଶବ୍ଦ ମୋ କାନରେ ଆସି ବାଜିଲା ଗୋଟାଏ ଛୁଆଁମୁନ ପରି ।

ସଞ୍ଜବେଳେ ନଟ ଦାଣ୍ଡରେ କୁଆଡ଼େ ବୁଲୁଥିଲା, ଦୌଡ଼ିଆସି ମତେ କହିଲା- ନୂଆ ମା, ବାପାକୁ ଭାରି ଜର ହେଲାଣି, ସେ ପିଣ୍ଡାରେ ବସି ଥରୁଚି ଖାଲି ।

ଆଜି ଦି'ପହରେ ତ କିଛି ନଥିଲା । ଘଡ଼ିକ ଭିତରେ ଏମିତି କ'ଣ ଜର ହେଲା ?

ପଚାରିଲି- ସତରେ, ହଇ ରେ ?

ହଁ, ସତରେ ତ । ତୁ ଆସୁନଉଁ ଦେଖିବୁ ।

ପଚାରିଲି; ମା କୋଉଠି ଅଛନ୍ତି ?

ସେ ତ ଆର ଖଞ୍ଜାରେ, ଠାକୁରଘରେ ।

ମୁହଁସଞ୍ଜ ଲାଗି ଆସୁଥିଲା । ଶୋଇବାଘର ପଛରେ ପିଣ୍ଡାରେ ଗୋଟାଏ ଚଉକି ପକାଇ ସେ ବସିଥିଲେ, ବୋଧହୁଏ ଆଖି ବୁଜି । ଗୋଡ଼ ଚିପିଚିପି ପାଖରେ ଯାଇଁ ଠିଆହେଲି ।

ଆଖି ନ ଫିଟାଇ ସେ ପଚାରିଲେ, କିଏ ?

ଦିହରେ ହାତ ଦେଇ ଦେଖିଲି, ନିଆଁ ପରି ତାତିଚି । କହିଲି- ଆସ ଘରକୁ । ତାଙ୍କ ଶୋଇବା ଘରେ ଖଟ ଉପରେ ବିଛଣା ପକେଇଦେଲି, ଆସି ଚୁପ୍‌ହୋଇ

ଶୋଇଲେ । ଘର କବାଟଟା ଆଉଜାଇଦେଇ ବାହାରକୁ ଆସିଲି । ଚମ୍ପାମା'କୁ ଡାକିଲି, ଯା-ମା'ଙ୍କୁ ଡାକିଦବୁ ।

ଆଉ ଖଞ୍ଜାରୁ ଫେରିଆସି ଚମ୍ପାମା' କହିଲା- ସାନ୍ତାଣୀ ଠାକୁରଘର ଭିତରେ କବାଟ ଦିଆହୋଇଚି ।

ସଉରଭୀ ଧାଇ କାହିଁ ?

ସେ କହିଲା- କେଜାଣି ଲୋ ମା', ସକାଳ ପହରୁ କୁଆଡ଼େ ଯାଇଚି, କିଏ ଜାଣେ ?

ଜର ବାଉଳାରେ ଭାରି ବ୍ୟସ୍ତ ହେଉଥିଲେ ସେ । ବାହାରୁ ମତେ ସବୁ ଶୁଭୁଥିଲା । ପାଖରେ ଯାଇ ବସିଲି । ପଚାରିଲି, ମୁଣ୍ଡ ବଥଉଚି, ଚିପିଦେବି ?

କର ଲେଉଟାଇ କହିଲେ- ନାଇଁ, ଥାଉ ।

ଦଣ୍ଡେ ଗଲା ।

ପୁଣି ସେମିତି ବେସ୍ତହେବା ଦେଖି ପଚାରିଲି- କ'ଣ ବେଶି ଖରାପ ଲାଗୁଛି ?

ଉଁ... ନା କିଛି ନୁହେଁ ।

ନିଦ ଅଳସରେ ହାତଟା ତାଙ୍କର ମୋ କୋଡ଼ ଉପରେ ଆସି ପଡ଼ିଲା । ଘୁଞ୍ଚି ଗଲି ନାଇଁ । ଚୁପ୍‌ହୋଇ ବସିରହିଲି । ସେତେବେଳେ ବଛଣା ଉପରୁ ଟିକେ ମୁଣ୍ଡ ଟେକି ସେ ଡାକିଲେ- ସତୀ, ଗଲୁଣି କି ?

ମୁହଁ ପାଖରେ ତାଙ୍କର ନଇଁପଡ଼ି ପଚାରିଲି, କ'ଣ ?

ସଉରଭୀ କାହିଁ ? ଟିକେ ଡାକିଦେଲୁ ।

ହଠାତ୍ ଟାଣହୋଇ କହିପକାଇଲି- ମୁଁ କ'ଣ ତାକୁ କାନିରେ ବାନ୍ଧି ବୁଲୁଚି ?

ସେ ତୁନିହୋଇ ରହିଲେ । କବାଟ ଆଉଜାଇଦେଇ ଦୁମ୍ ଦୁମ୍ ହୋଇ ସେ ଘରୁ ଚାଲିଆସିଲି ।

ରାତି ବେଶି ହୋଇଗଲା, ସଉରଭୀ ସେତେବେଳଯାଏ ବି ଫେରିଲା ନାହିଁ । ଭାବିଲି, ଦିହ ବେସ୍ତ ତାଙ୍କର । ଏତେବେଳେ ରାଗକରି ରହିବି ଗୋଟାଏ କ'ଣ ? ଛି-ଛି ।

ମା' ସେତେବେଳଯାଏ ଠାକୁରଘରୁ ବାହାରି ନଥିଲେ । ପୁଣି ସ୍ୱାମୀଙ୍କ ଘରକୁ ଯାଇ ଗୋଡ଼ରେ ତାଙ୍କ ହାତ ବୁଲାଇଦେଲି ପାଖରେ ବସି । ଛାଇନିଦ ତାଙ୍କୁ ଲାଗି ଆସୁଥିଲା ବୋଧହୁଏ । କେତେବେଳେକେ ପଚାରିଲେ- କିଏ ସୌରଭୀ ?

କହିଲି- ନାଇଁ, ମୁଁ ।

ମୁହଁ ଟେକି ଥରେ ସେ ମୋ ଆଡ଼କୁ ଚାହିଁଲେ, ତ'ପରେ କଣ ବିଚାରି ଗୋଡ଼ଟା ମୋ ପାଖରୁ ଟାଣିନେଲେ ।

ଅପମାନର ଗୋଟାଏ ତୀବ୍ର ଅନୁଭୂତି ମୁଣ୍ଡ ଭିତରେ ମୋର ଓଲଟପାଲଟ କରିଦେଇ ଗଲା । ଭାବିଲି, ଲୁଚିଯିବି । କବାଟ ଫିଟାଇ ସଉରଭୀ ଭିତରକୁ ଆସିଲା । ଘର ଭିତରେ ଆଲୁଅ ଟିକେ କମି କରିଦେଇ ଭିତରୁ କବାଟ କିଳିଦେଲା । ତା'ପରେ ଖଟ ପାଖକୁ ଆସି ମତେ ଦେଖି ଯେମିତି ହଠାତ୍ ଚମକି ପଡ଼ିଲା । କିପରି ସେଘରୁ ଚାଲିଗଲା । ଗୋଡ଼ତଳେ ସାପ ଦେଖିଲେ ଲୋକେ ଯେପରି ସେ ଘରୁ ପଳାନ୍ତି, ଠିକ୍ ସେମିତି । ସ୍ୱାମୀ ନିଦରେ ଶୋଇ ନ ଥିଲେ । ବୋଧହୁଏ ସବୁ ଦେଖିଲେ, କିନ୍ତୁ ଶୋଇବା ବାହାନ କରି ପଡ଼ିରହିଲେ ଲାଜରେ ।

ମତେ ବି ଭାରି ଅଡୁଆ ଲାଗିଲା ସେଠି ବସି ରହିବାକୁ । ମୋ ଘରେ ଆସି କବାଟ କିଳି ଶୋଇଲି । ଭାବିଲି; ଦୁହିଁଙ୍କ ରୁଚି ଭିତରେ ଯୋଉଠି ଏତେ ପ୍ରଭେଦ, ସେଠି କୋଉକାଳେ କ'ଣ ଯାଙ୍କର ମୋର ପଡ଼ିବ ? ପହିଲି ଦିନୁ ପ୍ରତି କାମରେ ଏ କଥା ଜାଣି ସୁଦ୍ଧା ଆଜି କାହିଁକି ଏମିତି ଯାଚିହୋଇ ଗଲି, ଏ ଅପମାନ ସହିବାକୁ ?

ଦୁଇଦିନ ତିନିଦିନ ବେଳକୁ ତାଙ୍କୁ ବେଶୀ ଜର ହେଲା । ମୋ ଶାଶୂ ସବୁବେଳେ ବସି ତାଙ୍କୁ ସେବା କରୁଛନ୍ତି । ମନେକଲି, ଭଲ ହେଲା; ମତେ ବି ଗୋଟାଏ ବାହାନା ମିଳିଲା ସେ ଘରକୁ ନ ଯିବାର । କିନ୍ତୁ ଗଲେ ବି କ'ଣ ହୁଅନ୍ତା ? ସେ ତ ମତେ କଥା କୁହନ୍ତି ନାହିଁ ।

ସକାଳୁ ସେଦିନ ଗାଧୋଇଆସି ଠାକୁରଙ୍କ ଲାଗି ଫୁଲ ଗୁନ୍ଥୁଛି, ଚମ୍ପା ମା' ଆସି କହିଲା, ବୋହୂ ସାନ୍ତାଣୀ, ବାପଘରୁ ତମର କିଏ ଆସିଚି ଯେ । ଫୁଲହାର ଥୋଇଦେଇ କହିଲି- ଯା, ଡାକିଦେ ଏଠିକି ।

ହଠାତ୍ ମନେହେଲା, ନାଥନନା ଆଉ ଆସିଛନ୍ତି କି ? ଚମ୍ପାମା' ଚାଲି ଯାଉଥିଲା; ଡାକି କହିଲି, ଚାଲ ମୁଁ ଯାଉଚି । କୋଉଠି ସେ ?

ତମରି ଘର ପିଣ୍ଡାରେ ବସେଇଦେଇ ଆସିଚି, ସେ କହିଲା ।

ନାଥନନା ଆସିଥିବେ ? କେଜାଣି । ତାଙ୍କର କ'ଣ ସତେ ମନେଥିବ ମୋ କଥା ? ଠାକୁରଘର ବନ୍ଦକରି ପାଖକୁ ଆସିଲି । ଦିହ ଗୋଟାକ ଥରୁଥାଏ ଆଗ୍ରହର ଉତ୍ତେଜନାରେ । ଘରକୁ ଆସି ଦେଖିଲି, ନାଥନନା ନୁହେଁ, ଆମ ଘର ବୁଢ଼ା ଚାକର ।

ପାଖକୁ ଯାଇ ପଚାରିଲି- କିରେ, ତୁ କୁଆଡ଼େ ସଇତା ? ସେ କହିଲା, ବାପା ସା'ନ୍ତେ ମତେ ପଠେଇଲେ ତତେ ଦେଖିଯିବାକୁ ।

ପଚାରିଲି- ଆମ ଘରେ ସମସ୍ତେ ଭଲ ଅଛନ୍ତି ନା ?

ହଁ, ସବୁ ଭଲ ।

ବାପା କ'ଣ କରୁଥିଲେ ତୁ ଆସିଲାବେଳେ ?

ବସିଥିଲେ ଦାଣ୍ଡରେ ।

ଆଉ ବୋଉ କ'ଣ କହୁଥିଲା ?

ସଇତା ହସିଲା । କହିଲା, ତୁ ଆସିଲାଦିନୁ ବୁଢ଼ୀ, କାହା ମୁହଁରେ କ'ଣ ଟିକେ ହସ ଅଛି ? ମତେ ଏଠିକି ପଠେଇଲାବେଳେ ସାନ୍ତାଣୀ କେତେ କାନ୍ଦିଲେ । କହିଲେ- ସଇତା; ଯାଉଚୁ, ଝିଅକୁ ମୋର ପଚାରିଆସିବୁ, ଶାଶୂ ଦେଖିପାରେ କି ନାଇଁ ? ଖାଇବା ପିଇବାରେ ଭଲ ହଉଚି କି ନାଇଁ ?

ଶାଶୂଘରେ ଝିଅଙ୍କର ଏଇ ନିହାତି ଅଦରକାରୀ କଥାପଦକରେ ଯେତେ ମୂଲ୍ୟ, ବୋଧହୁଏ ଆଉ କୋଉଥିରେ ସେତେ ନାହିଁ । ଶୁଣି ଅଜାଣତରେ କେତେବେଳେ ଆଖି ଦି'ଟା ମୋର ଲୁହରେ ପୂରି ଉଠିଥିଲା । ଅନ୍ୟଆଡ଼କୁ ମୁହଁ ଫେରାଇ ପଚାରିଲି- ହଇରେ, ମତେ ନବା କଥା କିଛି କହୁ ନ ଥିଲେ ବାପା ?

ସେ କହିଲା- ହଁ କହୁଥିଲେ ଦିନେ । କହୁଥିଲେ ଝାଡ଼ାବାନ୍ତିଟା ଯାଉ, ଝିଅକୁ ଘରକୁ ଆଣିବି ।

ଆଶ୍ଚର୍ଯ୍ୟ ହୋଇ ପଚାରିଲି- ସେଠି ଆମ ଗାଁରେ କ'ଣ ହଇଜା ଲାଗିଚି କିରେ ?

ଆଉ କହ ନା ବୁଢ଼ୀ ସେ କଥା, ପଣ୍ଡାସାଇରୁ ନିତି ଦି' ଦି'ଟା ମୁଣ୍ଡ ନଉଚି ।

ଆଜି ତ ମଧୁପଣ୍ଡା ଢୁକଉଥିଲା ସକାଳେ, ମୁଁ ଆସିଲାବେଳେ । କ'ଣ ହେଲା କେଜାଣି ? ତିଆଡ଼ିଘର ନାଥିଆ ଯାଇଚି, କଟକରୁ କ'ଣ ଡାକ୍ତର ଆଣିବାକୁ । ତେବେ, ଆମ ସାଇଆଡ଼େ କିଛି ନାହିଁ ।

କିଛି ନାହିଁ ତ ଯାହାହେଉ । ଗୋଟାଏ ସ୍ୱସ୍ତିର ନିଃଶ୍ୱାସ ମୋ ଛାତିରୁ ବାହାରି ଆସିଲା ।

କେତେ ସମୟ ପରେ କହିଲି - ଯା, ତୁ ଗାଧୁଆ ପାଧୁଆ କରି ଖିଆ ପିଆ କର । ପଛେ କଥାବାର୍ତ୍ତା ହବା । ଚମ୍ପାମା'କୁ କହିଲି- ଯା ଯା ସାଙ୍ଗରେ, ପୋଖରୀ ଦେଖାଇଦେବୁ ।

ସେଦିନ ସ୍ୱାମୀଙ୍କ ଦିହ ଟିକେ ଭଲ ଥିଲା । ସଞ୍ଜବେଳେ ଶାଶୂ ଠାକୁରଘରୁ ବାହାରିଲାବେଳେ କବାଟ ପାଖେ ମୁଁ ଠିଆ ହୋଇଥିଲି । ମତେ ଦେଖି ପଚାରିଲେ- କିଏ ବୋହୂ, କ'ଣ କି ?

ଆସ୍ତେ ଆସ୍ତେ କହିଲି, ଆମ ଗାଁରେ ଭାରି ହଇଜା ଲାଗିଚି ।

ସେ ପଚାରିଲେ, କ'ଣ ହେଲା ?

ଭାରି ଡର ମାଡୁଥାଏ ? କୌଣସି ମତେ କହିପକାଇଲି- ଦି'ଦିନ ପାଇଁ ଟିକେ ଘରକୁ ଯାଆନ୍ତି ?

ମନେହେଲା, ଭାରି ଚିଡ଼ିବେ ନିଶ୍ଚେ, ମୋ କଥା ଶୁଣି । କିନ୍ତୁ ସେ ଚିଡ଼ିଲେ ନାହିଁ । ଟିକେ ହସିଲେ ଖାଲି । କହିଲେ- ମୁଁ ନାହିଁ କରନ୍ତି ନାହିଁ ମା, ପଠେଇବାକୁ । ଖାଲି ଗୋଟାଏ କଥା ଲାଗି, ନଟର ଜାଆଁଳା ବାଳ ପଡ଼ିନାଇଁ ଆଜିଯାଏ । ଆଉ ବୁଧବାର ଅବଧାନ ଦିନ ଧରିଦେଇ ଯାଇଚି, କପିଳେଶ୍ୱରଙ୍କ ଠେଇଁକି ଯିବାକୁ ହବ ବାଳ ପକେଇବାକୁ । ତା'ପରେ ପୁଅର ଦିହ ପାଇଁ ମାନସିକ କରିଥିଲି ସେଇଠି । ମନେକରିଚି, ସମସ୍ତେ ତମେ ସେଠିକି ଯାଇ ଏକାପାନେ କାମ ବଢ଼େଇଦେଇ ଆସିବ ।

ସେ ଚାଲି ଯାଉଥିଲେ । ପୁଣି ଫେରି କହିଲେ, ତୁ ବେସ୍ତ ହ'ନା ମା ! ସେଠୁ ଫେରିଲା ସାଙ୍ଗେ ସାଙ୍ଗେ ତତେ ପଠେଇ ଦେବି ତମ ଘରକୁ । ନୋଟାଟି ଧରି ସେ ସେଠୁ ଚାଲିଗଲେ । ଚାହିଁରହିଲି ତାଙ୍କୁ, ଯେତେବେଳଯାଏଁ ଦେଖାଯାଉଥିଲେ । ପାଚିରି ଉଢ଼ାଳରେ ସେ ଯେତେବେଳେ ଆଉ ଦିଶିଲେ ନାହିଁ, ଭାବିଲି, ଏମିତି ଶାଶୂ ପାଇ ସୁଦ୍ଧା ମୁଁ ଅସୁଖୀ ।

ପରଦିନ ସଇତା ବିଦାହୋଇ ଗଲା । ଯିବାବେଳେ ତାକୁ କହିଲି- ସବୁ ତ ଦେଖିଯାଉଚୁ, ବାପାଙ୍କୁ ଯାଇ କହିବୁ, କପିଳେଶ୍ୱରଙ୍କଠଉଁ ଫେରିଲେ ଲୋକ ପଠେଇ ମତେ ଯେମିତି ନେଇଯିବେ, ଆଉ ନାଥନନାଙ୍କୁ କହିବୁ, ଇଆଡ଼େ ଟିକେ ବୁଲିଆସିଲେ ନାଇଁ ଦିନେ ।

ସେ କହିଲା, ହଉ କହିବି ।

ଠାକୁରଙ୍କ ପାଖକୁ ଯିବା ଦିନ କ୍ରମେ ନିକଟ ହୋଇଆସିଲା । ଆଉ ଦି'ଟା ଦିନ ଜମା ବାକି ମଝିରେ । ତାଙ୍କୁ ତିନିଦିନ ହବ ଜର ନ ଥିଲା । ଖାଲି ଦୁର୍ବଳ ଟିକେ ଥିଲେ ଯାହା । ଦି'ପହରେ ସେଦିନ, ଅନେକ ଦିନ ପରେ, ସେ ପିଣ୍ଡାରେ ଭାତଖାଇ ବସିଥିଲେ । ଶାଶୂ ପାଖରେ ବସି ବିଞ୍ଚି ଦଉଥିଲେ । କହିଲେ- କିଛି ତ ବରାଦ କଲୁ ନାଇଁ ଆଜିଯାଏ, ପରଦିନ ପୁଣି କପିଳେଶ୍ୱର ଯିବା କଥା ପରା !

ସେ କହିଲା- ବରାଦ ଆଉ କ'ଣ ? ଉଖୁଡ଼ା, କଦଳୀ ପ୍ରଭୃତି ଯାହା ଯିବାର,

ତାଙ୍କୁ ତ ସଦର ନାଏବଙ୍କୁ ଆମର ବରାଦ ଦେଇଚି । ରୋଷେଇ ସରଞ୍ଜାମ ବି ସାଙ୍ଗରେ ନବାକୁ କହିଚି । ଦୁଧ ଦହି ହେରିକା ସେଠି ତ ସବୁ ମିଳିବ । ଆଉ କ'ଣ ?

ଗାଡ଼ି ସବାରି କେତେ ଖଣ୍ଡ ପେଇଁ କହିଲୁ ଫେର୍ ?

ତିନି ଖଣ୍ଡ ସବାରି, ଆଉ ଜିନିଷପତ୍ର ପେଇଁ ଗାଡ଼ି ଦି'ଖଣ୍ଡ ।

ଶାଶୂ ଆଶ୍ଚର୍ଯ୍ୟ ହୋଇ କହିଲେ- ତିନି ଖଣ୍ଡ ସବାରି କ'ଣ ହବରେ ?

ସେ କହିଲେ- କାହିଁକି, ତୁ କ'ଣ ଯିବୁ ନାହିଁ କି ?

ଘରେ ଆଉ କିଏ ରହିବ ହଇରେ, ମୁଁ ଗଲେ ? ମା କହିଲେ । ଘର ଠାକୁର କ'ଣ ଯାଡ଼େ ଉପାସ ରହିବେ ?

ସ୍ୱାମୀ କହିଲେ- ଦିନ ଗୋଟାଏ ତ ଜମା ।

ନାଇଁରେ ପୁଅ, ଦିନ ଗୋଟାଏ ହେଲେ କ'ଣ ହେଲା, ମୁଁ ଯାଇପାରିବି ନାଇଁ । ବୋହୂ ଭଲା ଘରେ ରହୁଥାନ୍ତା, ତେବେ ମୁଁ ତା ହାତରେ ଠାକୁରଙ୍କୁ ଦେଇ ଯାଆନ୍ତି । ଆଉ କେହି ସେ କାମ ଚଳାଇପାରିବେ ନାଇଁ, ମୁଁ ଜାଣେ ।

ଗୌରବ ଆଉ ଗର୍ବରେ ଛାତି ମୋର ପୂରିଉଠିଲା ତାଙ୍କ କଥା ଶୁଣି । ସ୍ୱାମୀ ଖାଇସାରି ଆସି ହାତ ଧୋଉଥିଲେ; କହିଲେ, ପିଲାଟା ଯାଉଚି, ମୁଁ ତ ଏମିତି ଦୁର୍ବଳ । କହୁଥିଲି ଆଉ ଜଣେ କିଏ ସାଙ୍ଗରେ ଯାଇଥିଲେ-

ଆଉ କିଏ ଯିବ ? ମା ପଚାରିଲେ ।

ଜଣେ ପୋଇଲୀ ଫୋଇଲୀ କିଏ ।

ଚମ୍ପା ପରା ଯାଉଛି ।

ସେ ବୁଢ଼ୀ ହେଲାଣି, ଏକା କ'ଣ ପାରିବ ? ଆଉ ଜଣେ...

ମା'ଙ୍କ ମୁହଁକୁ ଚାହିଁ ସ୍ୱାମୀ ହଠାତ୍ ତୁନି ହୋଇଗଲେ । ବିରକ୍ତିରେ ମା'ଙ୍କ ମୁହଁ ଗମ୍ଭୀର ହୋଇଉଠିଥିଲା ସେତେବେଳକୁ । ସେଠୁ ଚାଲି ଯାଉ ଯାଉ ଖାଲି ଏତିକି କହିଲେ- ହଉ, ତତେ ଯେମିତି ଭଲ ଦିଶୁଚି, କର । ମୁଁ କିନ୍ତୁ ଆଜି ପୁରୀ ଯାଉଚି ।

ଭାବିଲି, ଛି ଛି, ଲାଜ ସରମ ଏମିତି ଏକାଥରକେ ଲୋକଙ୍କୁ ଛାଡ଼ିଯାଏ ଫେର୍; ମା'ଙ୍କ ଆଗରେ ପୁଣି ! କିନ୍ତୁ ମା' କ'ଣ ସତରେ ଆଜି ପୁରୀ ଯିବେ ?

ସନ୍ଧ୍ୟାବେଳେ ସତକୁ ସତ ମା' ତାଙ୍କ ଠାକୁର ହେରିକା ସାଙ୍ଗରେ ନେଇ ଯୋଉଠୁ ପୁରୀ ବାହାରିଲେ, ମନେହେଲା, ଯାଙ୍କରି ଜ୍ୱାଳାରେ ଖାଲି ମା' ଆଜି ଏଠୁ ଗଲେ ।

ଗଲା ଆଗରୁ ମା' ମତେ ଡାକି କହିଲେ- ସବୁ କଥା ତ ଦେଖୁଛୁ ମା', ମୁଁ

ଆଉ ତତେ ବେଶି କ'ଣ କହିବି ? ଟିକେ ଚାରିଆଡ଼କୁ ନିଘାକରି ଚଳୁଥିବୁ । ମାସ ଗୋଟାକରେ ମୁଁ ଫେରିଆସିବି ଯେ ।

ସବାରି ବେହେରାଙ୍କ ଡାକ ରାସ୍ତାବାଙ୍କ ପାଖେ ଯୋଉଠୁ ଅସ୍ପଷ୍ଟ ହୋଇଆସିଲା, ମୋ ଘରେ କାନ୍ଥକୁ ଆଉଜି ବସି ଭାବିଲି, ଆଜି ଶେଷ ଅବଲମ୍ବନଟିକକ ଏଘରୁ ମୋର ଚାଲିଗଲା ଏମିତି, ଯାହା ଭରସାରେ ଏତେ ଦହଗଞ୍ଜରେ ବି ବୁକୁବାନ୍ଧି ପଡ଼ିଥିଲି । ଘରର ନିହାତି ଅଲୋଡ଼ା ପରି ମୁଁ । ନିଜର ଅସ୍ତିତ୍ୱରେ ନିଜେ ଲଜ୍ଜିତ । ଏଣିକି ନିତିଦିନର ପ୍ରୟୋଜନ ଭିତରେ ମତେ କାହାରି କିଛି ଦରକାର ହେବ ନାହିଁ-ଏଣିକି ମୋର ଛୁଟି ।

ହେମନ୍ତ ଶେଷରେ ଗୋଟାଏ ମ୍ଳାନ ଧୂସର ସନ୍ଧ୍ୟା ଭିତରେ ରାତି କ୍ରମେ ଗାଢ଼ ହୋଇ ଆସିଲା । ଘର ଭିତରେ, ଅନ୍ଧାରରେ ନିଜକୁ ନିଜେ ପାସୋରି ଦେଇ ଭାବିଲି, ଆଜି ମା' ଗଲେ; କାଲି ହୁଏତ ମତେ ଏମିତି ଯିବାକୁ ହବ ।

ଠାକୁରଙ୍କ ପାଖକୁ ଗଲାଦିନ ସଉରଭୀ ସାଙ୍ଗରେ ଗଲା; କିନ୍ତୁ ମୋରି ପରି ଆଉ ଖଣ୍ଡେ ସବାରିରେ ବସି । ସ୍ୱାମୀ ସେତେବେଳକୁ ବାହାରକୁ ଆସି ନଥିଲେ-ଚମ୍ପାମା' ମତେ ଆଣି ଆଗ ବସାଇ ଦେଇଗଲା ସବାରିରେ । ଆର ସବାରିରେ ସଉରଭୀ ପାଖରେ ନଟ ବସିଥିଲା, ମତେ ଦେଖି କହିଲା- ନୂଆ ମା ପାଖକୁ ଯିବି ।

ସଉରଭୀ ତାକୁ ଧମକ ଦେଇ କହିଲା- ନା, ବ' ଏଠି ।

ମୋ ପାଖକୁ ଆସିବାକୁ ଏକାଜିଦ୍ କରି ସେ କାନ୍ଦିଲା; କିନ୍ତୁ କେହି ଶୁଣିଲେ ନାହିଁ ।

ସବାରି ଉଠିଲା । ଗାଁ ବାଟ ଛାଡ଼ି ବିଲ ଗହୀରର ଅପନ୍ତରା ଭିତରେ ସବାରି ଧୀରେ ଧୀରେ ଚାଲିବାକୁ ଲାଗିଲା । ଧାନସବୁ ପାଚି ଆସୁଥାଏ, ନହକା ଗଛଯାକ ସକାଳର କାକରବତୁରା ହୋଇ ବାଟ ଛାଡ଼ି ନଇଁ ପଡ଼ିଥାଏ ଦୁଇ ପାଖକୁ, ଯେପରି ରୂପକଥାର ସ୍ୱପ୍ନପୁରୀର ସୁନା ପାହାଚ ଲମ୍ବି ଯାଇଛି କୋଉ ଦିଗନ୍ତ ପାରିକି । ଅନେକ ବାଟ ଆସି ଗୋଟାଏ ନଈକୂଳରେ ସବାରି ରହିଲା । ଶୀତଦିନ; କିନ୍ତୁ ନଈରେ ଅନେକ ପାଣିଥାଏ । ଆର ପାରିରେ ଗଛ-ପତ୍ର ମେଢ଼ ଭିତରେ ଦେଉଳର କମକଟା ଦହିନଉତି ଧଳା ହୋଇ ଦିଶୁଥାଏ । ଏ ପାରିରୁ ପିମ୍ପୁଡ଼ିଧାର ପରି ଲୋକ ନଈ ପାରହୋଇ ସେଆଡ଼େ ଯାଉଥାନ୍ତି । ମନେପଡ଼ିଲା, ଆଜି ପରା ମହାଦେବଙ୍କ ପୁଷ୍ୟାଭିଷେକ, ସେଥିପାଇଁ ଏତେ ଯାତ୍ରୀ ।

ସ୍ୱାମୀଙ୍କ ସବାରି ସବା ପଛରେ ଆସି ପହଞ୍ଚିଲା । ସାଙ୍ଗେ ସାଙ୍ଗେ ହୁକୁମ

ହେଲା, ଖରା ମାଡ଼ିଆସୁଚି, ଆଉ ଡେରି କରନା, ବେଗେ ଉଠି ଚାଲ । ଗୋଟାଏ ବଡ଼ ପଟତନ ଡଙ୍ଗା ଉପରେ ସବାରି ତିନିଖଣ୍ଡ ପାଖ ପାଖ ହୋଇ ଥୁଆ ହେଲା । ଆମେ ସବୁ ଭିତରେ ସେମିତି ବସିଥାଉଁ । ନଈଟା ଖୁବ୍ ବଡ଼ ନୁହେଁ, କିନ୍ତୁ ପାରି ହଉ ହଉ ଅନେକ ବେଳ ହୋଇଗଲା । ଠାକୁରଙ୍କ ବେଢ଼ା ବାହାରେ ଗୋଟିଏ ଛୋଟ ତୋଟା ଭିତରେ ଗଉଡ଼ ସବାରି ରଖିଲେ । ଯାତ୍ରା ବୋଲି ସେଦିନ ଭାରି ଭିଡ଼ ହୋଇଥାଏ । ବେଢ଼ା ବାହାରେ ଅନେକ ଗୁଡ଼ାଏ ଗୁଡ଼ିଆ ଆଉ ପାଟରା ଦୋକାନ । କେଉଁଠି ଆଉ ଲୋକଗହଳରେ ସୋରିଷ ପକାଇବାକୁ ସ୍ଥାନ ନାହିଁ । ନଟର ବାଳ ପକାଇଦେଇ ସ୍ୱାମୀ ତାକୁ ନେଇ ନଈରେ ଗାଧୋଇଦେଇ ଆସିଲେ । ଦି'ପହର ଗଡ଼ିଗଲାଣି ସେତେବେଳକୁ ରୋଷେଇବାସ ସବୁ ପ୍ରସ୍ତୁତ । କଥା ହେଲା, ଓପରଓଳି ଲୋକଗହଳି ଟିକେ କମିଗଲେ ଠାକୁର ଦର୍ଶନ ଯିବାକୁ ହେବ ।

ଉପରଓଳି ବୋଲି ତ ଆଉ ବେଳ ନ ଥାଏ । କଥା କହୁଁ କହୁଁ ଖରା ନଇଁ ଆସିଥିଲା । କିନ୍ତୁ ଯାହା ମନେ କରିଥିଲୁ, ସକାଳଠଉଁ ଭିଡ଼ ନ କମି ଆହୁରି ବେଶି ବଢ଼ିଲା । ଚମ୍ପାମା' ଆସି କହିଲା- ବୋହୂ ସାଆନ୍ତାଣୀ, ବାବୁ କହିଲେ ବେଳ ତ ଗଲା, ଦର୍ଶନ କରିଆସିବା ଉଠ । ନଟକୁ ନୂଆ ପାଟ ପିନ୍ଧାଇଦେଇ ଚମ୍ପାମା' ପଛେ ପଛେ ମୁଁ ଆସି ପଛରେ ଠିଆହେଲି, ଯୋଉଠି ଆମର ସମସ୍ତେ ମତେ ଦେଉଳକୁ ଯିବାକୁ ଚାହିଁଥିଲେ । ବହୁତ କଷ୍ଟରେ ଭିଡ଼ ଠେଲି ଆଗେ ଆଗେ ଯାଉଥାଏ ସୌରଭୀ, ତା ପଛେ ମୋ ସ୍ୱାମୀ । ସବା ପଛରେ ଚମ୍ପାମା'କୁ ଆଗରେ ରଖି ମୁଁ । ଲୋକଗହଳ ଦେଖି ଚମ୍ପାମା' ମତେ କହିଲା- ବୋହୂ ସାହାନ୍ତାଣୀ, ମୋ କାନିଟାରେ ହାତ ପକେଇ ଆସୁଥା । ଦେଉଳ ଭିତରେ ଯୋଉଠି ଠାକୁର ଅଛନ୍ତି, ସେଠି ପୁଣି ବାଟ ଆହୁରି ଅଛ, ଦି ଜଣ ଲୋକ ପାଖ ପାଖ ହୋଇ ଭିତରକୁ ଯିବା କଷ୍ଟ । ଲୋକଭିଡ଼ ପୁଣି ସବୁଠାରୁ ସେଇଠି ବେଶୀ । ଅନ୍ଧାର ଆଉ ଗରମରେ ନିଃଶ୍ୱାସ ବନ୍ଦକରି କୌଣସିମତେ ଭିତରଯାଏ ଗଲି । ଠାକୁରଙ୍କ ଉଦ୍ଦେଶ୍ୟରେ ଗୋଟାଏ ଲୋକ ମୁଣ୍ଡରେ ଫୁଲ, ଅରୁଆ ଚାଉଳ କୌଣସିମତେ ପକାଇଦେଲି ଦେଖିଲି, ଲୋକଗହଳରେ ବାଟ କୋଉଠି ବାରି ହେଉନାହିଁ, ଆଉ ସେ ଠେଲାଠେଲି ଭିତରେ ଚମ୍ପାମା କାନିଟା କେତେବେଳେ ମୋ ହାତରୁ ଖସିଯାଇଚି ମତେ ଜଣା ନାହିଁ ।

ଦେଉଳ ଭିତରେ ଗୋଟାଏ ଅନ୍ଧାର ଖୁଣ୍ଟକୁ ଆଉଜି ଠିଆ ହେଲି । ମୁଣ୍ଡ ମୋର ସେତେବେଳେ ବୁଲାଇ ଦେଉଥାଏ ଭୟ ଆଉ ଉତ୍କଣ୍ଠାରେ । ଅନେକ ସମୟ ପରେ ଭିଡ଼ ଟିକେ କମିଗଲା । ତାହାରି ଭିତରେ କୌଣସି ମତେ ଚିପିଚାପି ହୋଇ ଏକପ୍ରକାର ଶୂନ୍ୟେ ଶୂନ୍ୟେ ବାହାରକୁ ଆସିଲି । ଯେଉଁଆଡ଼େ ଚାହିଁଲି ଖାଲି

ଲୋକଗୁଡ଼ାକ, କିନ୍ତୁ ତା ଭିତରେ ଆମ ଲୋକ କାହାରିକୁ ତ ଗୋଟିଏ ଦେଖିଲି ନାହିଁ । ସେମାନେ ତା'ହେଲେ କ'ଣ ମତେ ଛାଡ଼ି ଚାଲିଗଲେ କି ?

ବେଳ ଗଡ଼ି ଆସିଥାଏ ସେତେବେଳକୁ । ପଶ୍ଚିମ ଦିଗରେ କଳା ଢାଳିଦେଇ ଖଣ୍ଡିଆ ଭୂତ ପରି ଖଣ୍ଡେ କଳା ବଉଦ ଆସ୍ତେ ଆସ୍ତେ ଉପରକୁ ଉଠି ଆସୁଥାଏ । ବର୍ଷାପାଣି ଭୟରେ ଯାତ୍ରୀଙ୍କ ଭିତରେ ଗୋଟାଏ ଗହଳ ଚହଳ ପଡ଼ିଗଲାଣି । ସମସ୍ତେ ତରତର ହୋଇ ଘାଟ ଆଡ଼କୁ ଧାଇଁଥାନ୍ତି । ବେଢ଼ା ବାହାରେ ନଈକୂଳେ ଲୋକଗହଳ ପୁଣି ଆହୁରି ବେଶୀ । ଖଣ୍ଡିଏ ବୋଲି ଡଙ୍ଗା, ମେଘ ଆସିବ ବୋଲି ସମସ୍ତେ ସେଥିରେ ଆଗ ଚଢ଼ିବାକୁ ଚେଷ୍ଟା କରୁଥାନ୍ତି, କିନ୍ତୁ ମୋ ପାଖରୁ ଦଶ ପନ୍ଦର ହାତ ଦୂରରେ ଡଙ୍ଗା । ଭିଡ଼ ଭିତରେ ଟିକେ ଆଗକୁ ଯିବାର ବାଟ ନାହିଁ । କୌଣସିମତେ ଟିକେ ମୁଣ୍ଡଟେକି ଦେଖିଲି, ଡଙ୍ଗା ଉପରେ ଆମ ସବାରି ତିନି ଖଣ୍ଡଯାକ ଥୁଆ ହେଲାଣି । ଭୟରେ ଦିହ ମୋର ଝାମ ଗଲାପରି ଲାଗିଲା ।

ସେତିକିବେଳେ ମୋର ଠିକ୍ ଆଗ ଦେଇ ଜଣେ ଲୋକ ଦେଉଳ ଆଡ଼କୁ ଚାଲିଗଲା । ବିସ୍ମିତ ଆନନ୍ଦରେ ମୋ ମୁହଁରୁ ବଡ଼ ପାଟିରେ ବାହାରିଗଲା- ନାଥ ନନା ।

କାହାକୁ ଖୋଜିଲା ପରି ଚାରିଆଡ଼କୁ ଚାହିଁ ଚାହିଁ ଭିଡ଼ ଠେଲି ସେ ଆଗକୁ ଯାଉଛନ୍ତି । ବୁଡ଼ିଯାଉଥିବା ଲୋକର ଗୋଡ଼ ହଠାତ୍ ମାଟି ଛୁଇଁଲେ ଯେପରି ଲାଗେ, ମତେ ସେହିପରି ଜଣାଗଲା, ସେଠି ତାଙ୍କୁ ଦେଖି । ଭୟ ଆଉ ଉତ୍କଣ୍ଠା ସବୁ ଦଣ୍ଡକେ କୁଆଡ଼େ ସ୍ୱପ୍ନପରି ହୋଇଗଲା, ଯେମିତି କୋଉ କୁହୁକ ପରଶ ଲାଗି । ଡଙ୍ଗା ପାଖରୁ ଲୋକଙ୍କର ଭିଡ଼ାଭିଡ଼ି ଟିକେ କମି ଆସିଥିଲା ସେତେବେଳକୁ । କିନ୍ତୁ ମୁଁ ସେଇଠି ସେମିତି ପଥର ପରି ଠିଆ ହୋଇ ରହିଲି । ଚେଷ୍ଟା କରିଥିଲେ ସେତେବେଳେ ବି ଡଙ୍ଗାକୁ ଯାଇପାରିଥାନ୍ତି ପରା । କିନ୍ତୁ ଗଲିନାହିଁ କୋଉ ଲୋଭରେ କେଜାଣି ?

ଗୋଟାଏ ବଡ଼ ପବନ ଗଛପତ୍ର ସୁ ସୁ ହୋଇ ବୋହିଗଲା । ଡଙ୍ଗା ଭିତରୁ ନଟ ବଡ଼ ପାଟିକରି କାନ୍ଦି ଉଠିଲା- ମୋ ନୂଆ ମା' କାହିଁ ଲୋ, ମୋ ନୂଆ ମା' !

ଆଉ ତୁନି ହୋଇ ରହିପାରିଲି ନାହିଁ । ଦି'ହାତରେ ଯେତେ ବଳ ଥିଲା, ଭିଡ଼ ଭିତରେ ବାଟକରି ଡଙ୍ଗା ପାଖକୁ ଆଗେଇଗଲି । ପାଣି ପାଖରେ ପହଞ୍ଚିଲାବେଳକୁ ଦେଖିଲି, ପଟା ଉଠାଇ ନାଆ କୂଳରୁ ଅନେକ ଛାଡ଼ିଯାଇଛି । ଆକାଶ ପୃଥିବୀ ଏକାଠି କରି କଳା ବଉଦ ମେଳରେ ସେତେବେଳକୁ ପ୍ରଳୟ ଉଜାଡ଼ ଆରମ୍ଭ ହୋଇଗଲାଣି । ଗଛ ଡାଳେ ଡାଳେ ଯମରାଇଜର ରାମତାଳି ବଜାଇ ପାଗଲା ପବନ ଭିତରେ ଝଡ଼ ଗର୍ଜିଗଲା । ସେଇଠି ସେମିତି ଥକ୍କା ହୋଇ ଠିଆହୋଇ ରହିଲି, ପବନରେ ଦିହ

ମୁଣ୍ଡର ଲୁଗା ପତାକା ପରି ଉଡୁଥାଏ । ଘାଟରେ ହଜାରେ ଲୋକ ଯେ ମୋ'ଆଡ଼କୁ ଏକ ଧ୍ୟାନରେ ଚାହିଁଛନ୍ତି, ସେ ଆଡ଼େ ମୋର ଦୃଷ୍ଟି ନାହିଁ ।

ହଠାତ୍ ପଛରୁ କିଏ ଆସି ମୋ' ପିଠିରେ ହାତ ରଖିଲା ।

ଚମକି ଚାହିଁଲି, ନାଥନନା

ସେ ଡାକିଲେ, ସତୀ ।

କିଛି କହିଲି ନାହିଁ ।

ଆଗକୁ ଆସି ସେ ମୋ ହାତ ଧରି କହିଲେ, ଆ ।

ଝଡ଼ ସେତେବେଳକୁ ଥମି ଆସିଲାଣି ଟିକେ ଟିକେ । ଦେଉଳ ପିଣ୍ଡାରେ ଗୋଟାଏ ଖୁଣ୍ଟକୁ ଆଉଜି ଚୁପ୍‌ହୋଇ ଠିଆ ହୋଇଥିଲି । ମୋର ଖଣ୍ଡେ ଦୂରରେ ନାଥନନା । କାହାରି ମୁହଁରେ କଥା ନାହିଁ । ଦୁହେଁଯାକ ନିଜ ନିଜ ଚିନ୍ତାରେ ବୁଡ଼ି ଯାଇଥିଲୁ ଏମିତି ।

କେତେବେଳକେ ସେ ମଥା ଟେକି ଡାକିଲେ, ସତୀ ।

କହିଲି, ଉଁ ।

ସେ କହିଲେ, ପବନ ଟିକେ କମି ଆସିଲାଣି । ଏ ତ ଏମିତି ଅପନ୍ତରା ଜାଗା । ରାତିଗୋଟାକ କଟିବ କେମିତି ?

କିଛି କହିଲି ନାହିଁ ।

ସେ ପୁଣି କହିଲେ, ଏମିତି ଦୁର୍ଯ୍ୟୋଗ ହବ ବୋଲି କିଏ ଜାଣିଥିଲା ? ଅନ୍ଧାର ହବାକୁ ଆଉ ତ ବେଶି ଡେରି ନାହିଁ । ପାଖରେ କେଉଁଠି ଗାଁ ଗଣ୍ଡା ତ ଦେଖାଯାଉ ନାହିଁ, ରାତିକ ପାଇଁ ଟିକେ ଆଶ୍ରୟ ନବାକୁ ।

ପଚାରିଲି, ଯାଙ୍କ ଘର କେତେ ବାଟ କି ଏଠିକି ?

ସେ ହସିଲେ; କହିଲେ, ଅନେକ ବାଟ, ବୋଧହୁଏ ଚାରି ପାଞ୍ଚ କୋଶ ହବ । ତା'ପରେ ଏ ନଈ । ଡଙ୍ଗାବାଲା ରାତିରେ ଆମକୁ ପାରି କଲେ ତ ? ତା'ପରେ କିଛି ସମୟ କ'ଣ ଭାବି ମତେ ପଚାରିଲେ- ତୁ ରହିପାରିବୁ ଏଠି ଏକା ? ପାଖରେ କୋଉଠି ବସାଘର ମିଳିପାରିବ କି ନା ଦେଖିଆସନ୍ତି । କହିଲି ନାଇଁ ମୁଁ ତମ ସାଙ୍ଗରେ ଯିବି ।

ପବନ ବେଗ ବରାବରି କମିଯାଇଥିଲା; କିନ୍ତୁ ଆକାଶ ଗୋଟାକ କଳାମେଘରେ ଅନ୍ଧାର ଦିଶୁଥିଲା, ବର୍ଷା ହେଲା ପରି । ତୋଟା ଭିତର ଦେଇ ଦେଉଳ ପଛଆଡ଼କୁ ଯେଉଁ ବାଟ ପଡ଼ିଥିଲା, ନାଥନନା ସେହି ଆଡ଼କୁ ଗଲେ । ପଛରେ ମୁଁ । ତୋଟା

ଛାଡ଼ି ପଦାକୁ ଆସିଲୁ । ଦେଉଳବେଢ଼ାକୁ ଲାଗି ଗୋଟିଏ ଘର, ବୋଧହୁଏ ଗୁଡ଼ିଆ ଦୋକାନ । ବାହାର ପିଣ୍ଡାରେ ଖଣ୍ଡେ ଦଦରା ଖଟ ଉପରେ ଜଣେ ଲୋକ ଗୋଟିଏ ଭଙ୍ଗା ଚଷମା ଦଉ ଜୋର୍‌ରେ ନାକ ଆଗରେ କୌଣସିମତେ ଅଟକାଇ ରଖି ବଡ଼ପାଟି କରି ପୋଥି ପଢୁଥିଲା । ପାଖରେ ତା ଗୋଟାଏ ଡିବି । ତା ଦିହରୁ ଆଲୁଅ ଯେତେ ହଉଥିଲା, ଧୂଆଁ ହଉଥିଲା ତା'ଠାରୁ ବେଶୀ । ପାଦଶବ୍ଦ ଶୁଣି ଚାହିଁଲା । ପଚାରିଲା- କିଏ ସେ ?

ନାଥନନା କହିଲେ- ଜଣେ ବାଟୋଇ ।

କ'ଣ ଦରକାର ?

ଅନ୍ଧାରରେ ଘରକୁ ଯାଇ ହେଲା ନାହିଁ, ରାତିକ ପାଇଁ ଟିକେ ଜାଗା ମିଳିବ ଏଠି ?

ବୁଢ଼ା ବିରକ୍ତ ହୋଇ କହିଲା- ନାଇଁ ନାଇଁ, ଏଠି ହୋଇପାରିବ ନାହିଁ, ଯାଅ । ଚୋର କି ଟସ୍କର କିଏ ଜାଣିଚି ବାବା । ଯାଅ ଅନ୍ୟ କୋଉଠି ଦେଖ ।

ନାଥନନା କହିଲେ- ପାଖରେ ତ ଗାଁ ଗଣ୍ଡା ନାହିଁ ସାହୁ । ଦୋକାନ ଘର ଆଉ କାହାର ଦିଶୁନାହିଁ ଏଠି । କୋଉଠି ଆଉ ଜାଗା ମିଳିବ ?

କୋଉଠି ନ ମିଳିବ ତ ଦେଉଳପିଣ୍ଡା ପଡ଼ିଚି, ଚାଲିଯାଅ । ଖୁବ୍ ଫରାକତ, ନିଶ୍ଚିନ୍ତରେ ଶୋଇବାକୁ ମିଳିବ ।

ବର୍ଷାହେଲେ ଦେଉଳପିଣ୍ଡାରେ ଯେ ମୁଣ୍ଡ ରଖିବାକୁ ଜାଗା ଟିକେ ନାହିଁ । ଚାଳଯାକ କଣା । ନାଥନନା ଟିକେ ଆଗକୁ ଯାଇ ଖଟ ଉପରେ ଯୋଡ଼ିଏ ଟଙ୍କା ରଖିଦେଇ ପୁଣି କହିଲେ- ଏଇଠି ଟିକେ ଆମକୁ କୋଉଠି ରାତିକ ପାଇଁ ସୁବିଧା କରି ନ ଦେଲେ ତ ହବ ନାହିଁ ସାହୁ ।

ଟଙ୍କା ଦେଖି ସାହୁ ଏକାଥରକେ ତରଳିଗଲା । ଟିକେ ହସିଦେଇ କହିଲା- ଦେଶର ଲୋକ ବିପଦରେ ପଡ଼ି ଆସିଲେଣି ଯେତେବେଳେ, କ'ଣ କରିବା; ଆଶ୍ରା ଟିକେ କୋଉଠି ହେଲେ ଦବାକୁ ତ ହବ । ଆସ ବାବୁ, ପିଣ୍ଡା ଉପରକୁ ଉଠିଆସ ସାଙ୍ଗରେ ଆଉକିଏ ? ଓ, ଘର ଲୋକ ପରା । ତା ହେଲେ ତ ଗୋଟାଏ ବଖରା ଦରକାର ।

ମନ ଭିତରେ ଲାଜ ଆଉ ସୁଖର ଗୋଟାଏ ଦମ୍‌କା ପବନ ମାଡ଼ିଆସି ବୁଦ୍ଧି ଜ୍ଞାନ ଅନୁଭୂତିଯାକ ସବୁ ମୋର ଓଲଟ ପାଲଟ କରି ଦେଇଗଲା ଏଇକଥା ପଦକ ଶୁଣି, କିନ୍ତୁ ଦଣ୍ଡକ ଲାଗି ।

ଖଟ ଉପରୁ ଡିବିଟା ଧରି ସାହୁ ଘର ଭିତରକୁ ଉଠିଗଲା । ଅନ୍ଧାରରେ ନାଥନନା

ମୋ ପାଖକୁ ଆସି ମୋ କାନ୍ଧରେ ହାତ ରଖିଲେ । ହସି ହସି ପଚାରିଲେ- ତୁ ମୋ ସାଙ୍ଗେ ରହିପାରିବୁ ତ ଏଠି ଏକା ?

କହିଲି- ମୁଁ ସବୁଠେଇଁ ରହିପାରିବି ।

ଡର ମାଡ଼ିବ ନାହିଁ ?

କହିଲି- ମତେ ଡର ମାଡ଼େନା ।

ସେ ହସିଲେ, କହିଲେ, ଏତେ ସାହସ କୋଉ ଦିନଠଉଁ ?

କହିଲି- ଘରୁ ଆସିଲା ଦିନୁ ।

ସାହୁ ଘର ଭିତରୁ ଆସି କହିଲା- ଗୋଟାଏ ଘର ହେଲେ ହବ ତ ବାବୁ ? ଆଉ ଘରଟାରେ ମାଲପତ୍ର ଗୁଡ଼ାଏ ଜମା ହୋଇଚି । ଯାଅ, ଖଞ୍ଜା ଭିତରକୁ ଯାଅ । ଗୋଡ଼ ହାତ ଧୁଅ, ମୁଁ ବିଛଣା ପଠେଇ ଦଉଚି । ସାହୁ କାନ୍ଥ ଆଡ଼କୁ ମୁହଁକରି ଠିଆ ହେଲା, ଉଦ୍ଦେଶ୍ୟଟା ମୁଁ ଯିବି । ନାଥନନା ମୋ ଆଡ଼କୁ ଚାହିଁ ଟିକେ ହସିଲେ । ସେତେବେଳେ ଠିଆହୋଇ ଭାବିବାର ଅବସର ନଥିଲା । ମୁଁ ଭିତରକୁ ଗଲି, ନାଥନନା ମୋ ପଛରେ ।

ଭିତରେ ଗୋଟିଏ ଖଞ୍ଜା । ସାମ୍ନାରେ ଗୋଟିଏ ବଡ଼ ଦୋକାନଘର, ସାହୁ ଯୋଉଠି ବସିଥିଲା । ଖଣ୍ଡେ ଛୋଟ ମାଟି ଦୁଆର ପାରିହୋଇ ଆଉ ଦୁଇଟି ଘର । ଦୁଇପାଖ ମାଟି ପାଚିରି ଘେରା । ଘର କବାଟ ଫିଟାଇ ନାଥନନା କହିଲେ- ଯା ଭିତରେ ବସ, ମୁଁ ଆଲୁଅ ଆଣେ ।

ସେ ଚାଲିଗଲେ । ଅନ୍ଧାରରେ ସେଇ ଥଣ୍ଡା ମାଟି ତଳଟାରେ ବସି ଭାବିଲି, ମନ୍ଦ ବ୍ୟବସ୍ଥା ନୁହେଁ । ଏଇ ଗୋଟିଏ ଘର; ବୋଧହୁଏ ଗୋଟିଏ ବିଛଣାରେ ଏକାଠି ରାତି କଟେଇବାକୁ ହବ । ଦିହଗୋଟାକ ଶୀତେଇ ଉଠିଲା ଭୟ ଆଉ ଲଜ୍ଜାରେ, କିନ୍ତୁ ସମସ୍ତଙ୍କ ଭିତରେ ଗୋଟାଏ ଆଲୋକିତ ସୁଖର ଆବେଗ ଛାତିଟା ଥରାଇ ଦେଇଗଲା ଥରେ । ଦିନେ ଏମିତି ଆଉ ଜଣଙ୍କ ସାଙ୍ଗରେ ବାଧ୍ୟ ହୋଇ ଏକାଠି ଦୁଇ ରାତି କଟେଇବାକୁ ହୋଇଥିଲା; କିନ୍ତୁ ସେଦିନ ଆଉ ଆଜି ! କେତେ ଅନ୍ତର, କେତେ ଅଭିନବତ୍ୱ ଯା'ଭିତରେ ।

ପାଣି ପବନ ଏକାଠି କରି କଳା ବଉଦର ମୁକୁଳା ଛାତିରେ ସେତେବେଳକୁ ବରଷାର ଅଖଣ୍ଡ ବସନ୍ତରା ଫିଟି ଯାଇଥିଲା ରାତି-ଅନ୍ଧାରପାସୋରା ଗଛଗହଳିର ମତାନ ଉପରେ । ଭାବିଲି, ଯାହା କପାଳରେ ଥିବ, ମୋର କ'ଣ ଚାରା ଅଛି ଏଥିରେ ?

ବିଛଣା ଆଉ ଆଲୁଅ ନେଇ ନାଥନନା ଆସିଲେ । ପଚାରିଲେ, କ'ଣ ଖାଇବୁ ସତୀ ?

କହିଲି- ମୁଁ ଖାଇବି ନାହିଁ, ଭୋକ ନାହିଁ । ତମେ ଯା ଖାଇବ ।

ଘର ଭିତରେ ବିଛଣା ରଖିଦେଇ ସେ ବସିଲେ । ହସି ହସି କହିଲେ, ମତେ ବି ଭୋକ ନାହିଁ ତା'ହେଲେ ।

ଏମିତି ଦୁଷ୍ଟ ଏ, ଆଜିଯାକେ ବି ସେମିତି ଢଙ୍ଗ ଛାଡ଼ି ନାହାନ୍ତି । କହିଲି, ସତରେ ମତେ ଭୋକ ନାହିଁ ।

ମୁଁ କ'ଣ ଆଉ ମିଛରେ କହୁଚି ପରା ?

ହସ ମାଡୁଥାଏ କଥା ଶୁଣି । କହିଲି, ହଉ ଯା, ଖାଇବି । ବାହାରେ ଠିଆହୋଇ ସାହୁ ଡାକିଲା- ବାବୁ, ଜଳଖିଆ ନିଅନ୍ତୁ ।

ନାଥନନା ଉଠିଯାଇ ଗୋଟାଏ ବଡ଼ ପତ୍ରଠୋଲାରେ ଠୋଲାଏ ରସଗୋଲା ଆଉ ଥାଳୀ ଆଣି ମୋ ପାଖରେ ରଖିଦେଲେ । ଥାଳୀରେ ସବୁ ଜଳଖିଆତକି ବାଢ଼ି ତାଙ୍କ ଆଗରେ ଥୋଇଦେଇ କହିଲି- ଦିଅ, ଆଗେ ଖାଇଲ ତମେ ।

ସେ ଆଶ୍ଚର୍ଯ୍ୟ ହୋଇ ପଚାରିଲେ, ଆଉ ତୁ ।

କହିଲି, ତମେ ଖାଇ ସାର; ଖାଇବି ଯେ ।

ଜବାବ୍‌କରି ଶେଷରେ କଥା ନ ରଖିଲେ ମାଡ଼ ଖାଇବୁ ଜାଣିଥା, କହି ସେ ଖାଇବାକୁ ବସିଲେ । ଖାଇଲେ ତ ସେ ସବୁ ଯାକ । ମୋ ପାଇଁ ବାରପଣ ଛାଡ଼ି ଉଠିଗଲେ । ମନ ହଉ ନଥାଏ, ଖାଲି କଥା ରଖିବାକୁ ଅଳ୍ପ କିଛି ଖାଇ ଥାଳୀ ଖଣ୍ଡ ଧୋଇ ଆଣିଲି । ଘର ଭିତରେ ନାଥନନା ସେତେବେଳକୁ ବିଛଣାପାରି ବସିଛନ୍ତି । କିନ୍ତୁ ଏ କ'ଣ ? ବିଛଣା ଯେ ଜମା ଖଣ୍ଡିଏ ! ଛାତିଟା ମୋର ଥରିଗଲା ।

ମତେ ଦେଖି ସେ କହିଲେ- ଆ, ବସ୍ ।

ଖଣ୍ଡେ ଦୂର ଛାଡ଼ି ଖାଲି ଭୂଇଁରେ ଯାଇ ବସିଲି, ମୁଣ୍ଡ ତଳକୁ ପୋତି । ଆଲୁଅଟା ମିଞ୍ଜି ମିଞ୍ଜି ହୋଇ ଆସୁଥିଲା । ଟିକେ ତେଜିଦେଇ ସେ କହିଲେ- ଖୁବ୍ କାମରେ ଯା'ହଉ ଆସିଲା, ଆଜି ଠାକୁରଙ୍କ ପାଖକୁ ମୋର ଆସିବା । ତୁ ଯେ କ'ଣ କରିଥାନ୍ତୁ ମୁଁ ନ ଆସିଥିଲେ; ସେଇକଥା ଭାବି ଭାବୁଚି ।

ପଚାରିଲି- ତୁମେ କେମିତି ଜାଣିଲ କି ଆମେସବୁ ଆଜି ଆସିବୁ ବୋଲି ?

କାହିଁକି, ସଇତା ତ ମତେ କହିଲା । ପୁଣି ତୁ କୁଆଡ଼େ ତା ହାତରେ ଖବର ଦେଇଥିଲୁ ମୋ ପାଖକୁ । ନ ଆସିବାକୁ ମୋର ଆଉ ଚାରା ଥିଲାନା ?

ଭାରି ଲାଜ ମାଡ଼ିଲା କଥା ଶୁଣି । ଭାବିଲି, କାହିଁକି ସଇତାକୁ ଏକଥା କହି ମଲି ।

ଦଣ୍ଡେ ଗଲା ।

ସେ କହିଲେ, ତୁ ବେସ୍ତ ହୋନା ସତୀ, ସାହୁକୁ କହିଚି । କାଲି ସେ ଖଣ୍ଡେ ସବାରି ଠିକ୍ କରିଦବ । ତତେ ନେଇ ତମ ଶାଶୂଘରେ ଛାଡ଼ିଆସିବ, ବୁଝିଲୁ ? ମୋ ମୁହଁକୁ ଚାହିଁ ସେ ହସିଲେ ।

କି ଆଶ୍ଚର୍ଯ୍ୟ କଥା, ଶାଶୂଘରକୁ ଯିବା ଚିନ୍ତାରେ ମତେ ଭୋକ ଶୋଷ ନାହିଁ ନା କ'ଣ ! ନା ମତେ ଥଟ୍ଟା କରୁଛନ୍ତି ? ପଚାରିଲି- ତୁମେ ଯିବ ନାହିଁ ସାଙ୍ଗରେ ?

ମୁଁ ? କହିବୁ ଯଦି ଯିବି ।

ଏଇ ନାଥନନା, ମୋ କଥାପଦକୁ ଯେ କୋଟିନିଧି ମନେକରି ସବୁ ଦୁଃଖ କଷ୍ଟ ମୁଣ୍ଡାଇନେବାକୁ ରାଜି । ଇଏ ଆଉ ମୋ ସ୍ୱାମୀ ! ଭଗବାନ ମଣିଷଙ୍କ ଭିତରେ ପୁଣି ଏତେ ପ୍ରଭେଦ ଥାଏ ? ଗୋଟାଏ ଦମ୍‌କା ପବନରେ ଘରଭିତରେ ଆଲୁଅଟା ହଠାତ୍ ଲିଭିଗଲା । ଅନ୍ଧାର ଭିତରେ ଦୁହେଁଯାକ ଚୁପ୍‌ହୋଇ ବସିରହିଲୁ । କାହାରି ମୁହଁରେ କଥା ନାହିଁ । କେତେବେଳକେ ଜୋର୍‌ରେ ଗୋଟାଏ ଦୀର୍ଘ ନିଃଶ୍ୱାସ ପକାଇ ନାଥନନା ଡାକିଲେ- ସତୀ !

କହିଲି, ଉଁ ।

ସତୀ, ଦି'ମାସ ତଳର କଥା ମନେପଡ଼େ ତୋର ? ଯେତେବେଳେ ବାହାରର ଏଇ ଝଡ଼ପବନ ପରି ତୁ ମୁକ୍ତ ସ୍ୱାଧୀନ ଥିଲୁ । କାହାରି ଭଲ ମନ୍ଦ ପାଇଁ ଟିକେ ଚିନ୍ତାଦକ ତୋ ମନକୁ ଛୁଇଁଯାଇ ନ ଥିଲା । ଏମିତି ଦିନେ ବର୍ଷା ରାତିରେ ଆମ ନିଶି ମତେ ହସି ହସି ଆସି କହିଲା- ନନା, ବଉଳ ଆମ ଘରକୁ ଆସିବ ।

କେତେ ସ୍ୱପ୍ନବିଳାସ, କେତେ ସୁକଳ୍ପନା ମନକୁ ମୋର କୁହୁକ-ରାଜ୍ୟକୁ ଟାଣିନେଲା ସେଇ କଥାପଦକ ଶୁଣି । ଆଜି କିନ୍ତୁ ଏଇ କେଇଟା ଦିନରେ ତୋ' ମୋ' ଭିତରେ କେତେ ଛଡ଼ା କେତେ ଦୂର ହୋଇଗଲାଣି !

ମନେ ହେଉଥାଏ ବଡ଼ ପାଟିକରି କହିବାକୁ- ନାଇଁ ନାଇଁ, ମୁଁ ଆଗ ପରି ସେମିତି ମୁକ୍ତ ସ୍ୱାଧୀନ ଅଛି । ଆଜିଯାଏ ସୁଦ୍ଧା କାହାରି ଚିନ୍ତାଦକ ତିଳେହେଲେ ମୋତେ ଛୁଇଁ ଯାଇନାହିଁ, କେବଳ ତମ ଛଡ଼ା । କିନ୍ତୁ ଲାଜରେ କିଛି କହିପାରିଲି ନାହିଁ ।

ଅନେକ ବେଳ ଗଲା । ସେ କିଛି କହିଲେ ନାହିଁ । ବାହାରେ ଏ ବର୍ଷା ପବନ, ଘର ଅନ୍ଧାର ଭିତରେ ପାଖ ପାଖ ହୋଇ ସେ ଆଉ ମୁଁ । ଡର ମାଡ଼ିଲା; ଯଦି ପାଖରେ ସେ ମତେ ଶୋଇବାକୁ ଡାକନ୍ତି । କ'ଣ କରିବି ମୁଁ ଏଠି ? ଆଉ ତ ଉପାୟ କିଛି ନାହିଁ । ଭୟରେ ଛାତି ଭିତର ମୋର କମ୍ପିଗଲା ।

ଅନେକ ବେଳ ପରେ ସେ କହିଲେ- ସତୀ ! ଆ, ତୁ ଶୋ ଏଠି, ମୁଁ ଯାଉଚି ।

ନିଶ୍ଚିନ୍ତ ହୋଇ ପଚାରିଲି- ଆଉ ତମେ କୋଉଠି ଶୋଇବ, ଆର ଘରେ ?

ମୁଁ ? ମୁଁ ଏଇ ପିଣ୍ଡା ପହଣ୍ଡରେ କୋଉଠି ଟିକେ ପଡ଼ିଯିବି ଆଉ କେଇଟା ଘଣ୍ଟାପେଇଁ, ମୋର କ'ଣ ଅଛି ?

ଏଇ ବର୍ଷା ପବନ ଆଉ ଶୀତରେ ଏମିତି ମୁକୁଳା ପିଣ୍ଡାଟାରେ ! ଦଣ୍ଡକେ ଆଶଙ୍କା ଓ ଉତ୍କଣ୍ଠାରେ ସବୁ ଭୁଲିଯାଇ କହି ପକାଇଲି, ନାଇଁ ନାଇଁ, ତା ହବ ନାଇଁ । ଏ ବର୍ଷାରେ ପଦାଟାରେ ଯାଇ ଶୋଇବ, କ'ଣ ଜର ଡାକି ଆଣିବାକୁ ନା କ'ଣ ? ତମେ ଏଇଠି ଶୁଅ ପଛକେ ।

ଆଉ ତୁ ? ବିଛଣା ଯେ ଜମା ଖଣ୍ଡିଏ । ଆଗ୍ରହରେ କଣ୍ଠ ତାଙ୍କର ଥରିଗଲା ।

କହିଲି, ମୁଁ ପଛେ ପିଣ୍ଡାକୁ ଯାଉଚି ।

ସେ ହସିଲେ । ହତାଶର ବେଦନାରେ ବତୁରି ଯାଇଥିଲା ଯେପରି ସେ ହସ । କହିଲେ- ନାଇଁ ଲୋ ଦୁଷ୍ଟ, ମୁଁ ପିଣ୍ଡାରେ ଶୋଇବି, ତୁ ଶୋ ଏଠି । ଘର କବାଟଟା ପଦାକୁ ଆଉଜାଇ ସେଇ କହିଲେ- ଭିତରୁ କବାଟ ଦେଇ ଶୋ; ମୁଁ ଯାଉଚି ।

ଭାବିଲି, ମୁଁ ଶୋଇବି ଏଠି ଘର ଭିତରେ, ବିଛଣାରେ ନିଶ୍ଚିନ୍ତରେ, ଆଉ ସେ କୋଉ ଅପନ୍ତରା ପଦାଟାରେ ପାଣି ପବନରେ ଏମିତି ପଡ଼ିରହିବେ ସିନା ରାତିଯାକ ।

ବିଛଣାଟାକୁ ରାଗରେ ଗୋଡ଼ରେ ଫୋପାଡ଼ି ଦେଇ ସେଇ ଓଦାଭୂଇଁରେ ଲଥିକିନି ଶୋଇପଡ଼ିଲି । ବାହାରେ ସେତେବେଳକୁ ମୋ ମନ-ପରାସକୁ ଟାହୁଲି କରି ଝଡ଼ ଗର୍ଜୁଥିଲା ।

ସକାଳୁ ଉଠିବା ଆଗରୁ ନାଥନନା ମତେ ଆସି ଡାକିଲେ । ଧଡ଼୍‌ପଡ଼୍ ହୋଇ ଉଠି ବସିଲି ମୁଣ୍ଡରେ ଲୁଗାଦେଇ । ପଚାରିଲେ, ରାତିଯାକ ଏମିତି କବାଟ ଖୋଲା ଥିଲା ପରା ? ତା'ପରେ ଭାରି ଆଶ୍ଚର୍ଯ୍ୟହୋଇ କହିଲେ, ବିଛଣା ଛାଡ଼ି ଏମିତି ଓଦାଭୂଇଁଟାରେ ରାତିଯାକ ଶୋଇଚୁ ନା ?

କହିଲି, ନିଜେ କୋଉ ଏବେ ଖଟ ପଲଙ୍କରେ ଶୋଇଥିଲ ଶୁଣେ ?

ସାର୍ଥକତା ସୁଖରେ ତାଙ୍କ ମୁହଁ ଉଜ୍ଜ୍ୱଳ ହୋଇଉଠିଲା । ସେ କହିଲେ- ହଉ, ଦେ ଚଞ୍ଚଳ ଦାନ୍ତ ଘଷିପକା । ସବାରି ଆସିଲାଣି କି ନା ମୁଁ ଦେଖେ ।

ସେ ପଦାକୁ ଚାଲିଗଲେ, କିଛି ସମୟ ପରେ ଫେରିଆସି କହିଲେ- ସତୀ ସବାରି ତ ମିଳିଲା ନାହିଁ କୋଉଠୁ ଖୋଜି ଖୋଜି । ଖଣ୍ଡେ ବଳଦଗାଡ଼ି ଆସିଚି । କ'ଣ କରିବି, ଯାଇପାରିବୁ ସେଥିରେ ?

କେତେ ଚିନ୍ତା ସତେ ଯାଙ୍କର ମୋ ପାଇଁ ! କହିଲି- ହଁ; ସେଇଥିରେ ଯିବି ।

ନାଥନନାଙ୍କ ସଙ୍ଗେ ବାହାରକୁ ଆସିଲି । ନଈ ପାରିହୋଇ ଆରପାଖରେ ଯାଇ ବସିଲି ଗାଡ଼ିରେ । ମୋ ଆଗରେ ନାଥନନା ବସି ଗାଡ଼ିବାଲାକୁ କହିଲେ; ଅଡ଼ା ।

ଗାଡ଼ିବାଲା ପଚାରିଲା- କୋଉଠିକି ଯିବ ବାବୁ ?

ନରହରି ମିଶ୍ରଙ୍କ ଘରକୁ ।

ଖରା ପଡ଼ି ନ ଥିଲା ସେତେବେଳକୁ । ରାତି ବରଷାରେ ଠାଏ ଠାଏ ପାଣି ଜମି ଯାଇଥିଲା । ପୃଥିବୀ ଯେପରି ତା'ର ପାହାନ୍ତାଗାଧୁଆ ସାରି ଓଦାଲୁଗାରେ ଠିଆହୋଇ ଗଛ ପତରର ନୀଳାମ୍ବରୀ ଚିପୁଡ଼ି ପିନ୍ଧୁଥିଲା ଆଉ ଥରେ । ବାହାର ଆଡ଼କୁ ଚାହିଁ ନାଥନନା ବସିଛନ୍ତି ଗାଡ଼ି ଭିତରେ । ରାତି ପରି ମୁହଁରେ ଆଉ ହସ ନାହିଁ । ଏକ ଧ୍ୟାନରେ ତାଙ୍କ ଆଡ଼େ ଚାହିଁ ଚାହିଁ ଭାବିଲି, ଆଉ କେତେ ଦଣ୍ଡ ପରେ ଏଇତକ ଦେଖା ବି ମୋର ସରିଯିବ, କେତେଦିନ ଲାଗି କିଏ ଜାଣିଚି । ଏତେ ଦୁଃଖ ଭିତରେ ଖାଲି କାଲି ରାତିରେ ସୁଖଟିକକ ମୋର ଗଣ୍ଠିଧନ । ମନ କଷ୍ଟ ହେଲେ ବୋଧଦବାକୁ ଖାଲି ଏଇତକ ଅମୂଲ୍ୟନିଧି ପରି ମନରେ ସଞ୍ଚା ଥିବ ସବୁଦିନ ପାଇଁ ।

ଗାଡ଼ି ଚାଲିଲା ଅଜଣା ଅପନ୍ତରା ବାଟ ଦେଇ । ବିଲ ଗହୀର ଭିତରେ ବରଷାବତୁରା ହୋଇ ପାଚିଲା ଧାନକିଆରି ଯେପରି ହଳଦୀ ଲଗାଇଥିଲା ଶାଶୂଘରକୁ ଯିବ ବୋଲି ଆଉ ପାହାନ୍ତା ପବନ ତା'ର ଓଦା ମହକଟିକ ଭାର ନେଇ ଯାଉଥିଲା ବର ସଙ୍ଖୁଳିବାକୁ । ବାଟ ଘାଟରେ ଭଲହୋଇ ଖରାପଡ଼ି ଯାଇଥିଲା ତାଙ୍କ ଘରେ ପହଞ୍ଚିଲାବେଳକୁ । ଦାଣ୍ଡପିଣ୍ଡାରେ ସ୍ୱାମୀ ବସିଥିଲେ; ଗାଡ଼ି ରହିବା ଦେଖି ପଚାରିଲେ- କାହା ଗାଡ଼ି ?

ନାଥନନା ଗାଡ଼ିରୁ ଓହ୍ଲାଇ ମତେ କହିଲେ- ସତୀ, ତୁ ବସିଥା ଏଠି, ମୁଁ ଘର ଭିତରେ ଖବର ଦିଏ ।

ସେ ମୋ ସ୍ୱାମୀଙ୍କ ପାଖକୁ ଯାଇ ତୁନି ତୁନି କ'ଣ କହିଲେ । ବରଡ଼ା ତାଟି ଫାଙ୍କରେ ମୁଁ ଚାହିଁଥାଏ ସିଆଡ଼େ । ମୋ ସ୍ୱାମୀ ସେକଥା ଶୁଣି ରାଗରେ ପାଟି କରିଉଠି କହିଲେ- କ'ଣ କରି ପାଇଲା କି ଏଠି ? ଆସିଚି ବେହିଆ ମୁହଁ ଦେଖାଇବାକୁ ଫେର୍ ! ସହରରେ ଢେର୍ ବେଶ୍ୟାପଡ଼ା ଅଛି; ନେଇ ଯା ସେଠିକି । ତା ମୁହଁ ମୁଁ ଚାହିଁବି ନାହିଁ ।

ନାଥନନା ବିରକ୍ତ ହୋଇ କହିଲେ- କ'ଣଗୁଡ଼ାଏ ଛୋଟ ଲୋକଙ୍କ ପରି କହୁଛନ୍ତି ଆପଣ ? ଟିକେ ବୁଝି ସୁଝି କଥା କହନ୍ତୁ ।

ସେ ରାଗରେ ଗର୍ଜିଉଠି କହିଲେ- କ'ଣ ଛୋଟ୍‌ଲୋକ ? ଛୋଟଲୋକ ମୁଁ ନା ସେ ? ଠାକୁରଙ୍କ ପାଖରେ କୃତ୍ରିମ କରି ପଛକୁ ରହିଯାଇଥିଲା କୋଉ ନାଗରଙ୍କ ପାଖରେ ରାତି କଟେଇବାକୁ ଶୁଣେ ? ସକାଳୁ ଆସିଛନ୍ତି ଭଲଲୋକ ହୋଇ । ନାଁ, ମୁଁ ଓଲୁ ନୁହେଁ, ସବୁ ବୁଝେ । ଭଲ ଗତି ଯେବେ ଅଛି, ଯାଉ ସେ ମୋ ଆଗରୁ ଏଇକ୍ଷଣି । ନଇଲେ ପିଆଦା ଡକାଇ ତଣ୍ଟିଆ ମାରି ତଡ଼ିଦେବି ଏଠୁ ।

ଆଉ ଶୁଣିପାରିଲି ନାହିଁ, ଗାଡ଼ି ଭିତରେ ମଲାଙ୍କ ପରି ଶୋଇପଡ଼ିଲି । ମନେହେଲା, ମା' କ'ଣ ଜାଣିପାରି ନାହାନ୍ତି ଏସବୁ କଥା ? କିନ୍ତୁ ସେ ଦମ୍ଭଟିକ ମୋର ଉଭେଇଗଲା । ସେ ଯେ କାଲିଠଉଁ ଏଠି ନାହାନ୍ତି ।

ଏଇ ମୋ ସ୍ୱାମୀ ! ଯାଙ୍କ ଲାଗି କାଲି ରାତିରେ ନିଜକୁ ଅନ୍ୟଠାରୁ ବଞ୍ଚାଇବାକୁ ଯାଇ ରାତିସାରା ମତେ ପୁଣି ଭଲକରି ନିଦ ହୋଇ ନ ଥିଲା । ନାଥନନା ଗାଡ଼ି ପାଖକୁ ଆସି ଗାଡ଼ିବାଲାକୁ ଦୃଢ଼କଣ୍ଠରେ କହିଲେ, ଚଲା ।

ତାଙ୍କ ରାଗ ଦେଖି ଗାଡ଼ିବାଲା ବିଚରା ବାଉଳା ହୋଇ ଯାଇଥିଲା । ଡରି ପଚାରିଲା, କେଉଠିକି ବାବୁ ?

ରେଳ ଷ୍ଟେସନ ।

ଚଳନ୍ତା ଗାଡ଼ି ଭିତରେ କେଉଁ ଅଜଣା ବାଟର ବାଟୋଇ ମୁଁ । କୁଆଡ଼େ ଯାଉଚି, କ'ଣ କରିବି, କିଛି ଜାଣେ ନାହିଁ । ଦି'ଦିନ ଆଗରୁ କ'ଣ ଥିଲି, ଆଜି କ'ଣ ହୋଇଚି ! ଯେପରି ଗୋଟାଏ ଯୁଗ, ଗୋଟାଏ ଜନ୍ମ ଏହା ଭିତରେ ବିତିଗଲାଣି । ଦଣ୍ଡକର ଟିକିଏ ମାତ୍ର ଭୁଲ୍ ପାଇଁ, ଯାହା ହୋଇପାରେ ବୋଲି ସ୍ୱପ୍ନରେ ସୁଦ୍ଧା କଳ୍ପନା କରି ନ ଥିଲି, ସେଇଆ ମୋ କପାଳରେ ଘଟିଗଲା, ଅଥଚ କିଏ ମତେ ସେଥିଲାଗି ତିଳେହେଲେ କ୍ଷମା କଲା କି ? ସମାଜରେ ସ୍ତ୍ରୀ ପ୍ରତି ସ୍ୱାମୀର ସବୁଠାରୁ ବଡ଼ ଦଣ୍ଡ ମୋ ପାଇଁ ବ୍ୟବସ୍ଥା ହୋଇଯିବାକୁ ଦଣ୍ଡେ ଅଟକିଲା ନାହିଁ । ଟିକେ ଆପତ୍ତି, ଟିକେ ନାଁ କରିବାକୁ କେହି ଆସିଲେ ନାହିଁ ମୋ ପାଇଁ । ଅଥଚ ଏଇ ପୁରୁଷ ଜାତିଟା, ସମାଜର ମଥା ହୋଇ ପୁଣି ଯା'ଠାରୁ ହଜାର ଗୁଣରେ ବଡ଼ ଭୁଲ ପ୍ରତିଦିନ ପଣ ପଣ କରି ଯାଉଛନ୍ତି, ଯାହା ଉପରେ ପାଟି ଫିଟାଇବାକୁ କାହାରି ଅଧିକାର ନାହିଁ । ଭାବିଲି, ସବୁଠୁଁ ନିଉଛଣା, ସବୁଠୁଁ ହତଭାଗ୍ୟ ଆମର ଏଇ ସ୍ତ୍ରୀ ଜାତିଟା । ଯୌବନର ଶିଉଳିପଡ଼ା ବାଟରେ ଚାଲିଲାବେଳେ ଏଇ ଜାତିର ଟିକେ ଗୋଡ଼ ଥରିବାକୁ ଯେପରି ସମାଜ ଜଗି ବସିଥାଏ, ହଜାରେ ଆଖି ମେଲି ସବୁବେଳେ । ଦେଖା ପଡ଼ିଲେ ଆଉ ରକ୍ଷା ନାହିଁ । ସାଙ୍ଗେ ସାଙ୍ଗେ ତା' ପ୍ରତି

ମୃତ୍ୟୁଦଣ୍ଡର ବ୍ୟବସ୍ଥା ହୋଇଯାଏ । କିନ୍ତୁ ପୁରୁଷ ! ଛାଡ଼ ସେ କଥା । ସେ ତ ଆଉ ଆମ ପରି ନୁହନ୍ତି ।

ଷ୍ଟେସନରେ ଗାଡ଼ି ପହଞ୍ଚିଲାବେଳକୁ ରେଳ ଆସିବା ବେଳ ହୋଇ ଯାଇଥିଲା । ନାଥନନା ମତେ ସାଙ୍ଗରେ ନେଇ ଭିତରକୁ ଗଲେ । ଦଣ୍ଡକ ପରେ ଘଡ଼ଘଡ଼ି ଶବ୍ଦରେ ଭୂଇଁକମ୍ପାଇ ଗୋଟାଏ କାଳିଆ ଗାଡ଼ି ପବନ ପରି ଜୋର୍‌ରେ ଧୂଆଁ ଧୂଳିର କୁହୁଡ଼ି ବୋଳି ହୋଇ ଆସି ଠିଆହେଲା । ମନେହେଲା, ଯେପରି କୋଉ କାହାଣୀମାଳାର ଅସୁରରଜା ହଜିଥିବା ରଜାଝିଅକୁ ଖୋଜିବାକୁ ଧାଇଁଛି । ଲୋକଗହଳି ଆଉ ଘୋ ଘୋ ଭିତରେ ଆମେ ଯାଇଁ ଗୋଟାଏ କୋଠରିରେ ବସିଲୁ । ଗାଡ଼ି ଚାଲିଲା । ମଫସଲ ଲୋକଙ୍କ ଅଜଣାରେ ବାହାରେ ପୁଣି ଏତେ ନୂଆ, ଏତେ ଅଦେଖା କଥା ଅଛି ! ମତେ ଖାଲି ସବୁ ସ୍ୱପ୍ନ ପରି ଲାଗୁଥାଏ ।

ବଗିଗାଡ଼ି ଆସି ଗୋଟିଏ ଛୋଟା କୋଠା ଆଗରେ ରହିଲା ।

ଆଶ୍ଚର୍ଯ୍ୟ ହୋଇ ପଚାରିଲି- ଏ କୋଉଠା ନାଥନନା ?

ସେ କହିଲେ, କଟକ ପରା ।

ଏଠିକି ଆସିବି ବୋଲି ମୁଁ ଆଉ ଜାଣିଚି ? ପଚାରିଲି, ଗାଁକୁ ଯିବା ପରା । ହଁ ଯିବା ଯେ, ଆଜି ନୁହେଁ, ସେ କହିଲେ ।

ଆମେ ଯୋଉ ବସାରେ ରହିଲୁ, ସେଇଥିରୁ ଗୋଟାଏ କୋଠରି ସଫା କରେଇ ନାଥନନା ମତେ କହିଲେ- ସତୀ ! ତୁ ଏଇ ଘରେ ଥା, ମୁ ବଜାରରୁ ଆସେ ।

କହିଲି, ମୁଁ ଏକା ରହିବି ଏଠି ?

ନାଇଁ ଲୋ ଓଲି । ଏ ବସାରେ ଆଉ ଜଣେ ଲୋକ ପିଲାପିଲି ନେଇ ବସାକରି ଅଛି । ଭୟ କ'ଣ ତୋର ? ମୁଁ ଏଇକ୍ଷଣି ଆସୁଚି ଯେ । ସେ ବାହାରକୁ ଚାଲିଗଲେ । ଘର ଭିତରେ ତୁନିହୋଇ ବସି ମୁଁ ଦୁନିଆଁ ବ୍ରହ୍ମାଣ୍ଡ କଥା ଭାବିବାକୁ ଲାଗିଲି । ଆଜି, ଏଇ କେତେଘଣ୍ଟା ଆଗରୁ ମତେ ନେଇ ଯେ ଏତେ ବଡ଼ ଅସୁନ୍ଦର କଥାଟା ହୋଇଗଲା; ବାପା ବୋଉ ହେରିକା କେହି ଏ ଖବର ଏତେ ବେଳଯାଏ ଶୁଣି ନ ଥିବେ । ଗାଁରେ ବି କେହି ଜାଣି ନ ଥିବେ ପରା । କିନ୍ତୁ ଦିନେ ତ ଜାଣିବେ ପୁଣି । ଜାଣିବେ ମୋ ସ୍ୱାମୀ ମୋତେ କେମିତି ଘରୁ ତଡ଼ିଦେଇଥିଲେ ସାମାନ୍ୟ ଦୋଷରେ । ମୁଁ ବି କୋଉ ଦମ୍ଭରେ ତାଙ୍କ ପାଖେ ଶରଣ ନ ପଶି ଚାଲିଆସିଲି ! ଆସିଲି ପୁଣି ନାଥନନାଙ୍କ ସାଙ୍ଗରେ; ମୋର ବାହାଘର କେତେମାସ ଆଗରୁ ଯାହାଙ୍କ ସଙ୍ଗେ ଠିକ୍ ହୋଇଯାଇଥିଲା । ଛି ଛି, ବାପା ବୋଉଙ୍କୁ କେମିତି ଯାଇ ଫେର୍ ମୁହଁ ଦେଖାଇବି ? ସେଦିନ ସେଇ ଠାକୁରଙ୍କ ପାଖରେ ଭିଡ଼ ଭିତରେ ନ ମଲି କାହିଁକି ? ଗାଁ ଲୋକେ

ବାପା ହେରିକାଙ୍କୁ ପଚାରିବେ, ତମ ଝିଅକୁ ତା'ର ଶାଶୁଘର କାହିଁକି ତଡ଼ିଦେଲେ କି ? ସେତେବେଳେ କ'ଣ ଉତ୍ତର ଦେବେ ସେ ? ମୋ'ରି ଲାଗି ସିନା ସେମାନଙ୍କର ମୁହଁ ତଳକୁ ହୋଇଯିବ । କିନ୍ତୁ ଏଇ ସବୁଥିଲାଗି କିଏ ଦାୟୀ – ଏଇ ନାଥନନା । ମୁଁ ତ ଆଉ ମୋ'ରି କଥା ନେଇ ସ୍ୱାମୀଙ୍କ ସାଙ୍ଗେ ଦାଣ୍ଡଦୁଆରେ କଳିକରି ନ ଥାନ୍ତି ! ସେ ତ ମୋ ପାଇଁ କହିବାକୁ ଥିଲେ । ସ୍ୱାମୀ ଯେତେବେଳେ ଚିଡ଼ିଉଠିଲେ, କାହିଁକି ଏ ସେତେବେଳେ ମଉନ ହୋଇ କଥା ନ କହିଲେ ତାଙ୍କ ପାଖରେ ? ମତେ ଘରକୁ ନବାକୁ ହାତ ଓଠ ନ ଧଇଲେ ତାଙ୍କର ? ତେଣିକି ସେ ଘରେ ମୁଁ କେମିତି ଚଳିଥାନ୍ତି, ସେ କଥା ମୁଁ ଜାଣେ । ଏତେଦିନ ତ ଏବେ ସ୍ୱାମୀଙ୍କର ବିଛଣା ନ ମାଡ଼ି କଟେଇ ଆସିଥିଲି, ଆଉ କେଇଟା ଦିନ ସେମିତି ଏବେ କଟିଯାଇଥାଆନ୍ତା । ମୋ କଷ୍ଟ ପାଇଁ ଯାଙ୍କର ଏତେ ମୁଣ୍ଡ ବଥାଉଥିଲା କାହିଁକି ? ଏଇ ଦମ୍ପଟିକ ଦେଖାଇବାକୁ ଯାଇ ଯେ ଭୁଲଟି କରିବସିଲି, ଜୀବନ ଗଲେ ବି ତ ଆଉ ସୁଧୁରିବ ନାହିଁ ।

କବାଟ ଫିଟାଇବା ଶବ୍ଦରେ ଚାହିଁ ଦେଖିଲି, ନାଥନନା । ଗୋଟାଏ ବଡ଼ ଟୋକେଇରେ ବୋଝେ ଜିନିଷ ଆଣି ଜଣେ ଲୋକ ଘର ଭିତରେ ଥୋଇଦେଇ ଗଲା ।

ନାଥନନା ହସି ହସି ଡାକିଲେ– ସତୀ ।

କିଛି କହିଲି ନାହିଁ ରାଗରେ ।

ମତେ ଚୁପ୍‌ହୋଇ ରହିବା ଦେଖି ସେ ପୁଣି କହିଲେ– ସବୁ କିଣିଆଣିଲି ସତୀ, ଘରକରଣାର ଯେତେକ ଜିନିଷ । ଏ କ'ଣ, ତୁ କାନ୍ଦୁଚୁ ?

ମୁହଁଟା ଦଣ୍ଡକେ ତାଙ୍କର ବେଦନାରେ ଝାଉଁଳି ପଡ଼ିଲା । ପାଖକୁ ଆସି ମୋ ପିଠିରେ ହାତରଖି ଡାକିଲେ– ସତୀ ।

ଉଁ ।

କାହିଁକି କାନ୍ଦୁଛୁ, କହିବୁ ନାହିଁ ମତେ ?

ମିଛରେ କହିଲି, ମୁଣ୍ଡ ବଥାଉଚି ଭାରି ।

ଦଣ୍ଡେ ଛିଡ଼ାହୋଇ ସେ କ'ଣ ଭାବିଲେ । ତାପରେ ଦଉଡ଼ି ବାହାରକୁ ଚାଲିଗଲେ ସେଇ ଖରାଟାରେ । ଗଲାବେଳେ ଟୋକେଇରେ ତାଙ୍କ ଗୋଡ଼ ବାଜି ହାଣ୍ଡିକୁଣ୍ଡେଇ ଆଉକେତେଟା ବୋତଲ ଭାଙ୍ଗି ଚୂନା ହୋଇଗଲା, ସେ ଆଡ଼କୁ ଥରେ ଚାହିଁଲେ ବି ନାହିଁ । ମିନିଟିଏ ହୋଇଚି କି ନାହିଁ, ଗୋଟାଏ କି ଡବା ଧରି ଫେରିଆସି କହିଲେ, ଟିକେ ମୁଣ୍ଡରେ ଲଗାଇଦିଏ ଏଥିରୁ, ଏଇକ୍ଷଣି ଭଲ ହୋଇଯିବ ।

ମିଛ ତ କହିଚି, ଓଷଦ ଲଗାଇବାକୁ ହେଲା । ତା'ପରେ ମତେ ଜୋର୍‌କରି

ଶୁଆଇଦେଇ ସେ ବଞ୍ଚିବସିଲେ । ତୁନିହୋଇ ବିଛଣାରେ ପଡ଼ିରହିଲି । ଆଖି ଦି'ଟା ଅକାରଣରେ ଲୁହରେ ପୂରିଉଠିଲା ।

ଦଣ୍ଡକ ଆଗରୁ ମୁଁ ପୁଣି ଯାଙ୍କ ଉପରେ ରାଗୁଥିଲି ।

ମତେ ଉଠିବା ଦେଖି ସେ ପଚାରିଲେ, ଟିକେ ଭଲ ଲାଗୁଚି ?

କହିଲି, ହଁ; ରହିଗଲାଣି ।

ପୁଣି ଆଗ ପରି ହସି ହସି ମୋ ସାଙ୍ଗରେ ଘରକରଣା କଥା ଆରମ୍ଭ କରିଦେଲେ । କହିଲେ, ତରତରରେ ଗୋଡ଼ ବାଜି ହାଣ୍ଡିଗୁଡ଼ା ତ ସବୁ ଭାଙ୍ଗିଗଲା, ଫେର୍ ଥରେ ବଜାରରୁ ଆଣିବାକୁ ହବ ଦେଖୁଚି ।

କହିଲି, କ'ଣ ହବ ହାଣ୍ଡି, ଏଇଥିରେ ଚଳିଯିବ ନାହିଁ କି ?

ଚଳିଯିବ ? ହଉ ତେବେ । ହଁ, ବାଜାରରେ ଏତେବେଳେ ଠିକାରେ ସେମିତି ପୂଝାରୀ ତ ମିଳିବେ ନାହିଁ । ପୁଣି ଜଣେ ଠିକ୍ ହବାଯାଏ... ସେ କ'ଣ ଭାବି ତୁନି ହୋଇଗଲେ ।

କହିଲି, କ'ଣ ହବ ପୁଝାରୀ ? ମୁଁ ଆମ ଦୁଇଜଣଙ୍କ ପାଇଁ କ'ଣ ରୋଷେଇ କରିପାରିବି ନାହିଁ ଯେ...

ସେ ହସିଲେ । କହିଲେ, ତୋ ହାତରେ ଖାଇବା ଲୋଭରେ ତ ଅଧେ, ପୂଝାରୀ ଖୋଜିଲି ନାହିଁ ଆଜି । କିନ୍ତୁ ଏଇ ଓଳିକ, ତେଣିକି ଈଶ୍ୱର ଯେମିତି ମତେ ଏ ଦୁର୍ବୁଦ୍ଧି ଆଉ ନ ଦିଅନ୍ତି ।

ଦିହେଁଯାକ ହସିଉଠିଲୁ ।

ସେଇ ଦି'ପହରୁ ଗଣ୍ଡାଏ ଖାଇଦେଇ ନାଥନନା ପୂଜାରୀ ଖୋଜିବାକୁ ବାହାରିଛନ୍ତି ଯେ ଏତେ ବେଳଯାଏ ଫେରି ନାହାନ୍ତି । ନୂଆ ଚାକିରିଆଣୀ ଆମର ଯେ ଆଜି ରହିଥିଲା, ତାକୁ ଦାଣ୍ଡକୁ ତିନି ଚାରି ଥର ପଠେଇଲି ଦେଖିବାକୁ; କିନ୍ତୁ ସେ ଫେରି ନାହାନ୍ତି । ଭାବିଲି, ଫେରିବାକୁ ତାଙ୍କୁ କେତେ ଡେରି ହବ କେଜାଣି ? ଗଣ୍ଡାଏ ସହଳ ସହଳ ବସାଇଦିଏଁ । ଚୁଲିରେ ଦି'ପହରର ନିଆଁ ଥିଲା । ସେଥିରେ ମୁଠାଏ କୁହୁଳା ପକାଇଦେଇ ସେଇ ଘରେ ପରିବା କାଟିବସିଚି, ଗୋଟିଏ କିଏ ସ୍ତ୍ରୀଲୋକ ଘର ଦୁଆରମୁହଁରେ, ଆସି ଠିଆହେଲା । ଚେହେରାରୁ ବେଶ୍ ଭଦ୍ରଘରର ବୋଲି ଜଣା ଯାଉଥିଲା । ବୟସ ମଧ୍ୟ ମୋ'ଠାରୁ ବେଶୀ ନୁହେଁ । କିଏ ଏ, ମୁଁ ଚିହ୍ନି ନାହିଁ । କିଛି କହିଲି ନାହିଁ ।

ଦଣ୍ଡେ ଗଲା ।

ଆଗେ ସେ କଥା ଆରମ୍ଭ କଲା । କହିଲା, ମୁଁ ଏଇ ଆର ଖଞ୍ଜାରେ ଥାଏ । ଆମର 'ସେ' କିଲଟରୀ କଚିରିରେ କାମ କରନ୍ତି । ଦି'ବର୍ଷ ହେଲା ଏଇଠି ବସାକରି ଅଛୁ ।

ଯାଙ୍କରି କଥା ନାଥନନା ସକାଳେ କହୁଥିଲେ ପରା । କହିଲି, ବସ ।

ସେ ବସିଲା । କହିଲା; ବସିବାକୁ ମତେ ବେଳ କାହିଁ ? ଆଜି ମାସଶେଷ ଶନିବାର ବୋଲି ତାଙ୍କର କଚିରିରୁ ଫେରିବାକୁ ଆହୁରି ଡେରି ଅଛି; ନଇଲେ ଏତେବେଳକୁ ନିଃଶ୍ୱାସ ମାରିବାକୁ ମତେ ଦଣ୍ଡେ ତର ନଥାଏ ।

ପଚାରିଲି, ତମେ କ'ଣ ଏକା ଏଠି ଥା ?

ସେ ଟିକେ ଆଶ୍ଚର୍ଯ୍ୟ ହୋଇ କହିଲା- ହଁ, ଆଉ କିଏ ଥାଆନ୍ତା ? ପାଞ୍ଚବର୍ଷରେ ଭଗବାନ କୋଡ଼ରେ ଧରିବାକୁ ଗୋଟିଏ ଦେଇଥିଲେ ଯେ ତାକୁ ନେଇଗଲେ । ସେଇଦିନୁ ସେ କଚିରିକି ଗଲାବେଳୁ ଘରେ ମୁଁ ବରାବର ଏକା ଥାଏ ।

ଦୁଃଖ ଆଉ ବେଦନାରେ ଶେଷ କଥାଗୁଡ଼ାକ ତା'ର ଭାରୀ ହୋଇଆସିଲା । ଦଣ୍ଡେଯାଏ ସେ ତୁନିହୋଇ ରହିଲା । ଭାବିଲି, ପୁଅ କଥା ମନେକରି କାନ୍ଦୁଚି ବୋଧହୁଏ ।

କିଛି ସମୟ ପରେ ସହଜ ଭାବରେ ସେ ପଚାରିଲା, ଏ ବସାକୁ ଆଜି ନୂଆ ଆସିଚ ପରା ।

କହିଲି, ହଁ ।

ଆଗରୁ କୋଉଠି ଥିଲ ସବୁ ?

ମଫସଲରେ ।

କିଛିକ୍ଷଣ ସେ କ'ଣ ଭାବିଲା, ତା'ପରେ ହଠାତ୍ ମୋତେ ପଚାରିଲା, ତମ ବାବୁ କଚିରିରେ କ'ଣ କାମ କରନ୍ତି ପରା ?

ଭାରି ଲାଜ ମାଡ଼ିଲା କଥା ଶୁଣି । ଟିକିଏ ହସି ତଳକୁ ମୁହଁ ପୋତିଲି ।

ସେ ହସିଲା । କହିଲା, କହୁ ନା ଗୋ, ଲାଜ ମାଡୁଚି ପରା । ମତେ ବି ଆଗ ଏମିତି ଲାଜ ମାଡୁଥଲା ତାଙ୍କ କଥା ପଡ଼ିଲେ । ତେବେ ମୁଁ ପଡ଼ିଶା, ଘରକୁ ଘର ଲାଗିଚି । ମୋ ଆଗରେ ଆଉ କହିବାକୁ ଗୋଟାଏ ଲାଜ କ'ଣ ?

ବାଧହୋଇ କହିଲି, ନାଁ ।

ଆଉ କ'ଣ ବେପାର ବଣିଜ କରନ୍ତି ?

ନା, କିଛି ନୁହେଁ ।

ସେ ଆଶ୍ଚର୍ଯ୍ୟ ହୋଇଗଲା ମୋ କଥା ଶୁଣି । ପଚାରିଲା, ତେବେ ଆଉ କ'ଣ କରନ୍ତି ସେ କଟକରେ ?

କହିଲି, ବୁଲି ଆସିଚନ୍ତି ।

ବୁଲି ଆସିଛନ୍ତି ? କାବାହୋଇ ଆଖି ଦି'ଟା ବଡ଼ ବଡ଼ କରି ସେ ପଚାରିଲା, ବୁଲିଆସିଛନ୍ତି ଖାଲି; ସ୍ତ୍ରୀ ପରିବାର ସାଙ୍ଗରେ ନେଇ ? ତାହାହେଲେ ମସ୍ତ ବଡ଼ଲୋକ ତମେ ? ଜମିଦାର ହେରିକା ହବ, ନୁହେଁ ?

ନାଥନନାଙ୍କୁ ନେଇ ଏ ଲଜ୍ଜାକର ପ୍ରସଙ୍ଗ ପକାଇବାକୁ ମତେ କେମିତି ଭାରି ଅଡୁଆ ଲାଗୁଥିଲା । ଖାଲି କଥାରୁ ରକ୍ଷା ପାଇବାକୁ କହିଲି, ହଁ ।

ତା'ପରେ ସେ ବୋଧହୁଏ ପଚାରିବାକୁ ବସିଥିଲା, କୋଉ ଗାଁ ଜମିଦାର, କେତେ ଜମିଦାର, ଇତ୍ୟାଦି । ସେତିକିବେଳେ ବାହାରେ ଜୋତା ଶବ୍ଦ ଶୁଭିଲା । ସେ ତର ତର ହୋଇ ଉଠି କହିଲା- ଆଜି ଯାଉଚି, ଆଉ ଦିନେ ଆସିବି ।

କହିଲି, ହଉ ।

ରୋଷେଇଘର ଦୁଆରମୁହଁରେ ନାଥନନା ଆସି ଠିଆହେଲେ । କହିଲେ, ଯାହା ଭାବିଥିଲି ବାଟରେ, ଠିକ୍ ସେଇଆ । ଅନ୍ନପୂର୍ଣ୍ଣା ଆମର ପଡ଼ି ଯୋଗାଡ଼ରେ ଲାଗିଯିବେଣି ଏତେବେଳକୁ । ତା'ପରେ ଘର ଦୁଆରବନ୍ଧ ଉପରେ ବସି କହିଲେ- କ'ଣ କରିବି, ଏ ଓଳି ବି ପୂଝାରୀ ଗୋଟାଏ ପାଇଲି ନାହିଁ, ସତୀ ।

କହିଲି, କାମ ତ ଚଳିଯାଉଚି ।

ଚଳିଯାଉଚି ସିନା, ଦରକାର ତ ଫେର୍ ଜଣେ ପୂଝାରୀ ? ତୋରର ଏ ସବୁ କ'ଣ ଅଭ୍ୟାସ ଅଛି ?

ଘରେ ତ ପୁଣି ରୋଷେଇ କରୁଥିଲି ବରାବରି, ମୁଁ କହିଲି ।

ସେଦିନ ଆଉ ଆଜି ? ଏବେ ଟିକେ ଖରାରେ ଆସି ମୁଣ୍ଡ ବଥେଇଲା ଏମିତି । ଜମିଦାର ଘର ବୋହୂ ହୋଇଥିଲୁ, ଆଉ କିଛି ନୋହୁ, ହାତରେ ରାନ୍ଧି ଖାଇବାକୁ ତ ପଡ଼ି ନ ଥିବ ଶାଶୁଘରେ ।

କିଛି ଜବାବ ଦେଲିନାହିଁ । ଏତେ ସୁଖ ଭିତରେ ପୁଣି ସେଇ ପୁରୁଣା କଥାଗୁଡ଼ାକ ମନରେ କିପରି ଗୋଟାଏ ସ୍ତବ୍ଧ ନିରାନନ୍ଦ ବେଦନା ଦେଇଗଲା । ଚୁପ୍‌ହୋଇ ତଳକୁ ମୁହଁପୋତି ପରିବା କାଟିବାରେ ଲାଗିଚି । ସେ ବି କଥାପଦକ କହି ଆପଣା ମନକୁ କାଇଲି ହୋଇଯାଇଥିଲେ ଯେମିତି ।

ଦଣ୍ଡେକାଳ କେହି କିଛି କହିଲୁ ନାହିଁ । ତା'ପରେ ମୁଁ କହିଲି, ଯାଅ, ଜାମା ହେରିକା ବଦଳିପକା, ରୋଷେଇ ସରିଲାଣି ।

'ହଁ ଯାଉଛି' କହି ସେ ତାଙ୍କ ବସିବା ଘର ଭିତରକୁ ଚାଲିଗଲେ ।

ରାତିରେ ଖିଆପିଆ ସରିବା ପରେ ଚାକିରିଆଣୀ ବାସନହେରିକା ଧୋଇଦେଇ ଘରକୁ ବାହାରିଲା । ପଦାରୁ ଦାଣ୍ଡଦୁଆର ଆଉଜାଇ ଦେଇ କହିଲା, କାବାଟ ଦିଅ ଗୋ, ନଇଲେ କୁକୁର ପଶି ହାଣ୍ଡି ମାରା କରିବ ।

ଆଲୁଅଟା ନେଇ କବାଟ ବନ୍ଦ କରିବାକୁ ଯାଉଚି, ପିଣ୍ଡାରେ ଦେଖିଲି, ନାଥନନା କବାଟ ଲଗାଇ ଫେରୁଛନ୍ତି । ମତେ ଦେଖି କହିଲେ, ଏ ଶୀତଟାରେ ଉଠି ଏତେ ବାଟ ଆସିବାକୁ ତତେ କିଏ କହିଲା ?

ହସ ମାଡ଼ିଲା କଥା ଶୁଣି ।

କହିଲି, ତୁମକୁ ବା କିଏ କହିଲା ଶୁଣେ ?

ସେ ବଡ଼ପାଟି କରି ହସିଉଠି କହିଲେ, ହଉ ଯା ଶୋଇପଡ଼ିବୁ । ଭିତରୁ କବାଟଟା ଦେଇଦବୁ । ଭାରି ଚୋର ଭୟ ଏ ସହର ଜାଗାରେ ।

ଚୋର ଭୟ ? ଆଶ୍ଚର୍ଯ୍ୟ ହୋଇ ପଚାରିଲି ।

ହଁ, ଡର ମାଡୁଛି କି ଏକା ଶୋଇବାକୁ ?

ତରତରରେ କହି ପକାଇଲି, ମତେ ଡର ମାଡ଼େ ନାହିଁ ।

ବିଛଣାରେ ଶୋଇ ଭାବିଲି, ମୋ ପାଇଁ ରାତି ଦିନ ପଛେ ୟା'ଙ୍କୁ ନିଦ ନ ଥାଉ, ମୋର ପୁଣି ଏଇୟାଙ୍କୁ ସେତିକି ଭୟ, ଯେତିକି ସନ୍ଦେହ । ଛି ଛି ମାଇପିଜାତିଟା ଏମିତି ଅକୃତଜ୍ଞ କ'ଣ !

ଘର ବାହାର ଧୂଆଁଘୋଡ଼ା କରି ସେଦିନ ଘୋଟି ଯାଇଥାଏ କୁହୁଡ଼ି କୋଉ ଦିଗନ୍ତପାରିର ଶେଷଯାଏ । ମନେ ହଉଥାଏ, ଯେମିତି ଶୀତବୁଢ଼ୀ ତା'ର ପାଉଁଶିଆ ରଙ୍ଗ ପୁରୁଣା କନ୍ଥାଟି ସରଗ ଅଗଣା ତଳେ ଖରା ଦେଇଚି । ସକାଳୁ ଉଠି ସେଦିନ ନାଥନନା କୁଆଡ଼େ ବାହାରିଥିଲେ ।

ପଚାରିଲି, କହିଲେ । ଘଣ୍ଟାକେ ଫେରିଆସିବି ।

ରୋଷେଇ ଲାଗି ଚାଉଳପତ୍ର କାଢ଼ିବାକୁ ଯାଉଛି ଚାକିରିଆଣୀ ଆସି କହିଲା- ମତେ ଦିଅ ମା' ମୁଁ ସବୁ ଯୋଗାଡ଼ କରିଦଉଚି । ରୋଷେଇ ପାଇଁ ତମେ ଖାଲି ଯାଇ ଚୁଲି ପାଖରେ ବସ ।

ପଚାରିଲି, କାହିଁକି ?

ସେ କହିଲା- ବାବୁ ମତେ ଦିନେ ଡାକି କହିଲେ, ପରାତରେ କିଛି ବେଶୀ ଦରମା ଦିଆଯିବ ପଛକେ, ରୋଷେଇ ପାଇଁ ଯାହା ବାହାର କାମ ସବୁ, ତୁ ଦିଓଳି ଯୋଗାଡ଼ କରି ଦଉଥିବୁ । ତାକୁ ଯେମିତି ଦି'ଟା ରାନ୍ଧିବା ଛଡ଼ା ଆଉ କିଛି କରିବାକୁ ନ ପଡ଼େ ।

କୌତୂହଳ ହେଲା । କହିଲି, ସତେ ନା ?

ହଁ, ମୁଁ କ'ଣ ଏ ସକାଳୁ ତମ ପାଖେ ମିଛ କହନ୍ତି ମା' ସାଆନ୍ତାଣୀ ? କୋଉ ପାପରୁ କେଜାଣି କୁଳମୂଳ ତ ସବୁ ଖାଇ ବସିଲି ଆଉ ଏଦିନେ ମିଛ କହିବି କ'ଣ ନର୍କକୁଣ୍ଡରେ ଘାଣ୍ଟି ହେବା ଲାଗି ।

ଆଉ କ'ଣ ନା ଏତିକି ?

ଯା ସେ କହିଲେ, ତା ନୁହେଁ କ'ଣ ? ଖଟ ପଲଙ୍କରେ ଅଲିଅଳରେ ପିଲାଦିନୁ ବଢ଼ିଆସିଚ । ତୁମକୁ ମା ଇଏ ରୋଷେଇ ଫୋଷେଇଗୁଡ଼ାକ ବାଧିବ ନାଇଁ ଆଉ କ'ଣ ! ତେବେ କ'ଣ ଆଉ କରିବ ? ମଫସଲ ଗାଁ ହୋଇଛି ଯେ ହୁକୁମ ଦେଲେ ଗଣ୍ଡାଏ ପୂଝାରୀ ଧାଇଁ ଆସିବେ ? ଏ ତ ମା' କଟକ ସହର, ପଇସା ଦେଇ ବି ଲୋକେ ଓଳିଏ ଓପାସ ଶୋଉଛନ୍ତି ଏଠି ପୂଝାରୀ ହଇରାଣରୁ । ମୁଁ ବାବୁଙ୍କୁ କହିଲି-

କ'ଣ କହିଲୁ ? ମୁଁ ପଚାରିଲି ।

କହିଲି, ସେଇୟା ହେଲେ ଗାଁକୁ ଯାଉନା ବାହାରି ? ଏତେ ଅସହଜରେ କାହିଁକି ରହିଚ ?

ସେ କ'ଣ କହିଲେ ? ପଚାରିଲି ।

କହିଲେ, କାମ ନ ସରିଲେ ଯାଇପାରୁଚି କୋଉଠି ?

ମନଟା କେମିତି ନିରସ ହେଇଗଲା ଏ କଥା ଶୁଣି । ଏଇ ଗାଁକୁ ଯିବା କଥା ଆହୁରି ଥରେ ଦି'ଥର ନାଥନନାଙ୍କୁ ମୁଁ କହିଲିଣି । ଶୁଣି ମୁହଁଟା ତାଙ୍କର କେମିତି ଝାଉଁଳିଯାଏ । ନ ଶୁଣିଲା ପରି ବାଆଁରେଇ ଦେଇ ଅନ୍ୟ କଥା ପକାନ୍ତି । ଗୋଟାଏ କୁତ୍ସିତ କଳ୍ପନା ମନକୁ ଆସି ଛାତିଭିତରଟା ମୋର ଥରାଇ ଦେଇଗଲା । ଜୋର୍‌କରି ସେ ଭାବଟା ମନରୁ ତଡ଼ିଦେଇ କାମ ଭିତରେ ସବୁ ଭୁଲିଯିବାକୁ ଚେଷ୍ଟା କଲି ।

ଦୁଆର ମୁହଁରେ ଶବ୍ଦ ଶୁଭିଲା । ଚାହିଁଲି, ସେଇ ପଡ଼ିଶା ମାଇପିଟି ଠିଆ ହୋଇଚି । ମତେ ଚାହିଁବା ଦେଖି ଘର ଭିତରକୁ ଆସି ପଚାରିଲା- କିଲୋ, କ'ଣସବୁ ହଉଚି ?

କହିଲି- କିଛି ନାହିଁ, ବସ ।

ନାଇଁ ଲୋ ଭଉଣୀ । ବସିବାକୁ ମତେ କୋଉଠି ତର ଅଛି ? ସାହାବ ପାଖେ କ'ଣ କାମ ଥିଲା ବୋଲି ଆମର ସିଏ ଆଜି ସକାଳୁ ଉଠି ଚାଲିଗଲେ । କିଛି କାମ ନ ଥିଲା, କହିଲି, ଯାଏ ଟିକେ ବୁଲିଆସେ । ତମର ବି ତ ଶୂନ୍‌ଶାନ୍ ।

କହିଲି, ହଁ ।

କୁଆଡ଼େ ଯାଇଛନ୍ତି ? କ'ଣ ପୂଝାରୀ ଖୋଜିବାକୁ ? ଧନ୍ୟ ସ୍ୱାମୀଟିଏ ପାଇଚ ଏକା । ଘରେ କ'ଣ ହେଲା ନୋହିଲା ସ୍ତ୍ରୀର ଚିନ୍ତାଦକ ନାହିଁ, ଇୟାଡ଼େ ଖରା ନାହିଁ ତରା ନାହିଁ, ଗେରସ୍ତ ଖୋଜିବୁଲୁଚି । ଆଉ କ'ଣ ଦରକାର ? ମୁଁ ଯଦି ଏମିତି ସ୍ୱାମୀଟିଏ ପାଇଥାନ୍ତି, ସତ କହୁଚି ଭଉଣୀ, ଗୋଡ଼ ମୋର ଆଉ ତଳେ ଲାଗୁ ନ ଥାନ୍ତା ପରା ।

ସେ କହିଲା ଏ କଥା; କିନ୍ତୁ ଏ ଯେ ମୋ ସ୍ୱାମୀ ନୁହନ୍ତି, ଏ କଥା ତ ଇୟେ ଆଉ ଜାଣେନା । ତଥାପି ମୋ ସ୍ୱାମୀଙ୍କ ପ୍ରଶଂସା କରିଥିଲେ ମନରେ ଯେତେ ଗର୍ବ ହୋଇଥାନ୍ତା, ଏଥିରେ ତାଠୁ କିଛି କମି ହେଲାନାହିଁ । ଛାତି ପୂରି ଉଠିଲା ସୁଖରେ । ଅଜାଣତରେ କେତେବେଳେ ପାଟିରୁ ବାହାରିଗଲା, ମୋ ଭାଗ୍ୟ । ଦଣ୍ଡେ ଗଲା, କ'ଣ ମନେକରି କେଜାଣି ପଚାରିଲି, ତମେ ଜମା କ'ଣ ତମ ଗାଁକୁ ଯାଅନା ? ବୋରାବୋରି ଏଇଠି ଥା ? ସେ କହିଲା- ଯିବି କାହା ଲାଗି ? ଯାହା ପାଇଁ ଯିବା କଥା, ସେ ତ ସବୁବେଳେ ଏଠି, ଶଶୁର କୁଳରେ କିଏ ଅଛି ଆଉ କି ? ଏକା ବୁଢ଼ୀ ଶାଶୂଟିଏ । ବର୍ଷେ ଛ'ମାସେ ବି ଥରେ ଥରେ ଏଠିକି ଆସନ୍ତି, ଦଶ ପନ୍ଦର ଦିନ ରହି ପୁଣି ଘରକୁ ଫେରିଯାନ୍ତି ।

ଆଉ ବାପଘରେ ? ମୁଁ ପଚାରିଲି । ଜୋର୍‌ରେ ଗୋଟେ ଦୀର୍ଘନିଃଶ୍ୱାସ ପକାଇ ସେ କହିଲା- ହଁ, ସେ ଅରଦୋଳି ସବୁଦିନ ପାଇଁ ମୋର ସରିଯାଇଚି । ବାପା ତ ମରିଥିଲେ ମୁଁ ପାଞ୍ଚବର୍ଷର ହୋଇଥିଲି ଯେତେବେଳେ, ବାକି ବୋଉ ଏକା, ହଇଜାରେ ଦି'ବର୍ଷ ହେଲା ବି ସେ ଏ ଜଞ୍ଜାଳରୁ ଛୁଟି ପାଇଗଲାଣି ।

ଗୋଟାଏ ଅଜଣା ଭୟରେ ମନଟା କେମିତି ଘାଣ୍ଟି ହୋଇଗଲା । କେତେ ଦିନ ହେଲା ବାପା ହେରିକାଙ୍କ ଖବର ପାଇନାହିଁ । ନାଥନନା ବି ଦିନେ ତ ମତେ ତାଙ୍କ କଥାସବୁ କହି ନାହାନ୍ତି କିଛି ? ଗୋଟାଏ ଅଜଣା ବିପଦର କଳ୍ପିତ ଆଶଙ୍କାରେ ମନ ମୋର ଉଚାଟ ହୋଇ ଘର ଆଡ଼କୁ ଧାଇଁଲା, ସତେ ଯେପରି କେତେ ଯୁଗ ହେଲା କାହା ମୁହଁ ମୁଁ ଦେଖି ନାହିଁ ଆମ ଘରର । ଆଉ ଟିକେ ବସି ସେ ମାଇପିଟା ଚାଲିଗଲା, ମତେ ସେଇ ଅଥଳ ଭାବନା-ସମୁଦ୍ରରେ ଏକା ଅକୂଳକୁ ପେଲିଦେଇ । ମନେକଲି, ଆଜି ଆସନ୍ତୁ ସେ, ନିଶ୍ଚେ ତାଙ୍କୁ ଗାଁକୁ ଯିବା କଥା କହିବି । ନ ହେଲାବେଳକୁ ଗୋଡ଼ଧରି ମିନତିକରି କହିବି । ଏମିତି ହୋଇଛନ୍ତି, କ'ଣ ସେ ମୋ କଥା ଶୁଣିବେ ନାହିଁ ଟିକେ ?

ଖରାବେଳେ ପିଣ୍ଡାରେ ନାଥନନା ଖାଇ ବସିଥିଲେ । ପାଖରେ ବସି ବିଞ୍ଚି ଦଉ ଦଉ ସାହସ କରି ପଚାରିଲି, ଆଉ କେତେଦିନ ଏଠି ରହିବା ? ଗାଁକୁ ଯିବା

ନାହିଁ କି ? ମୋ ମୁହଁକୁ ଚାହିଁ ସେ କହିଲେ, ଭାରି ବିରକ୍ତ ଲାଗିଲାଣି ପରା ଏଠି । ତା ଉପରେ ପୁଣି ଦୁଇଓଳି ରୋଷେଇ, ବଡ଼ କଷ୍ଟ ହଉଚି, ନାଁରେ ?

କହିଲି, ନାଁ ତା କାହିଁକି ହବ ? ରୋଷେଇ କରିବାକୁ ମତେ ଜମା କଷ୍ଟ ହଉନାହିଁ । ଖାଲି...

ଖାଲି କ'ଣ ?

ଗାଁକୁ ଯାଇ ନାହିଁ, କେତେ ଦିନ ହେଲାଣି ।

ହଠାତ୍ ଗମ୍ଭୀରହୋଇ ସେ କହିଲେ, ହଁ ତା କ'ଣ ମୁଁ ବୁଝି ପାରୁନାହିଁ ? ତା'ପରେ ଏଠି ସବୁ କାମ ତତେ ହାତରେ କରିବାକୁ ପଡୁଚି ଶୀତଟାରେ । ତା ବି ମୁଁ ଆଖି ବୁଜି ସହୁଚି । କ'ଣ କରିବି ? ଆସିଲା ଦିନୁ ଆଜିଯାଏ ଦୁଇଓଳି ବଜାରକୁ ଯାଉଚି ପୂଝାରୀ ଖୋଜିବାକୁ ଖାଲି ।

ତାଙ୍କ ଏଇ କଥାରୁ ଗାଁକୁ ଯିବାକଥା କହିବାକୁ ମତେ ସୁବିଧା ମିଳିଗଲା । କହିଲି, ଗାଁକୁ ଗଲେ ତ ଏତେ ଅସୁବିଧା ପଡ଼ନ୍ତା ନାହିଁ । ପୂଝାରୀ ପାଇଁ ତ ଭାବିବାକୁ ପଡ଼ନ୍ତା ନାହିଁ ଅନ୍ତତଃ ।

ସେ ହସିଲେ । କେମିତି ମାଗିଆଣିଲା ପରି ଶୁଖିଲା ହସ; କିନ୍ତୁ କିଛି କହିଲେ ନାହିଁ । ଜିଦ୍‌କରି କହିଲି, ନାଇଁ ଚାଲ ଗାଁକୁ ଆଜି ।

ଆଜି ? ସେ ପୁଣି ହସିଲେ । କହିଲେ, ଆଜି ଆଉ କେମିତି ଯାଇହବ ?

ଆଉ କୋଉ ଦିନ ତେବେ ?

ଆଉ, ଆଉ ମାସେ ଖଣ୍ଡେ ଯାଉ ।

ମନେ ମନେ ମୁଁ ଯୋଉ ଭୟ କରିଥିଲି, କ'ଣ ସେଇଆ ? ନଇଲେ ମତେ ମିଛଟାରେ କଟକରେ ଅଟକାଇ ରଖିବାକୁ ୟା'ଙ୍କର ଏତେ ଆଗ୍ରହ କାହିଁକି ? କିନ୍ତୁ ମୁଁ ସବୁ ବୁଝି ପାରିଲିଣି । ଆଉ ଦଣ୍ଡେ ରହିବାକୁ ସୁଦ୍ଧା ମୋର ମନ ନାହିଁ ଏଠି । ମୁଁ ଯିବି । ଆମ ଘରକୁ କି ଆଉ ଯୋଉଠିକି ହଉ ପଛେ ମୁଁ ଯିବି । ଆଉ ୟା'ଙ୍କର ଏ ବାହାପିଆ କଥାରେ ପଡ଼ି ମୋ ପାପଭାର ବଢ଼ାଇବି ନାହିଁ ।

ଟିକେ ଟାଣକରି କହିଲି, ମତେ କାହିଁକି ତମେ ଏଠି ଏମିତି ଅଟକେଇ ରଖିଚ ଶୁଣେ ? ମୋର ତ ରହିବାକୁ ଦଣ୍ଡେ ମନ ନାଇଁ ଏଠି । ନାଁ, ତମେ ମତେ ଆଜି ନେଇ ଚାଲ ଘଟିକି । ତା ନ ହେଲେ ମୁଁ କିଛି ଖାଇବି ନାହିଁ, ଏମିତି ପଡ଼ିରହିବି ଜାଣିଥା ।

ବେଦନାରେ ତାଙ୍କ ମୁହଁ କଳା ପଡ଼ିଗଲା ମୋ କଥା ଶୁଣି । ଖାଲି କହିଲେ, କ'ଣ ତତେ ଖୁସିରେ ଏଠି ରଖିଛି ସତୀ ? ତୁ ବୁଝି ନାହୁଁ କିଛି ।

ମନ ହଉଥାଏ ବଡ଼ ପାଟିକରି କହିବାକୁ, ହଁରେ ବାବୁ, ମୁଁ ସବୁ ବୁଝିପାରିଚି । ଆଉ ଏ କଥା ବି ବୁଝି ପାରିଚି, ସେ ଦିନ ଠାକୁରଙ୍କ ପାଖକୁ କାହିଁକି ତମେ ଯାଇଥିଲ, ପୁଣି ସ୍ୱାମୀ ଯେତେବେଳେ ଚିଡ଼ିଉଠିଲେ ମୋ ଫେରିବା ଦେଖି, ତମେ କାହିଁକି ତାଙ୍କ ପାଖରେ ମୋ ଲାଗି ଦୋଷ ନ ମାଗି ଏମିତି ରାଗିଯାଇ ଏକାଥରକେ ଚାଲିଆସିଲ ଏଠିକି । ପନ୍ଦର ଦିନ ହେଲା ଘରକୁ ନ ଯାଇ କାହିଁକି ମତେ ଏ କଟକଟାରେ ରଖିଚ, ସେ କଥା ବି ମୁଁ ବୁଝିଲିଣି, କିନ୍ତୁ ମୁହଁ ଫିଟାଇ ଖାଲି କହିଲି, ଦରକାର ନାହିଁ ମୋର କିଛି ବୁଝିବା, ତମେ ମତେ ଆମ ଘରେ ନେଇ ଛାଡ଼ିଦେଇ ଆସ ।

ମୁହଁରୁ ତାଙ୍କର ରକ୍ତର ଶେଷ ଚିହ୍ନଟିକ ଲିଭିଗଲା ମୋ କଥା ଶୁଣି । କହିଲେ, ପିଲାଙ୍କ ପରି ଏମିତି ଅବୁଝା ହେଲେ ମୁଁ କ'ଣ କରିବି କହ ? ସଂସାରରେ ବୋଧହୁଏ ଏଇ ଗୋଟାଏ କଥା, ଯାହା ମୁଁ ଜୀବନ ଗଲେ ବି ନିଜ ମୁହଁରେ ତତେ କହିବି ନାହିଁ ବୋଲି ପ୍ରତିଜ୍ଞା କରିଥିଲି । କହିଲେ ବି ତୁ ସହିପାରିବୁ ନାହିଁ ସେ କଥା ।

ଯାହା ଟିକେ ଖାଲି ସନ୍ଦେହ କରିଥିଲି, ସେ କଥା ମୋର ଏକାଥରକେ ବିଶ୍ୱାସ ହୋଇଗଲା ତାଙ୍କ କଥା ଶୁଣି । ଅଧୀର ହୋଇ କାନ୍ଦିପକାଇ କହିଲି, ନାଇଁ ନାଇଁ କୁହ ତୁମେ ।

ତାଙ୍କ ଆଖି ଦି'ଟା ବି ଲୁହରେ ପୂରିଉଠିଲା ମୋ କାନ୍ଦିବା ଦେଖି । ଅନେକ କଷ୍ଟରେ କହିଲେ, ହଉ କହିବି ଯା, କିନ୍ତୁ ଏଇଲାଗେ ନୁହେଁ । ତୁ ଖାଇପିଇ ସାର ଆଗ, ପଛକୁ କହିବି । ତୋ ରାଣ; ନିଶ୍ଚୟ କହିବି । ଜିଦ୍‌କରି ବସିଲି, ନାଁ ଏଇଲାଗେ ।

ସେ କହିଲେ- ତୋ ରାଣ ପକାଇଲି, ତଥାପି ତୋର ଏତେ ଅବିଶ୍ୱାସ ? ମୋ ସୁନାଟି ପରା, ଯା ପଛକୁ କହିବି ।

ଦିନ ଗୋଟିକ ଭୟ ଆଉ ଭାବନାରେ ମୋର କଟିଗଲା । କାମଦାମରେ ମନ ଜମା ଲାଗିଲାନାହିଁ । ନାଥନନା ବି ସେତିକିବେଳୁ ମତେ କେମିତି ଲୁଚି ଲୁଚି ବୁଲୁଛନ୍ତି । ଭାବିଲି, ଆଉ କହିବେ ନାହିଁ ବୋଲ ପାଞ୍ଚୁଛନ୍ତି ? କିନ୍ତୁ ସକାଳେ ମୋ ରାଣ ତ ସେ ପକାଇଛନ୍ତି ସବୁକଥା କହିବେ ବୋଲି ?

ସଞ୍ଜବେଳକୁ ଚାକିରିଆଣୀ ଆସି କହିଲା, ବେଳ ଗଲା ମା, ଚୁଲିକି କାଠ ଗଲାନାହିଁ ଏତେ ବେଳଯାଏ । ରୋଷେଇ ଆଉ ହବ କୋଉ ପହରକୁ ?

କହିଲି, ଖାଇବି ନାହିଁ ଆଜି ।

କଥା ଶୁଣ ? ତମେ ସିନା ଖାଇବ ନାହିଁ, ବାବୁ କ'ଣ ଆଉ ଉପାସ ରହିବେ ତମ ଲାଗି ?

କହିଲି, ପରିବା ହେରିକା କାଟି ଦେ ଯା, ମୁଁ ଯାଉଚି ।

ନାଥନନା କେତେବେଲୁ ଘରେ ନ ଥିଲେ । ତାଙ୍କ ଜଳଖିଆ କରୁ କରୁ ମନେ ମନେ ଅଥୟ ହୋଇଉଠିଲି । ମତେ ପରା ସବୁକଥା ଆଜି କହିବାକୁ କହିଛନ୍ତି ।

ଅଧଘଣ୍ଟା ଛାଡ଼ି ସେ ଆସିଲେ । ବାହାରେ ଜୋତା ଓହ୍ଲାଇ ରଖି ଘର ଭିତରକୁ ଯାଇ ଆଲୁଅ ଜାଳିଲେ । ତରତରରେ ରୋଷଇଘର କାମ ବଢ଼େଇ ଦେଇ ତାଙ୍କ ପାଖକୁ ଗଲି । ବାହାରେ ମୋ ପାଦଶବ୍ଦରେ ସେ ଚାହିଁଲେ । ପଚାରିଲେ, କିଏ ସତୀ ?

ଏ କ'ଣ, ମୁହଁ ତାଙ୍କର ଏମିତି ଶୁଖିଯାଇଛି କାହିଁକି ? ଆଖି ଦି'ଟାରେ କେମିତି ଉଦାସିଆ ଚାହାଣୀ । ମୁଣ୍ଡକୁ ସେଦିନ ମୋର କି ସର୍ବନାଶ ଘୋଟିଥିଲା କେଜାଣି, ସେଥିରେ ବି ଟିକେହେଲେ ଦୟା ହେଲାନାହିଁ, ଦିହ କ'ଣ ହୋଇଛି, ଏତିକି ଖାଲି ଟିକେ ପଚାରିବାକୁ । କଥା କହିବାକୁ ସତେ କି ମୋ ଗଳା କିଏ ଚାପିଧରିଲା ।

ସେ ଡାକିଲେ, ଆ ଭିତରକୁ । ତା ହେଲେ ନ ଶୁଣି ଆଉ ଛାଡ଼ିବୁ ନାହିଁ ମତେ ତୁ ଆଜି ? ମନେ କରିଥିଲି କିଛିଦିନ ଗଲେ ଆସ୍ତେ ଆସ୍ତେ ନିଜେ ସବୁ ଶୁଣିବୁ । ମତେ ଆଉ କଷ୍ଟକରି କହିବାକୁ ହବ ନାହିଁ । ମୋ'ରି ମୁହଁରୁ ନ ଶୁଣିଲେ କ'ଣ ହୁଅନ୍ତା ନାହିଁ ତୋର ? ଆ, ବ ଏଠି ।

ଖଟ ଉପରେ ଯାଇ ବସିଲି । ତା'ପରେ ସେ ମୋ ପାଖକୁ ଆସି କେତେ କଷ୍ଟରେ କେତେ ଦୁଃଖରେ ଗୋଟି ଗୋଟି କରି ସବୁ କହିଲେ । ଆମ ଗାଁରେ ଦୁଇ ମାସ ତଳେ କିପରି ହଇଜା ଲାଗିଥିଲା, କେତେ ଲୋକ ମଲେ, ଶେଷକୁ ମୋ ବାପା, ତା ପଛେ ପଛେ ବୋଉକୁ କେମିତି ହଇଜା ହେଲା, ସେ କଟକ ଦଉଡ଼ି ଡାକ୍ତର ନେଲେ, ରାତିଦିନ ବସି ସେବା କଲେ, କିନ୍ତୁ କେଉଁଥିର କିଛି ହେଲା ନାହିଁ । ଶେଷରେ ଆଗେ ବାପା, ତା ପଛେ ବୋଉ କେମିତି ସମସ୍ତିଙ୍କ ମାୟା କଟାଇ ଚାଲିଗଲେ । ସେଦିନ ଠାକୁରଙ୍କ ପାଖରେ କହିବେ ବୋଲି ଏ କଥାସବୁ କହିପାରିଲେ ନାହିଁ, ମୁଁ ବେସ୍ତ ହେବି ବୋଲି । ମୋ ଶଶୁରଘରେ ସେଦିନ ସେ ଅପମାନ ପରେ ସେ ଗାଁକୁ ନ ଯାଇ ମତେ ନେଇ କଟକ ଚାଲିଆସିଲେ ।

ବାପା ବୋଉ ଆଉ ନାହାନ୍ତି । ଅକଳ୍ପିତ ବଜ୍ର ଶବ୍ଦରେ ପଥବଣା ବାଟୋଇ ଯେପରି ଚମକିପଡ଼େ, ସେମିତି ଥକାମରା ହୋଇଗଲି ଏ କଥାପଦକ ଶୁଣି । ମୋ ବାପା-ମୋ, ବୋଉ ଆଉ ନାହାନ୍ତି । ଆଉ ତାଙ୍କୁ ଦେଖିବି ନାଇଁ ମୁଁ ଜୀବନରେ । ମତେ କାନ୍ଦ ମାଡ଼ିଲା ନାହିଁ । ଗୋଟାଏ ପ୍ରଚଣ୍ଡ ଶୋକର ଆଘାତରେ ପଥର

ହୋଇଯାଇଥିଲା ସେ ଲୁହ, ଛାତିରେ ଦୁକୁଦୁକିଟିକି ଥକାମରା କରି । ମୋ ମୁଣ୍ଡ ବୁଲାଇଦେଲା- ଆଖି ଆଗରେ ସବୁ ଅନ୍ଧାର ଦିଶିଲା । କେତେବେଳଯାଏ ଏମିତି ଥିଲା କେଜାଣି ? ଶକ୍ତି ଫେରି ଆସିଲାରୁ ଦେଖିଲି, ନାଥନନା ମତେ କୋଡ଼କୁ ଆଉଜାଇ ବସିଛନ୍ତି । ମୋ ମଥାରେ ଆସ୍ତେ ଆସ୍ତେ ହାତ ବୁଲାଇଦେଇ ସେ କହିଲେ, ସତୀ । ଛି, ଛି ।

ମତେ ବୁଝେଇବେ କ'ଣ, ନିଜେ ଝର ଝର ହୋଇ କାନ୍ଦି ପକାଇଲେ । ଲାଜ ସରମ ମୋର ସେତେବେଳେ ପୋଡ଼ି ନିଆଁ ଲାଗି ଯାଇଥିଲା । ତାଙ୍କ କାନ୍ଦିବା ଦେଖି ଆଖିରୁ ଲୁହଧାର ମୋର ଆଉ ବାଧା ମାନିଲା ନାହିଁ । ତାଙ୍କ ଛାତି ଉପରେ ମୁହଁ ଲୁଚାଇ କାନ୍ଦିଲି ପିଲାଙ୍କ ପରି-ଅବୋଧ ହୋଇ । ମନେହେଲା, ବୋଉ ମୋର ଯେତେବେଳେ ମରିଥିବ, ଅଧୀର ହୋଇ କେତେ ସେ ମୋ ପାଇଁ ଏଣେତେଣେ ଚାହିଁଥିବ । ବିକଳରେ ବିଛଣା ଦରାଣ୍ଡି କେତେ ତ ଖୋଜିଥିବ ମତେ ! ଥରେ ଦେଖିପାରିଲା ନାଇଁ ଆଉ ?- ମରିଗଲା ?

ନାଥନନା ଥରକୁ ଥର ମୋ ଲୁହ ପୋଛିଦେଇ ଛାତି ଉପରେ ମତେ ଆଉଜାଇ ବସି ରହିଥାନ୍ତି, କିଛି ନ କହି । କ'ଣ ଆଉ କହନ୍ତେ ସେ ? ସଂସାରରୁ ସବୁ ଯାହାର ସରିଯାଇଛି, ତାକୁ ଆଉ ପ୍ରବୋଧ ଦେବାର କ'ଣ ଅଛି ?

ଦୁଇ ଦିନଯାଏ ଅଣସର ହୋଇ ବିଛଣାରେ ପଡ଼ିରହିଲି । ଖାଇବା ପିଇବା ଭୁଲି ନାଥନନା ମୋ ପାଖେ ବସିଥାନ୍ତି । ଦଣ୍ଡକ ପାଇଁ କୁଆଡ଼େ ଗଲେ ନାଇଁ ମତେ ଛାଡ଼ି । ସେ ସମୟରେ ଏତେ ଦୁଃଖରେ ବି ଗୋଟିଏ କଥା ବୁଝିପାରିଲି, ନାଥନନା ମତେ କେତେ ଭଲ ପାଆନ୍ତି । ସଂସାରରେ କିଏ କାହାକୁ ଆଉ ଏତେ ସ୍ନେହ କରୁଥିବ କି ନାହିଁ କେଜାଣି ? ମୁଁ ମୋର ଜୀବନ ଭିତରେ କିନ୍ତୁ ଦେଖି ନାହିଁ, ଅଥଚ ମୁଁ ତାଙ୍କର କିଏ କି ?

ବିଛଣାରେ ପଡ଼ି ଅନେକ ଥର ଭାବେ, ବାପା ବୋଉ ତ ମଲେ, ସ୍ୱାମୀଘରେ ବି ତ ମୋ'ର ସ୍ଥାନ ହେଲାନାହିଁ । ସଂସାରରେ ବଞ୍ଚିରହିବା ଏଣିକି ମୋର ଆଉ କ'ଣ ଦରକାର, ମିଛରେ ଖାଲି ଦହଗଞ୍ଜ ହବା ଛଡ଼ା ? କିନ୍ତୁ ମୁଁ ମଲିନାହିଁ । ଏ ନିଉଛଣା ଜୀବନକୁ ଯମ ପାସୋରି ବସିଥିଲା ଯେମିତି । ଭାବିଲି, ମୋ ପରି ଗୋଟାଏ ହୀନକପାଳୀକି ବଞ୍ଚାଇରଖି ଭଗବାନଙ୍କର କୋଉ ମନସ୍କାମନା ପୂର୍ଣ୍ଣ ହେବ କେଜାଣି ।

ସେଦିନ ନାଥନନା ଟିକିଏ ପଦାକୁ ବାହାରିଥିଲେ; କିନ୍ତୁ ସାଧବୀ, ଆମ ଚାକିରିଆଣୀକି ମୋ ପାଖେ ପହରା ରଖି । ମତେ ବସି ବିଞ୍ଚୁ ବିଞ୍ଚୁ ସାଧବୀ କହିଲା,

ବାବୁ କେତେବେଳେ ଫେରିବେ ? ଆଜି ଫେର୍ ରୋଷେଇବାସର କ'ଣ ବରାଦ ହଉଚି କେଜାଣି ?

ପଚାରିଲି, କାହିଁକି ?

ସେ କହିଲା, ତମେ କ'ଣ ଜାଣିନ ସାନ୍ତାଣୀ, ଆଜିଯାଏ ପୂଝାରୀଟିଏ ବି ମିଳିଲା ନାହିଁ ଦୁନିଆଁ ଖୋଜି ଖୋଜି । ହଁ, ତମେ ତ ଏମିତି ପଡ଼ିରହିଲ, ସେ ଖବର ଆଉ ଜାଣନ୍ତ କେମିତି ?

ଶଙ୍କିତ ହୋଇ ପଚାରିଲି, ରୋଷେଇବାସ କାମ ଫେର୍ ଚଳୁଚି କେମିତି ?

ସେ କହିଲା, ସେ କଥା ଆଉ କହ ନାଇଁ ସାନ୍ତାଣୀ । ଦେଖି ଦେଖି ଆବାକାବା ହେଲିଣି ପରା ମୁଁ । ଆଉ ବାବୁଙ୍କ କଥା । ତମେ ଏମିତି ପଡ଼ିଲାଦିନୁ ଦି'ଦିନ ତ ହାଣ୍ଡି ଚୁଲିକି ଗଲା ନାଇଁ ଆଗ । ତମ ପାଇଁ ଦି ଓଳି ଦୁଧ ଟୋପିଏ ଟୋପିଏ ଯାହା ବାହାରେ ଗୋଟିଏ ଚୁଲିରେ ସିଝେଇଦିଏ, ସେତିକି । ବାବୁ ମତେ ପଇସା ଦିଅନ୍ତି ଘରେ ଖାଇବାକୁ ।

ଆଶ୍ଚର୍ଯ୍ୟ ହୋଇ ପଚାରିଲି ଆଉ ବାବୁ ?

ଶୁଣ ଗୋ, ସେଇ କଥା ତ କହୁଚି । ସେ ଦି'ଦିନଯାକ ଆଖିରେ ଦେଖିବା କଥା ସାନ୍ତାଣୀ, ବାବୁ ସେମିତି ଖାଡ଼ାଖାଡ଼ା ଉପାସ । ତିନିଦିନ ଆଉ ସମ୍ଭାଳିପାରିଲି ନାଇଁ, କହିଲି, ନଖାଇ ନପିଇ ଚମ୍ପାଫୁଲ ପରି ଦିହ କଳା ପଡ଼ି କ'ଣ ହୋଇଗଲାଣି ଦେଖିଲ । ବୁଝିବା ସୁଝିବା ଲୋକ ହେଇ ଏମିତି କଲେ ଚଳିବ ? ସେ କହିଲେ, ପୂଝାରୀ ତ ମିଳୁ ନାହାନ୍ତି, ମୁଁ କ'ଣ କରିବି ? କହିଲି, ମୁଁ ବଟାକୁଟାଠଉଁ ହାତ ପାଖରେ ସବୁ ସଜ କରିଦଉଚି, କିଛି ହବ ନାଇଁ; ତମେ ଖାଲି ହାଣ୍ଡିଟା ବସାଇ ଓହ୍ଲାଇବା କଥା ।

ଅଧୀର ହୋଇ ପଚାରିଲି, ସେଇଠୁ ?

ହାତରେ ତ ରୋଷେଇ କଲେ; ହେଲେ, ବଡ଼ଲୋକ ଘର ପୁଅ, ଘରେ ହାଣ୍ଡି କେମିତି ତ ଦେଖି ନଥିବେ, ତାଙ୍କୁ କି ରୋଷେଇ ଆସିବ, ସାଆନ୍ତାଣୀ ! କପାଳ କଥା, କାଲି ରାତିରେ ହାଣ୍ଡି ଓହ୍ଲାଉ ଓହ୍ଲାଉ ତତଲା ପେଜ ପଡ଼ି ହାତ ଗୋଟାକ ବାବୁଙ୍କର ପୋଡ଼ିଗଲା ।

ମନେ ମନେ ଶୀତେଇଉଠି ପଚାରିଲି, ତା'ପରେ ?

କାଲି ସକାଳେ ସେଥିପାଇଁ ରୋଷେଇ ବନ୍ଦ । କୋଉଠି ଗୋଟାଏ ହୋଟଲ କି ଫୋଟଲକୁ ଯାଇ କ'ଣ ଚୁଲି ପାଉଁଶ ଖାଇଲେ, ସେ ଜାଣନ୍ତି ।

କଟକୁଟାରେ ଫେର୍ ଯେମିତି ଠାକୁରାଣୀ ନାଗିଛନ୍ତି ଗୋ ସାନ୍ତାଣୀ,

ସବୁବେଳେ ଡର ମାଡୁଚି, କୋଉଠିକି ଯାଉଛ'ନ୍ତି ଖାଇବାକୁ, ଭଲ ଥାଏ କି ମନ୍ଦ ଥାଏ ।

ଆଉ ଶୁଣି ପାରିଲି ନାହିଁ । ମନେହେଲା, ମୋ'ରି ଲାଗି, ଆଉ କାହାପାଇଁ ନୁହେଁ, ଏତେ ଦୁଃଖ ଏତେ କଷ୍ଟ ଏ ପାଇଲେଣି, ଖାଲି ମତେ ଟିକେ କଷ୍ଟ ହେବ ବୋଲି । ଛାତି ଭିତରେ ପ୍ରତି ରକ୍ତକଣିକା ମୋର ସ୍ପନ୍ଦିତ ହୋଇ ଉଠିଲା ସାର୍ଥକତାର ଆନନ୍ଦରେ । ତାଙ୍କ କଷ୍ଟ ଲାଗି ମୋର ଦୁଃଖ ସେତେବେଳେ ମତେ ସୁଖ ଦେଲା ।

ମୁହୂର୍ତ୍ତକେ ପୁଣି ଶଙ୍କିତ ହୋଇ ପଚାରିଲି, ଆଜି କ'ଣ ଫେରି ସେଇ ହୋଟେଲ୍‌କୁ ଯାଇଛନ୍ତି ନା କ'ଣ ଖାଇବାକୁ ?

ସାଧବୀ କହିଲା- ହଁ, ତା ନଇଲେ ତମକୁ ଛାଡ଼ି କୁଆଡ଼େ ବାହାରନ୍ତେ ସେ, ଆଗ ପୁରୁଥି ନେଉଟି ପଇଲେ ?

ଆଉ ଘଣ୍ଟାକେ ସେ ଫେରିଲେ । ସବୁଦିନ ପରି ସିଧା ସିଧା ମୋ ଘରକୁ ଆସି ଖଟ ପାଖରେ ଠିଆହେଲେ । ମୋ କପାଳ ଉପରେ ହାତ ରଖି ଡାକିଲେ, ସତୀ !

ଧଡ଼ପଡ଼ ହୋଇ ଉଠିବସି କହିଲି, ତମ ହାତ ଦେଖେଁ ଆଗ ?

ସେ ଭୁଲେଇଦବାକୁ ଯାଉଥିଲେ । ମୁଁ ଜୋର୍‌କରି ତାଙ୍କ ବାଁ ହାତଟା ଟାଣିଆଣି ଦେଖିଲି । ଦେଖି ଉଲୁସିଉଠିଲା ଦିହ । ପାପୁଲି ଗୋଟାକ ଫୋଟକାମୟ; ସେଥିରୁ କେତେଟା ଘା ହୋଇଗଲାଣି । କହିଲି, ଦେଖୁଚ ନା, କ'ଣ ହେଲାଣି ହାତ ଗୋଟାକ !

ପିଲାଙ୍କ ପରି ମୋ ଆଡ଼କୁ ଜୁଲୁ ଜୁଲୁ କରି ଚାହିଁ ସେ କହିଲେ- ପୋଡ଼ିଗଲା, ମୁଁ କ'ଣ କରିବି ?

ଗରମ ପାଣିରେ ହାତ ଧୋଇଦେଇ ନଡ଼ିଆତେଲ ପଟି ବାନ୍ଧିଦେଲି । ଶାନ୍ତ ପିଲାଟି ପରି ସେ ହାତ ଦେଖାଇଥାନ୍ତି । ପଚାରିଲି, ଏଠି ବସନ୍ତ ହୋଇଚି ପରା ।

କହିଲେ, ହଁ ।

ହୋଟେଲରେ ଖାଇବାକୁ ତମକୁ କିଏ ସେ କହିଲା, ଶୁଣେ ?

ସେ ଚୁପ୍ ହୋଇ ରହିଲେ, ସତେ ଯେପରି ମଣିଷମାରି ମତେ ଲୁଚେଇଛନ୍ତି । ଏତେ ଭୟ ! କହିଲି, ଫେର୍ ଯେବେ ଆଜିଠଉଁ ହୋଟଲ ଫୋଟଲ ଦୁଆର ମାଡ଼ିବ, ଇଆଡ଼େ ମୁଁ ମୁଣ୍ଡ ବାଡ଼େଇ ମରିବି ଜାଣିଥା !

ଘରେ ଆଉ ବସି କାନ୍ଦିବି କ'ଣ, ସବୁ ଦୁଃଖଯାକ ଜୋର୍ କରି ମନରୁ ତଡ଼ିଦେଇ ପୁଣି କାମଦାମରେ ମନ ଲଗାଇଲି । ତା' ନ ହେଲେ ଏ ଯେମିତି ଲୋକ, ଫେର କୋଉଦିନ ଦିହମୁଣ୍ଡ କ'ଣ କରି ବସିବେ, କିଏ ଜାଣେ ! ଏଇ କେତେଦିନ ମନରେ ତାଙ୍କର କାହିଁକି ଜମା ସୁଖ ନ ଥିଲା । ସକାଳୁ କୁଆଡ଼େ ପୁଣି ଯାଆନ୍ତି ଯେ ଦି'ପହରକୁ

ଫେରନ୍ତି । ଗଣ୍ଡାଏ ଖାଇଦେଇ ପୁଣି ଚାଲିଯାଆନ୍ତି । ଦିନେ ପଚାରିଲି, କ'ଣ ପୂଝାରୀ ଖୋଜୁଚ ନା କ'ଣ ?

କହିଲେ, ନାହିଁ ଆଉ ଗୋଟାଏ କାମ ।

ମାଘମାସ, କିନ୍ତୁ ଜାଡ଼ର ଦାଉ କମି ନ ଥିଲା ଏତେ ଦିନଯାଏ । ଖରାବେଳେ ସୁଦ୍ଧା ଘରଭିତରେ ଦିହ ଥରି ଉଠୁଥାଏ ଶୀତରେ । କୋଠ ଛାତଉପରୁ ଶୀତଦିନରେ କଅଁଳ ଖରା ବସନ୍ତର ଜରିପାଗ ପରି ସେଦିନ ଲମ୍ବି ପଡ଼ିଥାଏ ପିଣ୍ଡା ଦାଢ଼ଯାଏ । ଖରାରେ ଗୋଟାଏ ସପ ପାରି ବସି ଗୁଆ ଭାଙ୍ଗୁ ଭାଙ୍ଗୁ ଦେଖିଲି, ସେ ବାହାରକୁ ଯିବେ ବୋଲି ସଜ ହଉଛନ୍ତି । ପାଖକୁ ଯାଇ ପଚାରିଲି, କୁଆଡ଼େ ଯାଉଚ କି ?

କହିଲେ ଗୋଟାଏ କାମ ।

କି କାମ ଶୁଣେ ? ରୋଜ ଚବିଶ ଘଣ୍ଟା, ଦଣ୍ଡେ ତ ବସାରେ ରହୁନା, କି କାମ ଏମିତି ଲାଗିଚି କି ତମର ?

ସେ ହସିଲେ । କହିଲେ, ସେମିତି ଦରକାରୀ କାମ ।

ପାଖକୁ ଯାଇ ତାଙ୍କ ହାତକୁ ଦୁଇହାତରେ ମୁଠେଇ ଧରି କହିଲି, ମୋ ରାଣଟି କୁହ କି କାମ ?

କେତେବେଳ ଯାଏ ମନକୁ ମନ କ'ଣ ଭାବି ସେ କହିଲେ, ଗୋଟିଏ ଚାକିରିବାକିରି ଖୋଜୁଚି କେଉଁଠି ।

ପଚାରିଲି, କ'ଣ ହେବ ଶୁଣେ ?

ମୋ ଗାଲରେ ଆସ୍ତେ ଗୋଟାଏ ଚାପୁଡ଼ା ମାରି ସେ ହସି ହସି କହିଲେ, ଘରଖର୍ଚ୍ଚ ନଇଲେ ଚଳିବ କେମିତି ଓଲି ? ମୁଁ କ'ଣ ବଡ଼ଲୋକ ହୋଇଚି ? ଅଣ୍ଟାରୁ ଗୋଟାଏ ହାତରେ ମତେ ବେଢ଼ାଇ ଧରି ପୁଣି କହିଲେ, ଯାହା ପଇସା ପାଖରେ ଥିଲା, ଏତେଦିନ ଚଳିଲା । ଆଉ ଏଣିକି ଚଳିବା କଷ୍ଟ । ଦୋକାନରେ ବି ଅନେକ ଦିନୁ ଢେର୍ ବାକି ହୋଇଗଲାଣି । ସେ ପଇସା ନ ପାଇଲେ ଆଉ ସଉଦା ଦବାକୁ ନାରାଜ । ପଇସା ଆସିବାର ଗୋଟାଏ ବାଟ ନ କଲେ ଏଣିକି ଆଉ ଚଳିବ କେଉଁଠୁ ?

ପଚାରିଲି, ଚାକିରି ମିଳିଲା ?

ଏଡ଼େ ସହଜରେ ଚାକିରି ମିଳିବ କହ ?

ଫେର୍ କ'ଣ ହବ ?

ହବ ଆଉ କ'ଣ, ଚେଷ୍ଟା ତ କରୁଚି ଦିନ ରାତି, ନ ମିଳିଲେ ଏଠି ପଡ଼ି ପଡ଼ି ଆଉ କ'ଣ ଉପାସ ରହିବା ? ବାଧ୍ୟ ହୋଇ ଗାଁକୁ ଯିବାକୁ ହବ ।

ଗୋଟାଏ ଅଜଣା ଭୟରେ ଦେହ ଗୋଟାକ ଥରି ଉଠିଲା, ଏଇ ଗାଁକୁ ଯିବା

କଥା ଶୁଣି । ବାପା ବୋଉ ତ ଆଉ ନାହାନ୍ତି, କାହା ଦମ୍ଭରେ ଆଉ ମୁଁ ସେଠିକି ଯିବି ? କିନ୍ତୁ କଟକରେ ବସନ୍ତ ଲାଗିଚି । ସବୁବେଳେ ବାହାରେ ବୁଲୁଛନ୍ତି ଏ ପୁଣି । ଭାରି ମନ ଖରାପ ହେଲା ଆଉ ଦିନେ ସୁଦ୍ଧା ଏଠି ରହିବାକୁ । ପଚାରିଲି ଆଉ କୁଆଡ଼େ ଗଲେ ହବ ନାଇଁ, କଟକ ଛାଡ଼ି ?

ସେ କହିଲେ, ସବୁଠି ଏଇ ଦଶା । ଚାକିରି ଖଣ୍ଡେ ପାଇଁ ମରାମରି । ଗାଁକୁ ଯିବା ଛଡ଼ା ବାଟ ନାଇଁ ।

ମୋ'ରି ଲାଗି ସିନା ଏତେ ଦୁଃଖ ପାଉଚ ତମେ ?

ଅଜାଣତରେ ସେ ମତେ ପାଖକୁ ଭିଡ଼ିଧରି ଚୁମ୍ବନ କଲେ ।

ହୃଦୟ ମୋର ବିଚିତ୍ର ଛନ୍ଦରେ ବାଜିଉଠିଲା ସେ ରହସ୍ୟମୟ ସ୍ପର୍ଶରେ । ରକ୍ତରେ ଝଡ଼ ବହିଗଲା । ସୁସୁପ୍ତ ଜୀବନର କୂଳେ କୂଳେ ସେ ସ୍ପର୍ଶ ଆସି କଥା କହିଗଲା ମୁହୂର୍ତ୍ତକେ, ତେତେ କଳ୍ପାନ୍ତର ଅନୁଭୂତି ଭେଟାଇଦେଇ ।

ଯାହା କହୁଥିଲେ ସେ, ଶେଷରେ ସେଇଆ ହେଲା । ଖୋଜି ଖୋଜି ଚାକିରି ଖଣ୍ଡେ ବି କୋଉଠି ମିଳିଲା ନାହିଁ ତାଙ୍କୁ, ଯୋଉଥିରେ ଦୁଃଖ କଷ୍ଟରେ ଆମ ପେଟ ଦୁଇଟା ଚଳିଯିବ । ଶେଷକୁ ଗାଁକୁ ଯିବାକଥା ଆସି ହେଲା । କେତେଦିନ ଆଗରୁ ଏଇ ଗାଁକୁ ଯିବା ପାଇଁ କେତେ ନାଚି ଉଠୁଥିଲାଟି ମୋ ମନ ! କିନ୍ତୁ ସେ ସୁଖ, ସେ ଆନନ୍ଦ ସବୁ ସରିଯାଇଛି, ବାପା ବୋଉ ମଲା କଥା ଶୁଣିବା ଦିନୁ । ସ୍ୱାମୀ ମତେ ଛାଡ଼ି ଦେଇଛନ୍ତି । ଏ କଥା ତ ଏତେବେଳକୁ ଗାଁରେ ଆମର ଚାରିଆଡ଼େ ବ୍ୟାପିଯିବଣି । ସେଦିନୁ ଏତେ ଦିନଯାଏଁ ଗାଁକୁ ନଯାଇ ଏଠି ଯାଙ୍କ ପାଖରେ ଥିଲି କଥା ଶୁଣିଲେ ଗାଁ ଲୋକ ମତେ କ'ଣ ମନେକରିବେ କେଜାଣି ? ସମସ୍ତେ ତ ବାପା ମା ନୁହନ୍ତି । ମତେ ପୁଣି ନାଥନନାଙ୍କ ଘରେ ରହିବା ଛଡ଼ା ଗାଁରେ ଆଉ ସ୍ଥାନ କୋଉଠି ଅଛି ? ମୋର ବାହାଘର ସମୟରେ ଏଇ ଗାଁଲୋକେକେତେ କଥା ଉଠେଇଲେଟି ମୋ ନାଁରେ ! ସେ କ'ଣ ଏଡ଼େ ସହଜରେ ମତେ ଛାଡ଼ିଦେବେ ଏଥର ? କାଳିଆ ଭୂତ ପରି ଗୋଟାଏ ଅଜଣା ଭୟ ଆସି ମତେ ଗିଳିବାକୁ ଲାଗିଲା, ଏଇ ଗାଁକୁ ଯିବା କଥା ମନେକରି । କିନ୍ତୁ ଉପାୟ ତ ନାହିଁ ଆଉ ।

ତହିଁ ଆରଦିନ ସତେ ସତେ କଟକବସା ଛାଡ଼ି ଆମେ ଗାଁକୁ ବାହାରିଲୁ । କଟକର ନାଲିମାଟି ଛାଡ଼ି ବଳଦଗାଡ଼ି ଯେତେବେଳେ ସେଇ ଗଛଗହଳିହଜା ସାତବାଙ୍କ ଗାଁ ବାଟରେ ଚାଲିଲା, ଏତେ ଦୁଃଖରେ ବି ମୋର ମନ ହଉଥାଏ, ଗାଁ ଦାଣ୍ଡର ସେଇ

ପାଉଁଶିଆ ଧୂଳି ଆଣି ଶରଧାରେ ଦିହରେ ବୋଳିହବାକୁ, କାକରବତୁରା ଦାଣ୍ଡ ଉପରେ ଗଡ଼ି ଗଡ଼ି ମନକୁ ବୋଧଦେବାକୁ ଯେ, ସହରର ଗୋଳମାଳ ଛାଡ଼ି ପୁଣି ଆଜି ପିଲାଦିନର ସେଇ ଶତମନ-ପାଞ୍ଚଗଡ଼ା ସ୍ୱପ୍ନପୁରୀ ଭିତରକୁ ମୁଁ ମୋ'ର ଫେରିଆସିଚି ବୋଲି । ବାରି ପଡ଼ିଆର ମଥାନମରା ଗଛ ମହୁଡ଼ ଉପରେ ଆମ ନଡ଼ିଆଗଛଯାକ ପରିଚିତ ବନ୍ଧୁ ପରି ଯେତେବେଳେ ଗୋଟି ଗୋଟି ହୋଇ ଉଣ୍ଡି ଚାହିଁଲେ, ଗୋଟାଏ ଅଜଣା ଭୟରେ ଛାତି ମୋର ଦୁମ୍ ଦୁମ୍ ହୋଇ କମ୍ପିଗଲା । ନାଥନନାଙ୍କ ଘର ଦୁଆରମୁହଁରେ ଆସି ଗାଡ଼ି ରହିଲା । ଆମ୍ଭ ପଣସଗଛ ଗହଳି ଭିତରେ ସେଇ ଉଞ୍ଚ ମାଟିପିଣ୍ଡାଟି ଠିକ୍ ଆଗ ପରି ସେମିତି ଅଛି । ଦାଣ୍ଡପଟେ ନଡ଼ିଆଗଛ ଧାଡ଼ିଲଗା ସେଇ ବଉଳ ଚଉପାଢ଼ୀ, ପିଲାଦିନେ ଯୋଉଠି ବସି ବଉଳ ସାଙ୍ଗେ କେତେ ଖେଳୁଥିଲି । ଘରଓଳି ଦିହରେ ସେଇ ମଗର ମୁହାଁ କାଠଶେଣୀଟି ସୁଦ୍ଧା ଆଗ ପରି ଠିକ୍ ସେମିତି ଅଛି, କିଛି କୋଉଠି ତିଳେହେଲେ ବଦଳି ନାହିଁ ସେଦିନୁ । ନାଥନନା ଆଗ ଗାଡ଼ିରୁ ଓହ୍ଲାଇ କହିଲେ, ଆ ।

ଗାଡ଼ି ଶବ୍ଦରେ କେତୋଟି ଲଙ୍ଗଳା ଟୋକା କେତେବେଳୁ ଆସି କୋଉ ଅପୂର୍ବ ଜିନିଷ ପରି ଗାଡ଼ି ଭିତରକୁ ଚାହିଁ ଠିଆ ହୋଇଥିଲେ । ନାଥନନା ଓହ୍ଲାଇ ଟିକେ ଦୂରକୁ ଚାଲିଗଲାରୁ ସାହସ ପାଇ ଆସି ଗାଡ଼ି ଆଗେ ଘେରି ଠିଆ ହୋଇଗଲେ । ଭାବଟା ଏପରି- ରହସ୍ୟମୟ ପଦାର୍ଥ ଭିତରୁ ଯେ ବାହାରିବ, କେଡ଼େ ଅପୂର୍ବ ସେ ହୋଇଥିବ କେଜାଣି । ଗାଁର ଏଇ ନିହାତି ଅପରିଚିତ ଜ୍ଞାନହୀନ ପିଲାମାନଙ୍କ ଆଗରେ ବାହାରିବାକୁ ଆଜି ମୋର ଗୋଡ଼ ଥରିଗଲା । ଏମାନେ ମତେ ଚିହ୍ନିଲେ ନାହିଁ ତ ? ମୁହଁ ତଳକୁ ପୋତି ବେଗୀ ବେଗୀ ଆସି ଭିତରେ ପଶିଲି ।

ଦୁଆର ଭିତରେ ଆଣ୍ଠୁଏ ଅରମା ହୋଇ ପଡ଼ିଚି, ଚାରିଆଡ଼ ନିଃଶବ୍ଦ, ଯେପରି ଅନେକ ଦିନ ହେଲା କେହି ଏ ଘରେ ନାହାନ୍ତି । ଭାରି ଅଡୁଆ କେମିତି କେମିତି ଲାଗିଲା । ନାଥନନାଙ୍କୁ ପଚାରିଲି, ବଡ଼ମା କାହାନ୍ତି କି ?

ସେ ଟିକେ ହସିଲେ । କହିଲେ, ବୋଉ ଏଠି ନାହିଁ ।

ଗାଁ ଭିତରକୁ କୁଆଡ଼େ ଯାଇଥିବେ ମନେ କରି ପଚାରିଲି, କାହା ଘରକୁ ଯାଇଛନ୍ତି ପରା ।

ସେହି କହିଲେ, କାର୍ତ୍ତିକ ମାସରୁ ସେ ଯାଇ ପୁରୀରେ ।

ଶଙ୍କିତ ହୋଇ ପଚାରିଲି, ଆଉ ବଉଳ ?

ବଉଳ, ସେ ତା ଶାଶୂଘରେ ।

ମନେ ହେଲା, କେହି ନାହାନ୍ତି ଭଲ ହୋଇଚି, ମତେ ଆଉ କାହାକୁ ମୁହଁ

ଦେଖାଇବାକୁ ପଡ଼ିବ ନାହିଁ ଏଠି; କିନ୍ତୁ ଏଠି ମୁଁ ରହିବି କ'ଣ ୟା'ଙ୍କରି ପାଖରେ, ଏକା ? ପଚାରିଲି, ବଡ଼ମା ନାହାନ୍ତି; ଏ କଥା ତ ମତେ କଟକରୁ ଆସିଲାବେଳେ କହିନା ?

ସେ ପୁଣି ହସିଲେ, କିନ୍ତୁ ସେ ହସ ମଲାମଣିଷଙ୍କ ହସ ପରି । ଦେଖିଲେ ଡର ମାଡିବ । କହିଲେ, ସେ କଥା କହିଥିଲେ ତୁ କ'ଣ ଆଉ ଆସିଥାନ୍ତୁ ମୋ ସଙ୍ଗେ । ହାଡ଼ ଜଳିଗଲା ତାଙ୍କ ହସ ଦେଖି । ରାଗରେ କହିଲି, ଆମରି ଗାଁ ମଝିଟାରେ, ଗୋଟାଏ ଘରେ, ତମେ ଆଉ ମୁଁ । ଲୋକେ ଶୁଣିଲେ ଖୁବ୍ ପ୍ରଶଂସା କରିବେ ଏକା, ନୁହେଁ ।

ଗଭୀର ବେଦନାରେ ତାଙ୍କ ମୁହଁରୁ ହସର ଶେଷ ଚିହ୍ନଟିକ ଲିଭିଗଲା । ତଳକୁ ଚାହିଁ ତୁନି ତୁନି କହିଲେ, କ'ଣ କରନ୍ତି, ଆଉ ଉପାୟ ନଥିଲା ତ ।

କହିଲି, ଉପାୟ ନଥିଲା ତ ବିଷ ଟିକେ କ'ଣ ମିଳିଲା ନାହିଁ ତମକୁ, ମତେ ଖୁଆଇବାକୁ ବାଟରେ ? ରାଗରେ, ଲଜ୍ଜାରେ ମୁଁ କାନ୍ଦି ପକାଇଲି ।

ପଶ୍ଚିମ ଦିଗର ଫଗୁପରା ବାଟ ଫିକାକରି ସୂର୍ଯ୍ୟ ବୁଡ଼ିଗଲେ, ସଞ୍ଜତରା ସଙ୍ଗେ ଶେଷ ହୋରିଖେଳ ବଢ଼ାଇଦେଇ । ଗଛଗହଳି ଭିତରୁ ଅନ୍ଧାରର ମୟୂରକଣ୍ଠୀ ଶାଢ଼ି ବୁଣା ହଉଥିଲା ସେତେବେଳେ । ସେମିତି କାନ୍ଦିବାକୁ ଲାଗିଲି । ଆଜି ସେ, ସବୁ ଦିନ ପରି, ଆଉ ମତେ ତୁନି କରିବାକୁ ଆସିଲେ ନାହିଁ; ଖୁଣ୍ଟକୁ ଆଉଜି ସେମିତି ପଥର ପରି ବସିରହିଲେ । କେତେବେଳେକେ କହିଲେ, ସକାଳୁ ତ କିଛି ଖାଇନୁ ଏ ଯାଏଁ, କ'ଣ ଦେଖି ଆଣେ ।

ସେ ଚାଲିଗଲେ । କଟକ ବସାରେ ପଇସା ଅଭାବରୁ ତିନିଦିନ ସେଇ ଖାଡ଼ା ଉପାସ କଥା ମୋର ମନେପଡ଼ିଲା, ୟାଙ୍କ କଥା ଶୁଣି । ଭାବିଲି, ଓଃ କି କଷ୍ଟ ସେ ! ଏ ଲୋକନିନ୍ଦା ତ ତା ଆଗରେ କିଛି ନୁହେଁ । ଭଗବାନ୍ ଶତ୍ରୁକୁ ସୁଦ୍ଧା ସେ କଷ୍ଟ ନ ଦିଅନ୍ତୁ । କିନ୍ତୁ ଏ ପୁରୁଷ ହୋଇ ଏତେ କଷ୍ଟ ମୁହଁ ବୁଜି ସହିଲେ କାହା ଲାଗି ? ସେଇ କଟକରେ ମତେ ଛାଡ଼ିଦେଇ ସେ ତ ଏଠିକି ଖୁସିରେ ଚାଲି ଆସି ପାରିଥାନ୍ତେ । ମୁଁ ୟାଙ୍କର କିଏ ଯେ ମୋ ପାଇଁ ଏତେ କଷ୍ଟ ଏତେ ଅପମାନ ସହିନେବାକୁ ଏ ଖୁସିରେ ମୁଣ୍ଡପତାଇ ଦେଇଛନ୍ତି; ଅଥଚ ଏଇ ଦଣ୍ଡକ ଆଗରୁ ମୁଁ ୟାଙ୍କ ଉପରେ ଚିଡ଼ିଥିଲି ପୁଣି, ଏଠିକି ଆସିବା ଦୋଷଯାକ ଯେମିତି ସବୁ ତାଙ୍କରି ! ମନରେ ଗୋଟାଏ ଅତି କୁତ୍ସିତ ସନ୍ଦେହ ଆଣି, ମୁହଁକୁ ଯାହା ଆସିଲା, ଗାଳି ଦେଲି । ସେ କିନ୍ତୁ ପଦେ ପାଟି ଫିଟେଇଲେ ନାଇଁ ତ, ଯେମିତି ସତରେ କେଡ଼େ ବଡ଼ ଦୋଷଟାଏ କରି ପକାଇଛନ୍ତି ! କୃତାର୍ଥତାର ଆନନ୍ଦରେ ଲକ୍ଷ କୋଟି କଣାରେ ବିଭକ୍ତ ହୋଇ ତାଙ୍କରି ଗୋଡ଼ତଳ ମାଟି ସଙ୍ଗେ ମିଶି ହଜିଯିବାକୁ ଇଚ୍ଛା ହେଲା ମୋର ।

ଭିତରୁ ଘର ଦୁଆର ମୁହଁରେ ଗୋଟାଏ ଘିଅଦୀପ ହାତରେ ଧରି ନାଥନନା ଡାକିଲେ, ସତୀ ।

ପାଖକୁ ଗଲି । କହିଲେ, ଆଜିକି ମୋର କ'ଣ ଟିକେ ଜଳଖିଆ ଖାଇଦେଲେ ଚଳିଯିବ, ତୁ କ'ଣ ଖାଇବୁ କହିଲୁ ?

କହିଲି, ମୁଁ ଯାହା ଖାଏଁ ନ ଖାଏଁ, ତମ ପାଇଁ ରୋଷେଇ ହବ, ଯେମିତି ହଉ । ତିନି ଦିନ ହେଲା ଭାତ ସଙ୍ଗେ ଭେଟ ନାଇଁ, ମନେ ଅଛିଟି ସେ କଥା ?

ପଚାରିଲେ, ରୋଷେଇ କିଏ କରିବ ଶୁଣେ ?

ମୁଁ ।

ମୋ କଥାରେ ପ୍ରବଳ ପ୍ରତିବାଦ କରି କହିଲେ, ନାହିଁ ନାହିଁ, ମୁଁ ଭାତ ଖାଇବି ନାହିଁ ଆଜି । ଦଉଡ଼ି ଦଉଡ଼ି ଏତେ ବାଟରୁ ଆସିଚୁ, ସେଥିରେ ପୁଣି ଗୋଟାଏ ନିଆଁ ପାଖରେ ନ ସିଝିଲେ ହେବନାହିଁ ? ମୁଁ ଯାଉଚି ଜଳଖିଆ କିଣିଆଣେ ।

ସେ ଚାଲି ଯାଉଥିଲେ, ଦୃଢ଼ ସ୍ୱରରେ ଡାକିଲି, ଯା ନା କହୁଚି । ସେ ଫେରିଲେ । କହିଲି, ଆଳୁଅଟା ମତେ ଦେଲ, ଭଣ୍ଡାରଘରେ ରୋଷେଇ ଲାଗି କ'ଣ ଅଛି ଦେଖେଁ ।

ଉପାୟହୀନତାର କ୍ଷୀଣ ଆପତ୍ତି ଉଠାଇ ସେ କହିଲେ, ଫେର୍ ଗୋଟାଏ ରୋଷେଇ ! ପୂର୍ଣ୍ଣ ଦୃଷ୍ଟିରେ ତାଙ୍କ ଆଡ଼କୁ ଚାହିଁ କହିଲି, ମୁଁ ତମକୁ ପଚାରୁଚି ସେ କଥା ?

ମାଘ ମାସର ବଉଳ ଉଜଡ଼ା ଦିନ । ବଣ ବୁଦାର ପାଚିଲା ପତର କମକଟା ଛିଟ ଗାଲିଚା ଉପରେ ଜାଡର ନିଦ ଭାଙ୍ଗିବାକୁ ବସନ୍ତ ବାଆ ଚୋରଣୀ ପରି ଆସି ବେଳେବେଳେ ଚାହିଁ ଯାଉଥିଲା, ତାର କୁହୁଡ଼ି ମଶୁରିଟି ଟେକି । କିନ୍ତୁ ଏଡ଼େ ବେଗୀ ଜାଡ଼-ଦେବତାର ନିଦ ଭାଙ୍ଗିଦବାକୁ ଭରସି ପାଖକୁ ପଶିପାରୁ ନଥିଲା ଯେପରି । ପାଚଲା ପତ୍ର ଝଡ଼ି ଗଛେ ଗଛେ ପତ୍ରକଅଁଳାର ଧୁମ୍ ପଡ଼ି ଯାଇଥିଲା ଚାରିଆଡ଼େ । ସକାଳୁ ସେଦିନ ଘର ଭିତରେ ବସି ପାନ ଭାଙ୍ଗୁଚି, ବାହାରୁ ପାଟି ଶୁଭିଲା- ଲୋକନାଥ ନନା, ଘରେ ଅଛ ?

ନାଥନନା ପିଣ୍ଡାରେ ବସି ତାଙ୍କ ପଢ଼ିବା ଦିନର କେତେଟା ପୁରୁଣା ବହି ସଜାଡ଼ି ରଖୁଥିଲେ ।

କହିଲେ, କିଏ ଅଚୁତି ?

ଏ ଅଚୁତି ଆମ ଗାଁ ଚାଟଶାଳୀର ମାଷ୍ଟର । ପାଞ୍ଚ ବର୍ଷ ଲାଗ୍ ଲାଗ୍

ବିଦ୍ୟାଦେବୀଙ୍କ ସହିତ ରୀତିମତ ଯୁଦ୍ଧକରି ଯେତେବେଳେ ନିଜ ଇଲାକାଟାକୁ ଅପର ପ୍ରାଇମେରୀ ସୀମାର ବେଶି ଦୂରକୁ ବଢ଼େଇ ପାରିଲେ ନାହିଁ, ସେତେବେଳେ ବିରକ୍ତି ହୋଇ ଶେଷରେ ପଢ଼ା ଛାଡ଼ିଦେଇ ଦିନାକେତେ ଗାଁ ଭିତରେ କୋଉଠି ତ୍ରିନାଥମେଳା ହେଲା, ଚୌଧୁରୀ ପୋଖରୀରେ କୋଉଦିନ ଜାଲ ପଡ଼ିଲା, କୋଉଦିନ ଖାସି ହଣାହେଲା, ଦିନରାତି ଏଇ ଖବର ନେଇ ବୁଲିଲେ । ତା'ପରେ ନାଥନନାଙ୍କ ଅନୁଗ୍ରହରୁ ଅନେକ କଷ୍ଟରେ ଅନେକ ଦିନ ପରେ ଗାଁ ଚାଟଶାଳୀରେ ଖଣ୍ଡେ ଚାକିରି ପାଇ ଏଇଲାଗେ ସେ ମାଷ୍ଟର ।

କଠଉ ଠକ ଠକ କରି ସେ ଖଞ୍ଜା ଭିତରକୁ ଆସିଲେ, ନାଥନନାଙ୍କ ପାଖେ ବସି ପଚାରିଲେ, କୋଉଦିନ ଆସିଲ ?

ପରଦିନ । ନାଥନନା କହିଲେ ।

ଆଉ ସବୁ ଖବର ଭଲ ? ତମ ବୋଉ ପୁରୀରୁ ଫେରି ନାହାନ୍ତି ପରା ।

ନା ।

ଘର ଭିତରେ ଆଉ କିଏ ?

ସତୀ ।

ଶାଶୂଘରୁ ଆସି ଏକା ଅଛି ପରା ତମ ପାଖେ ?

ଅନ୍ୟଆଡ଼େ ମୁହଁ ଫେରାଇ ସେ ହସିଲେ । ତା'ପରେ କବାଟ ପାଖଯାଏ ଆସି ମତେ କହିଲେ, କିଲୋ, ଏଡ଼େ ବେଗୀ ଫେରି ଆସିଲୁ ଯେ ? ମନ ଲାଗିଲା ନାହିଁ ପରା ଶାଶୂଘରେ ? ମତେ ଦଣ୍ଡବତ କରିବା ଦେଖି କହିଲେ, ହଉ ହେଲାଣି ହେଲାଣି । ବଡ଼ମା ନାହାନ୍ତି, କେହି ନାହାନ୍ତି, ବଡ଼ ଅଡୁଆ ଲାଗୁଥିବ ତତେ ଏଠି ? ତେବେ ତମ ନାଥନନା ଅଛନ୍ତି ଯେତେବେଳେ, ନା କ'ଣ ?

ମୋ ମୁହଁକୁ ଚାହିଁ ସେ ହସିଲେ ।

ଲାଜ ଆଉ ଅପମାନରେ ମୁହଁ ଗରମ ହୋଇଉଠିଲା ମୋର । ମୁଣ୍ଡ ତଳକୁ ପୋତି ଓଢଣା ଟିକେ ଟାଣିଦେଲି ।

ଆଉ ଦଣ୍ଡେ କଥାବାର୍ତ୍ତା ହୋଇ ସେ ଉଠିଲେ । କହିଲେ, ଯାଉଚି ଆଜି, କାମ ଅଛି ଟିକେ ପଛକୁ ଆସିବି- ଯଦି କହିବ ।

କଥାର ଶେଷ ଆଡ଼କୁ ତାଙ୍କର କେମିତି ଗୋଟାଏ ଅଶ୍ଳିଷ୍ଟ ପରିହାସ ଧ୍ୱନିତ ହୋଇଉଠିଲା ।

ନାଥନନା କିପରି ଅନ୍ୟମନସ୍କ ହୋଇଯାଇଥିଲେ ତାଙ୍କ କଥା ଶୁଣି । ଖାଲି କହିଲେ, ହୁଁ ଆସିବୁ ।

ସେ ବୋଧହୁଏ ସବୁ ବୁଝିପାରିଥିଲେ ।

ମନେହେଲା, ସବୁ ଦିନେ ଏମିତି କ୍ଷୁଦ୍ର ଏମିତି ଇତର ଏ ଗାଁ ଟୋକାଗୁଡ଼ାକ । ସ୍ତ୍ରୀ ପୁରୁଷ ସମ୍ପର୍କରେ ଯେ କୌଣସି ବିଷୟ ନେଇ ଗୋଟାଏ କୁତ୍ସିତ କଳ୍ପନାକୁ ଗଢ଼ି ଗାଢ଼ି ଥୋଇପାରିଲେ ତାଙ୍କୁ ଯାଇ ସୁଖ ମିଳେ । ଏଇମାନେ ପୁଣି ଦିନେ ଆମ ସମାଜର ମୁଣ୍ଡ ହେବେ, ଉଚ୍ଚ ଆସନରେ ବସି ନିଜର ସଂକୀର୍ଣ୍ଣ ବ୍ୟାଧିଗ୍ରସ୍ତ ବିଚାରଶକ୍ତି ଘେନି ସାଧାରଣଙ୍କୁ ବ୍ୟବସ୍ଥା ଦେବେ ।

ସକାଳଟା ମୋର ସେମିତି ବୈଚିତ୍ର୍ୟହୀନ ହୋଇ କଟିଗଲା । ଗାଧୋଇଆସି ନାଥନନା ପିଣ୍ଡାରେ ଖାଇବସିଲେ । ତାଙ୍କୁ ଖଣ୍ଡେ ଦୂର ଛାଡ଼ି ଭିତର ଘର ବନ୍ଧ ଉପରେ ମୁଁ ବସିଥିଲି । ଥରେ ଦୁଇ ଥର ସେ କ'ଣ କହିବା ପରି ମୋ ଆଡ଼କୁ ଚାହିଁଲେ । ତା'ପରେ କ'ଣ ଭାବି ମୁଣ୍ଡ ତଳକୁ ପୋତି ଖାଇସାରି ତୁନି ହୋଇ ଉଠିଗଲେ । ମନେ କଲି,ବୋଧହୁଏ ସକାଳର ସେଇ ଘଟଣାରୁ ମନ ତାଙ୍କର ଭଲ ନାହିଁ ।

ଗାଁର ସେଦିନ କେହି ଆଉ ଆସିଲେ ନାହିଁ ଆମ ଖବର ନବାକୁ । ସଞ୍ଜ ଗଡ଼ିଗଲା । ଖରାବେଳୁ ଖାଇସାରି ନାଥନନା କୁଆଡ଼େ ଯାଇଥିଲେ, ସେତେବେଳେ ଯାଏ ଫେରି ନଥିଲେ । ରୋଷେଇ ବସାଏଁ ।

ଭିତର ଘର ଚୁଲି ଲଗାଇଦେଇ ଭଣ୍ଡାରଘରକୁ ଯାଇ ଦେଖିଲି, ଟୋକେଇ ବାଉଁଶିଆ ଝାଡ଼ଝୁଡ଼ । ଗୋଟିଏ ବୋଲି ଚାଉଳ ନାହିଁ ରାତି ପାଇଁ । ଚୁଲିର ଜାଳ କମି କରିଦେଇ ପଦାକୁ ଆସିଲି । ବାହାରେ ମୁକୁଳା ଆକାଶ ତଳେ ସ୍ୱପ୍ନରାଇଜ ରଜାଝିଅର ରୂପା କଳାପାତିଆ ପରି ନଅମୀ ଜହ୍ନ ଚାଳମଥାନ ଉପରେ ହସି ଚାହିଁଥିଲା, ଥିର ବିଲ ପଡ଼ିଆରେ ଫିକା ଆଲୁଅ ପକାଇ । ଉଚ୍ଚ ନଡ଼ିଆଗଛର ଝାଲରକଟା ଚିକଣ ପତର ଉପରେ ସେ ଆଲୁଅ ଆସି ମୂର୍ଚ୍ଛିତ ହୋଇ ଶୋଇଥିଲା । ବାଡିପଟ ମୁକୁଳା କବାଟ ବାଟେ ସେଇଆଡ଼କୁ ଏକଧ୍ୟାନରେ ଚାହିଁ ଠିଆ ହୋଇଚି, ପଛରୁ କିଏ ଆସି ଆଖି ଦି'ଟା ମୋର ବନ୍ଦ କରି ଧରିଲା । ଦିହବାସନାରୁ ଜାଣିପାରିଲି, ନାଥନନା ।

ଚମକି ପଡ଼ି କହିଲି, ମୁଁ ଚିହ୍ନୁଚି ।

କିଏ ?

ସେଇ ।

ସେଇ କିଏ ?

କହିଲି, ମୁଁ ଜାଣେନା- ଯା ।

ଆଖି ଛାଡ଼ିଦେଇ ସେ ମତେ ତାଙ୍କ ଛାତି ଉପରକୁ ଆଉଜାଇ ଧଇଲେ ।

ଲାଜ ମାଡୁଥିଲେ ବି ସେତେବେଳେ ମୁଁ ତାଙ୍କୁ ବାଧା ଦେଲି ନାହିଁ, ସକାଳର ବିମର୍ଷ ଭାବ ତାଙ୍କର କଟିଯାଉଚି, ଖାଲି ଏଇ ଅନୁଭବର ଆନନ୍ଦରେ ।

ମୋ ମୁହଁ ଉପରେ ମୁହଁ ରଖି ସେ ପଚାରିଲେ, ଆଛା, ମୁଁ ନ ହୋଇ ଯେବେ ଆଉ କିଏ ହୋଇଥାନ୍ତା ?

ସେ ଆତପ୍ତ କୋମଳସ୍ପର୍ଶର ଅନିର୍ବଚନୀୟ ଆବେଶରେ ସମସ୍ତ ଅନୁଭୂତି ମୋର ମୂର୍ଚ୍ଛିତ ହୋଇଗଲା, ଉଚ୍ଛୃଙ୍ଖଳ ରକ୍ତସ୍ରୋତରେ ଆନନ୍ଦର ନିଆଁ ଜଳାଇଦେଇ । କାନପାଖେ ତାଙ୍କ ବକ୍ଷସ୍ପନ୍ଦନର ଦ୍ରୁତ ତାଳରେ ମୋର ସମଗ୍ର ଜୀବନ ଝଙ୍କୃତ ହୋଇଉଠିଲା ।

ସେତିକିବେଳେ ସଫା ଜହ୍ନ ଆଲୁଅରେ ଦୁଆର ମଝିରେ ଆସି ଠିଆହେଲା- ଅଚୁତି । ଆମକୁ ଦେଖି ତରତର ହୋଇ ବାହାରକୁ ଯାଉ ଯାଉ କହିଲା, ନ ଜାଣି ପଶି ଆସିଥିଲି, ଲୋକନାଥ ନନା । କିଛି ମନେ କରିବ ନାହିଁ ।

ଆଖି ପିଛୁଡ଼ାକେ ସେ ମତେ ଛାଡ଼ିଦେଇ ପଛକୁ ଘୁଞ୍ଚିଗଲେ । ମୁଁ କାଠପିତୁଳୀ ପରି ସେଇଠି ଠିଆହୋଇ ରହିଲି ହୃଦୟର ଗତି ଯେପରି ମୋର ହଠାତ୍ ସ୍ତବ୍ଧ ଅଚଳ ହୋଇଗଲା ।

ନଈ ଜୋର ପଡ଼ିଆ ପାରିର କୁହୁଡ଼ିଆ ସୀମାରେଖା ହଜାଇ ଦେଇ ଜହ୍ନ ସେତେବେଳକୁ ଖଣ୍ଡେ କଳା ବଉଦ ଭିତରେ ମୁହଁ ଲୁଚାଇଥିଲା ।

ସକାଳୁ ଉଠି ମୋର ପ୍ରଥମ ଭାବନା ହେଲା, କାଲିର ଏକାନ୍ତ ଲଜ୍ଜାଜନକ ଘଟନା ପରେ ମୁଁ ନାଥନନାକୁ କିପରି ମୁହଁ ଦେଖାଇବି ? ଇଚ୍ଛାକରି ଅନେକ ଉଚ୍ଛୁରରେ ସେଦିନ ଉଠିଲି । ଆସ୍ତେ ଆସ୍ତେ ଘରକବାଟ ଟିକିଏ ଫାଙ୍କାକରି ଚାହିଁଲି, ନାଥନନା କୋଉଠି ଦିଶୁ ନାହାନ୍ତି । ମନେ କଲି, ବୋଧହୁଏ ଉଠି ନାହାନ୍ତି । ଖୁବ୍ ଆସ୍ତେ ଗୋଡ଼ ଚିପି ଚିପି ତାଙ୍କ ଶୋଇବାଘର କବାଟ ପାଖରେ ଯାଇ ଠିଆ ହେଲି । ନିଃଶ୍ୱାସ ବନ୍ଦ କରି ଜଳାକବାଟି ଫାଙ୍କରେ ଭିତରକୁ ଉଣ୍ଡି ଚାହିଁଲି- କେହି ନାହାନ୍ତି । ମନେ ମନେ ଗୋଟିଏ ମୁକ୍ତିର ନିଃଶ୍ୱାସ ପକାଇ ଭାବିଲି, ମୋ ପରି ତାଙ୍କୁ ବୋଧହୁଏ ଏମିତି ଲାଜ ମାଡିଥିବ । ସେଥିଲାଗି ସକାଳୁ ଉଠି କୁଆଡ଼େ ଚାଲିଗଲେଣି । ପିଣ୍ଡାରେ ଠିଆ ହୋଇଚି, ବାହାରେ କାହାର ପାଟି ଶୁଭିଲା । ନାଥନନା ନୁହନ୍ତି ତ । ଚମକି ଚାହିଁଲି- ସଇତା ।

ସେ ଆସି ମୋତେ ଓଳଗି ହୋଇ ଠିଆହେଲା । କେତେ ଦିନର ପାସୋରା ସ୍ମୃତି, ବାପା ବୋଉ ଥିଲାବେଳର ବଡ଼ ଛୋଟ ଆବଶ୍ୟକ ଅନାବଶ୍ୟକ ଲକ୍ଷ୍ୟ କୋଟି

ଘଟନା, ଶ୍ରାବଣ ଦିନର ସଚଳ ବଉଦମାଳା ପରି ନିମିଷକେ ଆସି ମୋ ମନ ଭିତରେ ଅଶ୍ରୁମନ୍ଥର ଦୃଷ୍ଟି ପକାଇ ଚାଲିଗଲା । ଜୀବନଭଳି ସେ ସୁଖ ମୋର ସରିଯାଇଛି । ଆଉ ଆସିବ ନାହିଁ ।

କେମିତି କେଜାଣି ସଇତା ଜାଣିପାରିଲା, ମୁଁ ବାପା ବୋଉଙ୍କ କଥା ମନେ କରି କାନ୍ଦୁଛି, ସେଥିଲାଗି ସେ ଆଉ କିଛି ନ କହି ତୁନି ହୋଇ ଠିଆହୋଇ ରହିଲା । କେତେବେଳକେ ମୁହଁ ଟେକି ପଚାରିଲି, ଏତେ ଦିନେ ମନେ ପଡ଼ିଲା ପରା ।

ତା' ଆଖି ବୋଧହୁଏ ଶୁଖିଲା ନ ଥିଲା । ପିନ୍ଧାକାନିରେ ମୁହଁ ପୋଛି କହିଲା, କୋଉଦିନ ମନେ କଲିଣି ଆସିବି ଆସିବି ବୋଲି । କାମ ଭିଡରେ ଆସିପାରୁ ନଥିଲି, ବୁଢ଼ୀ ।

ଆଜିକାଲି କୋଉଠି ଅଛୁ ?

ଏଇଠି । ଏଇ ଅଚ୍ୟୁତ ମାହାନ୍ତି ଘରେ ।

ଏ ସେଇ ଅଚୁତି । ପଚାରିଲି, କିଏ, ଚାଟଶାଳୀ ମାଷ୍ଟର ନା ?

ହଁ, ସେଇ ।

ବୁଢ଼ା ହେଲାଣି ଏଡ଼େ; ତଥାପି ଚାକିରି କରୁଚି । ପଚାରିଲି, ହଇରେ, ତାଙ୍କ ଘର ଭଲ ଖାଇବାକୁ ଦିଅନ୍ତି ନାଁ ତତେ ?

ଗୋଟାଏ ବଡ଼ ନିଃଶ୍ୱାସ ପକାଇ ସେ କହିଲା, ହଁ ସେମିତି, ପେଟ ବିକଳରେ ଖାଲି ପଡ଼ିରହିବା କଥା । ମୋ ସାନ୍ତ ସାନ୍ତାଣୀ ଗଲାଦିନୁ ପାଟିସୁଆଦ ମୋର ସରିଯାଇଚି, ବୁଢ଼ୀ ।

ଭାରି ବିକଳ ଲାଗିଲା କଥା ଶୁଣି । କହିଲି, ତୁ ଏଠିକି ଆସୁନାହୁଁ ଚାଲି ?

କୋଉଠିକି ? ସେ ଆଶ୍ଚର୍ଯ୍ୟ ହୋଇ ପଚାରିଲା ।

କହିଲି, ମୋ ପାଖରେ ଆସି ରହନ୍ତୁ, ସେଠୁ ଚାକିରି ଛାଡ଼ିଦେଇ ।

ହଁ, ଆସିବି ବୁଢ଼ୀ, ଆସିବି । ତୁ ଆସିବା ଦିନୁ ସେଇକଥା କେତେଥର ମନେ ମନେ ବିଚାରିଲିଣି । କାଲିଠଉଁ ସେଠା ଛାଡ଼ି ଦେଇ ତୋ ପାଖେ ଆସି ରହିବି, ତୁ ପୁଣି ଶାଶୂଘରକୁ ଗଲାଯାଏ । ମନେ କଲି, ହାୟ, ଏ ବିଚରା ଜାଣି ନାହିଁ, ଶାଶୂଘର ସାଙ୍ଗେ ମୋର ସବୁ ଦିନ ପାଇଁ ସମ୍ବନ୍ଧ ଛିଣ୍ଡିଗଲାଣି ବୋଲି । ଗାଁରେ ବି ସେ କଥା ବୋଧହୁଏ କେହି ଜାଣି ନାହାନ୍ତି ଏତେବେଳ ଯାଏ ।

ଆଉ ଟିକେ ବସି ସେ ଯିବାକୁ ଉଠିଲା । କହିଲା, ଆଜି ଯାଉଚି ବୁଢ଼ୀ, କାମ ଅଛି । କାଲିଠଉଁ ତ ଏକାଥରକେ ଆସିବି । ଖଣ୍ଡେ ବାଟ ଯାଇ ପୁଣି କ'ଣ ମନେ କରି ଫେରିଲା । ଲୁଗାକାନି ଭିତରୁ ଖଣ୍ଡେ ଧଳା କାଗଜ ବାହାର କରି ମୋ

ହାତରେ ଦେଇ କହିଲା, ଅଚୁତା ଅବଧାନ ଦେଇଥିଲା ତତେ ଦବାକୁ; ମନେ ନଥିଲା ।

ଆଶ୍ଚର୍ଯ୍ୟ ହୋଇ ପଚାରିଲି, ମତେ ?

ହଁ, ତତେ ଦବାକୁ ତ କହିଲା ।

ଚିଠି ପଢ଼ିସାରି ରାଗରେ ଦିହଗୋଟାକ ମୋର ଗରମ ହୋଇଗଲା । କହିଲି, ଯା କହିଦବୁ ତାକୁ, ଏ କଥା ପୁଣି ଯେମିତି ସେ ମୁହଁରେ ନ ଧରେ ।

ସଇତା କାବାହୋଇ ମୋ ମୁହଁକୁ ଦଣ୍ଡେ ଚାହିଁ ଧୀରେ ଧୀରେ ସେଠୁ ଚାଲିଗଲା ।

ସ୍ତମ୍ଭିତ ହୋଇ ଭାବିଲି, କି ଅଦ୍ଭୁତ ସାହସ ଏ ଅଚୁତିର ! ଚିଠିରେ ଲେଖା ଥିଲା-

ଏ ଚିଠି ପଢ଼ି ବିରକ୍ତ ହବୁ ନାହିଁ । ଭାବି ଦେଖିବୁ, ଏଥିରେ ତୋର ଭଲ ଛଡ଼ା ଖରାପ ହବନାହିଁ । ତମ ବାପା ମଲାପରେ ତାଙ୍କର ଏ ଗାଁରେ ଯାହା ସ୍ଥାବର ସମ୍ପତ୍ତି, ଉତ୍ତରାଧିକାରୀସୂତ୍ରେ ସେସବୁ ବର୍ତ୍ତମାନ ତୋର । ଏତେ ସମ୍ପତ୍ତି, ତୋର କିଛି କାରବାରରେ ଆସିବ ନାହିଁ, ଏ କଥା ତୁ ଜାଣୁ । ମୁଁ କହୁଚି, ମତେ ସେସବୁ ଦେଇଦେ। କାଲି ରାତିରେ ତମ ଘରେ ଯାହା ଆଖିରେ ଦେଖିଚି, ସେ କଥା ପ୍ରକାଶ ହେଲେ ତୋର ସ୍ୱାମୀ ଯେ ତତେ ଆଉ ଘରକୁ ନେବେ ନାହିଁ, ଏ କଥା ମୁଁ ଜାଣେ । ମୋ ଅପେକ୍ଷା ତୁ ଆହୁରି ଭଲକରି ଜାଣୁଥିବୁ । ତମ ଦୁହିଁଙ୍କ ବିଷୟେ ନେଇ ଗାଁରେ ଏଥିମଧ୍ୟରେ ଅନେକ ଜାଗାରେ ଚୁପ୍‌ଚାପ୍ ହେଉଥିଲେ ମଧ୍ୟ କାଲିକା କଥା ମୁଁ କାହାକୁ ଏ ପର୍ଯ୍ୟନ୍ତ କହିନାହିଁ । ମୋ ପ୍ରସ୍ତାବରେ ଯଦି ତୁ ରାଜି ହେଉ, ତେବେ ସବୁ କଥା ମୁଁ ଘୋଡ଼ାଇନେବି । ଗାଁରେ କେହି କିଛି ଜାଣିପାରିବେ ନାହିଁ । ଆଉ ଯେବେ ତୁ ମୋ କଥାରେ ରାଜି ନହେଉ, ତେବେ କାଲିକା କଥାର ମୁଁ ଗାଁରେ ସମସ୍ତଙ୍କ ଆଗେ ପ୍ରଘଟ କରିଦେବି । ସେଥିରେ ଯାହା ଫଳ ହବ, ତୁ ବୁଝି ପାରୁଥିବୁ । ତତେ ଏବଂ ତୋ ନାଥନନାଙ୍କୁ ସମସ୍ତେ ଏ ଗାଁରେ ଜାତିରୁ ବାସନ୍ଦ କରିବେ । ନିଆଁ ପାଣି ମଧ୍ୟ ଅଟକ କରିପାରନ୍ତି । ତୋ ସ୍ୱାମୀ ଏ ଗାଁ ଜମିଦାର । ତୁ ଯେ ଏଠି ଆସି ଏକୁଟିଆ ଲୋକନାଥ ନନାଙ୍କ ପାଖରେ ଅଛୁ, ଆଉ ମାଇପେ କେହି ଘରେ ନାହାନ୍ତି, ଏ କଥା ସେ ଏପର୍ଯ୍ୟନ୍ତ ଜାଣିନାହାନ୍ତି । ଜାଣିଲେ ତ ସେ ଆଉ ତୋ ମୁହଁ ଚାହିଁବେ ନାହିଁ । ଲୋକନାଥ ନନାଙ୍କୁ ବି ସହଜରେ ଛାଡ଼ିବେ ନାହିଁ, ଆଉ ଜ୍ୱାଇଁ ବୋଲି ତମ ବାପାଙ୍କର ସବୁ ସମ୍ପତ୍ତି ସେ ଦଖଲ କରି ବସିବେ । ଏଇଲାଗେ ଭଲରେ ଯାହା ନ କରିବୁ, ମନ୍ଦରେ ଦିନେ ସେଇଆ ହବ । ସେ ସମ୍ପତ୍ତି

ତୋ ହାତରୁ ଯିବ । ଲାଭ ଭିତରେ ସ୍ୱାମୀଘରୁ କାଢ଼ିଦେବେ, ଏ ଗାଁରେ ବି ତୋର ମୁହଁ ଦେଖାଇବାର ବାଟ ରହିବ ନାହିଁ । ଏ କୁଳ ସେ କୁଳ ଦୁଇକୁଳ ଯିବ । ମୋ କଥାରେ ରାଜି ହେଲେ ଏସବୁ ବିପଦରୁ ମୁଁ ତତେ ପାରି କରିଦେବି ।ଆଶା କରେ, ସବୁକଥା ଭଲକରି ଭାବି ମୋ କଥା ରାଜି ହବୁ । ଏ ଲୋକଠାରୁ ଏଥିରେ ତୋର ମତ ଅଛି ଜାଣିଲେ, ଦଣ୍ଡପତ୍ର କାଗଜ ନେଇ ମୁଁ ଆଜି ସଞ୍ଜବେଳେ ତୋ ପାଖକୁ ଯିବି । ତତେ ବେଶୀ କିଛି କରିବାକୁ ପଡ଼ିବ ନାହିଁ; ଖାଲି ଗୋଟାଏ ଦସ୍ତଖତ କରିଦେଲେ ହେଲା । ତା'ପରେ ତୁ ଶାଶୂଘରୁ କେବେ ଆସିଲେ ଯଦି ଏଇ ଗାଁରେ ରହିବାକୁ ଇଚ୍ଛା କରୁ, ତେବେ ମୁଁ ସେଇଥିରୁ ତତେ ବଖରାଏ ଘର ଆଉ ଚଳିବା ଭଳି ଦି'ତିନି ମାଣ ଜମି ଦେଇପାରେ । ଆଶାକରେ, ସବୁକଥା ଧୀରଭାବରେ ବିଚାରି ଗଲା ଲୋକ ହାତରେ ମୋ ପାଖକୁ ଖବର ଦବୁ ।

ପୁ: - ପଢ଼ିସାରି ଚିଠିଟା ଚିରିଦବୁ । ଲୋକନାଥ ନନା ଯେପରି ଏ କଥାର ବିନ୍ଦୁବିସର୍ଗ ଜାଣି ନ ପାରନ୍ତି । ସେ ତୋତେ ପଟାପଟି କରି ସବୁ ସମ୍ପତ୍ତି ହସ୍ତଗତ କରି ତୋର ସର୍ବନାଶ କରିବାକୁ ବସିଛନ୍ତି, ଏ କଥା ମୁଁ ଜାଣେ । ତାଙ୍କ କଥା ମୋଟେ ବିଶ୍ୱାସ କରିବୁ ନାହିଁ, ସାବଧାନ ।

ରାଗ,ଅପମାନ ଆଉ ଲଜ୍ଜାରେ ଭାବିବାର ଶକ୍ତି ମୋର ସ୍ତମ୍ଭିତ ହୋଇଗଲା । ଏ ଅଟୁଡିଟା କ'ଣ ମଣିଷ ? କେତେବେଳଯାଏ ସେଠି କାନ୍ଥକୁ ଆଉଜି, କାନ୍ଥଠାରୁ ଆହୁରି ନିର୍ଜୀବ ହୋଇ ବସିଥିଲି କେଜାଣି, କାନ୍ଧ ଉପରେ କାହା ନିଃଶ୍ୱାସର ମୃଦୁ ସ୍ପର୍ଶ ଅନୁଭବ କରି ଚମକି ଚାହିଁଲି- ନାଥନନା ।

ଚିଠିଟା ମୋ ହାତରୁ ଟାଣିନେଇ ସେ ପଢ଼ିଲେ, ତା'ପରେ ରାଗରେ ଗର୍ଜିଉଠି କହିଲେ, କାହିଁ ସେ କୁକୁରଟା ? ତା' ପରେ ଚିଠିଟା ଟିକି ଟିକି କରି ଚିରିପକାଇ ଘରୁ ଦଉଡ଼ି ଚାଲିଗଲେ ।

ଦାଣ୍ଡପଟେ, ଯୋଉଠି ତାଙ୍କ ଦିହଛାଇର ଶେଷରେଖା ଦୁଆର ମୁହଁ ପାଖେ ମିଳାଇ ଯାଇଥିଲା, ସେହି ଆଡ଼କୁ ଏକାଧାନରେ ଚାହିଁ ଭାବିଲି, ଯେମିତି ଏକଜିଦିଆ ଲୋକ ଏ, ଏଇଲାଗେ କ'ଣ ନାଇଁ କଣ କରିବସିବେ କେଜାଣି ? କାହିଁକି ମିଛରେ ତାଙ୍କୁ ଚିଠିଟା ପଢ଼ିବାକୁ ଦେଲି, ନିଜେ ଚିରି ପକାଇଥିଲେ ତ ଯାଇଥାନ୍ତା ! ଯେମିତି ରାଗିଛନ୍ତି ଚିଠି ପଢ଼ି, ଆଜି ଗୋଟାଏ କିଛି ଭୟଙ୍କର କାଣ୍ଡ ନ'କରି କ'ଣ ଫେରୁଛନ୍ତି ସହଜରେ ?

ଗୋଟାଏ କଳ୍ପିତ ଆଶଙ୍କାରେ ବିଚଳିତ ହୋଇ ଦିନଗୋଟାକ ମୋର କଟିଗଲା । ଛାଇ ଲେଉଟିଗଲା । ନାଥନନା ସେତେବେଳଯାଏ ଫେରି

ନଥିଲେ । କ'ଣ ହେଲା କେଜାଣି ? ଆଉ ସବୁ ଚିନ୍ତା ବୁଡ଼ାଇ ଦେଇ ଏଇ ଭାବନା ମୋର ସମ୍ବଳ ହେଲା । ଏତେବେଳଯାଏ କୁଆଡ଼େ ଗଲେ ସେ ? ଖରାପ ହେଲା ନାହିଁ ତ ?

ଉପରଓଳି ସଇତା ଆସିଲା । କହିଲା, ସେଠୁ ଚାକିରି ଛାଡ଼ି ଆସିଲି, ବୁଢ଼ୀ ।

ସଇତାକୁ ଦେଖି ଅଥଳ ସମୁଦ୍ରରେ କୂଳ ମିଳିଲା । ପଚାରିଲି, ନାଥନନା କୁଆଡ଼େ ଗଲେ, ଦେଖି ନାହୁଁ ?

ସେ କହିଲା, ସକାଳେ ଆଜି ଅଚୁତା ଅବଧାନ ଘରେ ତ ତାଙ୍କୁ ଦେଖିଥିଲି । ଭାରି ରାଗହୋଇ ଅବଧାନ ସାଙ୍ଗେ କ'ଣ କଥାବାର୍ତ୍ତା ହଉଥିଲେ । ଦି'ପହରେ ଏଇ ବିଲ ବାଟେ ଆର ଗାଁକୁ ତ କୁଆଡ଼େ ଗଲେ ।

ନିଶ୍ଚିନ୍ତ ହୋଇ ଭାବିଲି, ଯାହାହଉ ଅଖୁଣ ଦିହରେ ତ ଅଛନ୍ତି ସେତେବେଳଯାଏ । ପଚାରିଲି, ଯୁଆଡ଼େ ସେ ଗଲେ, ତୁ ଟିକେ ଯାଇପାରିବୁ ସେଠିକି ?

କାହିଁକି ?

ସକାଳ ପହରୁ ଆଖିଆ ଯାଇଛନ୍ତି ପରା । ତୁ ଯା, ତାଙ୍କୁ ସାଙ୍ଗରେ ନେଇକରି ଯାଇଁ ଆସିବୁ ।

ସଇତା ଚାଲିଗଲା । ଏତେ ବିପଦରେ ସୁଦ୍ଧା ମନକୁ ଟିକେ ଦମ୍ଭ ଆସିଲା, ଏ ଗାଁରେ ସମସ୍ତେ ମୋ ବିରୁଦ୍ଧରେ ଠିଆହୋଇ ସୁଦ୍ଧା ଦୁଇଜଣ ତ ମୋ' ଲାଗି ଅଛନ୍ତି, ପ୍ରୟୋଜନ ହେଲେ ଯେ ଜୀବନ ଦେଇ ମୋ' ମର୍ଯ୍ୟାଦା ରକ୍ଷା କରିବେ ।

ସଞ୍ଜଘଣ୍ଟା ବାଜିବାର ଅନେକ ପରେ ସେଦିନ ନାଥନନା ଘରକୁ ଫେରିଲେ । ପିଣ୍ଡାରେ ଖାଇବାକୁ ଠା' କରିଦେଲି । ଖାଇବସି ସେ କହିଲେ, ଆଜି ଭାରି ମଜା ହେଲା । ସକାଳେ ଯେତେବେଳେ ଗାଁ ଯାକ ଅଚୁତିକୁ ଖୋଜି ତା' ଘରେ ଯାଇ ପହଞ୍ଚିଲି, ବାହାରେ ଠିଆହୋଇ ସେ କାହା ସଙ୍ଗେ କଥାବାର୍ତ୍ତା ହେଉଥିଲା । ମତେ ଦେଖି ଘର ଭିତରେ ଯାଇ ଲୁଚିଗଲା । ଯେତେ ଡାକି ଡାକି ଆଉ କ'ଣ ବାହାରକୁ ଆସେ ? ଘରେ ତାଙ୍କର କହିଲେ, ସେ ନାହାନ୍ତି । ଯୋଉଠୁ କହିଲି, ନାହାନ୍ତି ଯେବେ, ଆସିଲେ କହିଦେବ, ମୁଁ ଥାନାକୁ ଯାଉଚି, ତା' ନାଁରେ ଏତଲା ଦବାକୁ, ସେଠୁ ମୂଷାଟି ପରି ଘରୁ ବାହାରିଆସିଲା । ଆଗେ ତ ଯାହା ମୁହଁକୁ ଆସିଲା, ପରସ୍ତେ ଶୋଧି ନେଇଗଲି, ତା'ପରେ କହିଲି, ଫେର୍ ଯଦି ତୁ ମୋର ଘର ଦୁଆରମୁହଁ ମାଡୁ, ତେବେ ଆଉ ତତେ ଘରକୁ ଫେରିବାକୁ ହବ ନାହିଁ ।

ସେ କ'ଣ କହିଲା ?

କହିବ ଆଉ କ'ଣ ? ଆଜି ଯାଉଚି କୁଆଡ଼େ ଜମିଦାର ପାଖରେ ଫେରାଦ ହବାକୁ ମୋ ନାଁରେ ।

ଆଶ୍ଚର୍ଯ୍ୟ ହୋଇ ପଚାରିଲି, ସତରେ ?

କହିଲେ, ହଁ, ଯାଉ ସେ । ସେଥିପାଇଁ ମୋର ଭୟ ନାହିଁ । କଥା କ'ଣ ଲୁଚିବ ? ଜମିଦାର ତ ପୁଣି ବୁଝିସୁଝି ବିଚାର କରିବେ ।

ମନେ କଲି, ମୋର ସ୍ୱାମୀ ତ ଜମିଦାର । ତାଙ୍କର ଯାହା ବୁଝାମଣା, ସେ କଥା ମତେ ଭଲକରି ଜଣାଅଛି । ଜମିଦାର ବୋଲି ସମାଜ ଏମାନଙ୍କ ହାତରେ ଯେଉଁ ଅସୀମ କ୍ଷମତା ଦେଇଚି ଲୋକଙ୍କ ଉପରେ ଶାସନ କରିବାକୁ, କେତେ ଜଣ ତାର ସଦ୍‌ବ୍ୟବହାର କରନ୍ତି ? ଶାସନ ନାମରେ ଯେଉଁ ଅତ୍ୟାଚାର, ଅବିଚାର, ଯେଉଁ ମାହାପାତକ ଏମାନେ ଆଖିବୁଜି ପ୍ରତିଦିନ କରି ଯାଉଛନ୍ତି, ସେ ଖବର କିଏ ରଖେ ? ଜମିଦାରର ଖୁସି ଉପରେ ନ୍ୟାୟର ବାଟ ଗଢ଼ାହୁଏ । ଇନ୍ଦ୍ରିୟ ଲାଳସା ପାଖରେ ଗରିବର ସର୍ବସ୍ୱ, ସତୀର ସତୀତ୍ୱ ହଜାର ହଜାର ପ୍ରତିଦିନ ବଳି ଦିଆହୁଏ, ଅଥଚ ସମାଜ ସେ କଥା ବେଶ୍ ଆଖିବୁଜି ଚଳାଇନିଏ । ଏଇ ତ ଶାସନ, ଏଇ ତ ସମାଜ ! ହାୟରେ, ଲୋକେ ପୁଣି କୋଉ ସୁବିଚାର ଆଶା ରଖନ୍ତି ଏହାଙ୍କ ପାଖରେ ?

ଫଗୁଣର ଫଗୁପରା ଗୋଧୂଳି ଆକାଶ ଦିହରେ ତାର ଜରିଧଡ଼ିଆ ବଉଦ ଖଣ୍ଡେ ଜଡ଼ିରଙ୍ଗ ହୋଇ ଯାଇଥିଲା, ଯେପରି ତା'ରି ରଙ୍ଗରେ । ଥକା ବଣଭୂଇଁ ପାଖେ ଧାଡ଼ିବନ୍ଧା ଗଛ ଡାଳେ ଡାଳେ କଅଁଳପତ୍ରର ରୋଷନିଫୁଲ ଖଞ୍ଜା ହଉଥିଲା, ବସନ୍ତ-ବର ଆସିବା ଲାଗି । ସେ ନୂଆ ପତ୍ର ମହକରେ ଉଚ୍ଚାଟହୋଇ ଗୋଟାଏ ହଳଦୀବସନ୍ତ, ଘନଗୁନ୍ଥା ବାଉଁଶବୁଦାର ନହକା ଅନ୍ଧାର-କଷଟି ଉପରେ, କଞ୍ଚା ସୁନାର ଗାର ଟାଣି ଟାଣି ଏ ଡାଳ ସେ ଡାଳ ଉଡି ବୁଲୁଥିଲା । ବାଡିପଟେ ଠିଆହୋଇ କେତେବେଳୁ ଏକଧ୍ୟାନରେ ଚାହିଥିଲି ଏଇ ପତ୍ରକଅଁଳା ମହୋତ୍ସବ ଆଡ଼େ । ମନ ହଉଥାଏ, ଦଉଡ଼ିଯାଇ ବଣ ଅରମା ଭିତରେ ଶୋଇ ପଡ଼ିବାକୁ, ଆମ୍ବଗଛ ଡାଳରେ ସୁନ୍ଦର-ଗୋଳା ରେଶମୀ ପତରରୁ କୁଣ୍ଢେ ତୋଳିଆଣି ଘର ବାହାର ସବୁ ଟଙ୍ଗେଇବାକୁ । କିନ୍ତୁ ଏଇ ନିହାତି ସୁଲଭ ସ୍ୱାଧୀନତାଟିକ ବି ମୋର ଆଜି ନାହିଁ । ଏଠିକି ଆସିଲାଦିନୁ ଦିନେ ସୁଦ୍ଧା ତ ବାହାରକୁ ଭରସି ଗୋଡ଼ କାଢିପାରି ନାହିଁ ଲାଜରେ । ମତେ କିଏ କାଳେ ଦେଖିବ, କ'ଣ ପଚାରିବ କାଳେ । ମୋ କଥା ନେଇ ଗାଁ ଭିତରେ ଯେ ଭାରି ଗୋଟାଏ ଗୋଳମାଳ ଲାଗି ଗଲାଣି, ଘର ଭିତରେ ବସି ସେ କଥା ମୁଁ ଭଲକରି ଅନୁଭବ କରିପାରୁଚି । ଗାଁ ଗୋଟାକରେ ସମସ୍ତେ ଯେପରି ମୋ'ରି ବିରୁଦ୍ଧରେ ତତ୍ପର, ମୋ ବିଷୟ ନେଇ ଅତ୍ୟଧିକ ଆଗ୍ରହାନ୍ୱିତ । ବାହାରେ କାହାର ପାଟି ଶୁଣିଲେ ଘର

ଭିତରେ ମୁଁ ଲାଜରେ ସରିଯାଉଚି; ଯେପରି କେତେ ବଡ଼ ମହାପାତକରେ ପାପୀ ମୁଁ ସମସ୍ତଙ୍କ ଆଗେ, ଅଥଚ ଏ ନାଥନନା- ଗୋଟାଏ ପ୍ରଚଣ୍ଡ ଝଞ୍ଜା ପରି ସ୍ୱାଧୀନ ଭାବରେ ବୁଲୁଛନ୍ତି, ସମସ୍ତ ସଙ୍କୋଚ, ସମସ୍ତ ଦ୍ୱିଧା ଜୋର୍‌କରି ବାଟରୁ ଏଡ଼ାଇଦେଇ । ବଡ଼ ବିଚିତ୍ର ଲାଗେ ୟାଙ୍କ କଥା ଭାବି ।

କେତେବେଳକେ ସଇତା ଆସିଲା; ମତେ ବାଟ ପାଖରେ ଦେଖି କଥା ନ କହି ପିଣ୍ଡାରେ ଯାଇ ଗୁମ୍‌ମାରି ବସିଲା । ପଚାରିଲି, କୁଆଡ଼େ ଥିଲୁ କି ଏତେ ବେଳଯାଏ ?

ସେ ବିରକ୍ତି ପୂର୍ଣ୍ଣ ସ୍ୱରରେ କହିଲା, ମରିବାକୁ । ପାଖକୁ ଯାଇ ଆଶ୍ଚର୍ଯ୍ୟ ହୋଇ ପଚାରିଲି, କୋଉଠି କହନା ? ମରିବାକୁ ପରା କହିଲି । ସଞ୍ଜବେଳେ ମତେ ଆଉ ମରିବାକୁ ଜାଗା ମିଳିଲା ନାହିଁ, ଯାଇଥିଲି ଗାଁ ଭିତରକୁ ଭାଗବତ ଗୋସାଇଁଙ୍କ ପାଖେ ମୁଣ୍ଡିଆ ମାରିବାକୁ । ଆଗ୍ରହରେ ପଚାରିଲି, କାହିଁକି କ'ଣ ହେଲା କି ?

ହବ ଆଉ କ'ଣ ? ଖାଇପିଇ ମୁହଁପୋଡ଼ା ବାମୁଣଗୁଡ଼ାଙ୍କର ତ ଆଉ କିଛି କାମ ନାହିଁ, ଭାଗବତ ଟୁଙ୍ଗୀରେ କ'ଣ ଗାତ ଚୁଲି ନିଶାପ ହଉଚି କୁଆଡ଼େ । ସେଇ ଯୋଉ ଅଚୁତା ଅବଧାନ ବଡ଼ ଚୋର ବୋଲି ମୁଁ ଜାଣିଚି, ହାତ ହଲେଇ ସେଠି କହୁଚି- ଏତିକି କହି ସେ ତୁନି ହୋଇଗଲା ।

ଅଚୁତି ନାଁ ଶୁଣି ଛାତି ଭିତରୁ ମୋର କ'ଣ ଗୋଟାଏ ଖସିପଡ଼ିଲା ।

ଆଶଙ୍କାରେ ପୂର୍ଣ୍ଣ ହୋଇ ପଚାରିଲି, କ'ଣ କହୁଚି ?

କ'ଣ ଆଉ ତତେ ସେଗୁଡ଼ାକ କହିବି, ବୁଢ଼ୀ ! ସେ କହିଲା, ସଞ୍ଜବେଳଟା, ଏତେଗୁଡ଼ାଏ କଞ୍ଚାମିଛ କହିବାକୁ ତାର ଜିଭ କେମିତି ଖସି ପଡୁନାଇଁ, ଆଗ ସେଇଆ ମୁଁ ତାଜୁବ୍ ହଉଚି ପରା । କହୁଚି ଅନାଦି ମିଶ୍ର ଝିଅ ସତୀକି ତା ସ୍ୱାମୀ ଘରୁ ବାହାର କରି ଦେଇଛନ୍ତି । ଆଉ ତା ମୁହଁ ଚାହିଁବେ ନାଇଁ ବୋଲି କୁଆଡ଼େ କହିଛନ୍ତି ସମସ୍ତଙ୍କ ଆଗେ । ସେ ଜାତି କୁଳ ଛାଡ଼ିଚି, ତା' ହାତରୁ କେହି ପାଣି ଛୁଇଁବାର ନୁହେଁ । କୋଉ ପସନ୍ଦରେ ଲୋକନାଥ ତିଆଡୀ ତାକୁ ଆଣି ଘରେ ପୂରେଇଚି ! ଆମେ ତା' ଘରୁ ବନ୍ଧୁପଣ କାଟିଦେବୁ, ତା'ର ନିଆଁ ପାଣି ଅଟକ କରିବୁ, ଯଦି ଲୋକନାଥ ତାକୁ ଘରୁ ବାହାର କରି ନ ଦିଏ । ବୁଢ଼ୀ, ପଥର ପରି ଠିଆହୋଇ ସବୁ ଶୁଣିଲି । ସେ କହିଲା, ରକତ ମାଉଁସ ଦିହ ତ, କେତେ ଆଉ ସହନ୍ତା ଏଇ କଞ୍ଚାମିଛଗୁଡ଼ାକ ଶୁଣି ଶୁଣି ! ସମ୍ଭାଳି ନ ପାରି କହିଲି, ଆଲୁଅ ଟିକେ ତଳକୁ ଦେଖା, ତୋ ମୁହଁ ଦେଖେ, କହୁ କହୁ ଏଇ ଠେଙ୍ଗା ଉଞ୍ଚେଇ ତା ପାଖକୁ ଧାଇଁଗଲି । ସେଠି ଥିଲେ ହାଁ ହାଁ କରି ଦଉଡ଼ିଆସି ମତେ ଧରି ପକାଇଲେ, ଟାଣି ଟାଣି ଏଠି ଛାଡ଼ିଦେଇ ଗଲେ, ନଇଲେ

ଆଜି ତା'ର ଦିନେ କି ମୋର ଦିନେ । କହୁଁ କହୁଁ ସେ ରାଗରେ ଗୋଟିପଣେ ଥରିବାକୁ ଲାଗିଲା ।

ଲାଜ ଆଉ ଅପମାନରେ ମୋର ଆଉ ସେତେବେଳେ କଥା କହିବାର ଶକ୍ତି ନଥିଲା । ଚୁପ୍‌ହୋଇ ଘର ଭିତରେ ଯାଇ ଶୋଇପଡ଼ିଲି । ସେଇଠି ସେମିତି ତକିଆରେ ମୁହଁମାଡି ମନେ ମନେ କହିଲି, ଏଇଆ ଶୁଣାଇବାକୁ ମତେ ଆଜିଯାଏ ବଞ୍ଚାଇ ରଖିଲ ଭଗବାନ୍ । ଏଡ଼େ ବଡ଼ ସୃଷ୍ଟିଟାରେ ଟମର ବିଷ କଣିକାଏ କ'ଣ ନଥିଲା, ଏଇ ହୀନମାନିଆଁ ଜୀବନଟା ଏକାଥରକେ ଶେଷ କରିଦବାକୁ ! ଖାଲି ଏତିକିରେ ଭଲା ସରିଥାଆନ୍ତା, ଏ ହୀନକପାଳୀ ସାଙ୍ଗେ ପୁଣି ଆଉ ଗୋଟାଏ ପବିତ୍ର ନିଷ୍ପାପ ଜୀବନ ଛନ୍ଦିହୋଇ ଅକାରଣେ କେତେ ଲାଞ୍ଛନା, କେତେ ଦହଗଞ୍ଜ ହଉଚି । ମୋର ଅଧିକାର କ'ଣ ଅଛି ଭଲା ତାକୁ ଏମିତି ଅକାରଣରେ କଳଙ୍କର ଭାଗୀ କରିବାକୁ ମୋ ସାଙ୍ଗେ ? ଏଇ ନିନ୍ଦା, ଏ କଳଙ୍କ କଥା ମୋରି ନାଁରେ ଶୁଣିପାରିବେ ନାହିଁ ବୋଲି ତ ବାପା ବୋଉ ଆଗରୁ ବିଦା ହୋଇଗଲେ । ସ୍ୱାମୀ ବୋଲି ଯୋଉ ପ୍ରାଣୀଟି ସାଙ୍ଗରେ ବ୍ରାହ୍ମଣ ଆଗେ ଅଗ୍ନି ସାକ୍ଷୀ କରି ମତେ ବାନ୍ଧିଦେଇ ଯାଇଥିଲେ, ହୃଦୟର ସବୁ ବିମୁଖତାକୁ ରୁଦ୍ଧକରି ତାଙ୍କ ସଙ୍ଗେ ସେ ସମ୍ପର୍କ ଆଉ ରଖିପାରିଲି କୋଉଠି ? ସଂସାରରେ ମୋ'ର ଆଉ କିଏ ଅଛି ମୋ' ପାଇଁ ଭାବିବାକୁ ? ଏ ନାଥନନା ମୋ'ର କିଏ ଯେ ମୋ'ପାଇଁ ପ୍ରତିକ୍ଷଣରେ ନିଜର ପ୍ରତିଷ୍ଠା, ନିଜର ଅଭିମାନ ତିଳେ ତିଳେ ଏମିତି ବିସର୍ଜନ ଦେଇ ମୋ ପାଇଁ ଏତେ କରିବେ ? ...ଆଉ ଭାବିପାରିଲି ନାହିଁ। କିଏ ଏଇ ନାଥନନା ? ମୋର କଣ ସେ ? ସବୁ– ସବୁ !! ସଂସାରର ଲୋକେ ହଜାର ନାହିଁ କଲେ ସୁଦ୍ଧା, ସମାଜ ଲକ୍ଷେ ଥର ଅସ୍ୱୀକାର କଲେ ସୁଦ୍ଧା ସେହି ଜଣକୁ ତ ଏ ଜୀବନରେ ନିବିଡ଼ ଭାବରେ 'ମୋର' ବୋଲି ଅନୁଭବ କରିଛି । ଜ୍ଞାନ ହେଲା ଦିନୁ ଆଜିଯାଏ ତାଙ୍କରି ପାଖରେ ସ୍ତ୍ରୀର ସମସ୍ତ ଦେୟ ମନେ ମନେ ଅର୍ପଣ କରିଆସିଛି ।

ବାହାରେ ପାଟି ଶୁଭିଲା । ଚାହିଁଲି, ନାଥନନା ଘରକୁ ଫେରିଲେ । ପିଣ୍ଡାରେ ସଇତାକୁ ଦେଖି କ'ଣ ପଚାରିଲେ, ବୋଧହୁଏ ମୋ କଥା । ସଇତା କ'ଣ ଜବାବ ଦେଲା, ଏତେ ଦୂରରୁ ଭଲକରି ଶୁଣିପାରିଲି ନାହିଁ । ତା'ପରେ ଗୋଡ଼ ହାତ ଧୋଇ ନିଜେ ନିଜେ ଭାତ ବାଢ଼ି ଖାଇବସିଲେ । ଘର ଭିତରେ ସେମିତି ପଡ଼ି ପଡ଼ି ସବୁ ଦେଖିଲି । ଆଜି ଏଇ ଘଟନା ପରେ ତାଙ୍କ ଆଗେ ବାହାରିବାକୁ ମୋର ଗୋଡ଼ ଚଳିଲା ନାହିଁ । ଖାଇସାରି ସେ ହାତଧୋଇ ଶୋଇବାକୁ ଚାଲିଗଲେ । ଭାବି ଭାବି ଅନେକ ରାତିଯାଏ ସେଦିନ ମତେ ନିଦ ହେଲାନାହିଁ । ମନ ଭିତରେ ଯାହାର ଅଖଣ୍ଡ ନିଆଁ ଜଳୁଚି, ନିଦ ତାକୁ ଆସିବ କୁଆଡୁ ?

ବାଡ଼ିପଟ ଡୋଟାଗହଳି ନିଶବଦର ଛାତି ଚିରି ଦୁଇଥର ବିଲୁଆ ବୋବେଇଗଲେ । ବିଛଣାରେ ପଡ଼ି ପଡ଼ି ଭାରି ଗରମ ହେଲା; କବାଟ ଫିଟାଇ ପଦାକୁ ଆସିଲି । ନାଥନନାଙ୍କ ଘର କବାଟ ମୁକୁଳା; ସେ ବି କେତେବେଳେ ଅଗଣାରେ ଆସି ବୁଲୁଥିଲେ । ମୋ ପରି ଚିନ୍ତାରେ ତାଙ୍କୁ ବି ନିଦ ନାହିଁ ନାଁ କ'ଣ ? ପିଣ୍ଡାରେ ମତେ ଦେଖି ପଚାରିଲେ, କିଏ ସତୀ ?

ସେ ମୋ ପାଖକୁ ଆସିଲେ । ଯେମିତି ଆଗ ପରି ମୋ ପିଠିରେ ହାତ ରଖି ସ୍ନେହଉଚ୍ଛୁଳା କଣ୍ଠରେ ପଚାରିଲେ, ନିଦ ମାଡୁ ନାହିଁ କି ?

ଭାବିଲି, ଏଇ ଅସୀମ ଅମାପ ସୁହାଗଗୁଡ଼ାକ ଏ ସ୍ନେହରଙ୍କ ପ୍ରାଣରେ ଏମିତି ଅଯାଚିତ ଭାବରେ ଓଜାଡ଼ି ଦେଇ ତ ମତେ ସାରିଛ ତମେ । ଏଇ ସୀମାତୀତ ସ୍ନେହର ମଧୁର ମୋହ କଟାଇ ପାରିଲି ନାହିଁ ବୋଲି ତ ସ୍ୱାମୀ, ଶାଶୂଘର ମତେ ସବୁ ବିଷ ପରି ଲାଗିଲା । ଗାଁରେ ଏତେ ଅପମାନ; ଏତେ କଳଙ୍କର ବୋଝ ମୁଣ୍ଡାଇ ସୁଦ୍ଧା ତୁନି ହୋଇ ପଡ଼ିଛି ଏଇ ଟିକକ ଲୋଭରେ । କିନ୍ତୁ ଆଉ ନୁହେଁ । ଆଖି ଆଗରେ ମୋ'ରି ଲାଗି ତମର ଏ ହୀନିମାନ ମୁଁ ଆଉ ଦେଖିପାରିବି ନାହିଁ । ଆଉ ନୁହେଁ- ଏଇ ଶେଷ ।

ସେମିତି ପଥର ପରି ଠିଆହୋଇ ରହିଲି, ଅନ୍ୟଆଡେ ମୁହଁ ଫେରାଇ । ଇଚ୍ଛାକରି ତାଙ୍କ କଥାରେ ଜବାବ୍ ଦେଲିନାହିଁ । ଉତ୍ତର ନ ପାଇ ସେ ମୋର ଆହୁରି ପାଖକୁ ଆସିଲେ । ମୋ ମୁହଁ ଛାତି ଉପରେ ରଖି କହିଲେ, ଏତେ ରାତିଯାଏ ଚିଅଁନ୍ତି ? ଆ, ବିଞ୍ଚିଦିଏ, ଶୋଇପଡ଼ିବୁ ଏଇଲାଗେ ।

ତାଙ୍କ ପାଖରୁ ଦୂରକୁ ଘୁଞ୍ଚିଯାଇ ଟାଣ ହୋଇ କହିଲି, ମୁଁ ଶୋଇବି ନାହିଁ ଯା । ସରଗ କଣରେ ବୁଡ଼ ବୁଡ଼ ଜହ୍ନର ଶେଷ ଚାନ୍ଦିନୀଟିକ ଗୋଟାଏ ଗହଳିଆ ବାଉଁଶଗଛ ଭିତରେ ଛାଣିହୋଇ ଦୁଆରେ ଆସି ପଡ଼ିଥିଲା । ସେଇ ଅଳ୍ପ ଆଲୁଅରେ ଦେଖିଲି, ନିଗୁଢ଼ ବେଦନାରେ ତାଙ୍କ ମୁହଁ ଚାହୁଁ ଚାହୁଁ ଅସ୍ତୋନ୍ମୁଖ ଚନ୍ଦ୍ରପରି ଫିକା ପଡ଼ିଗଲା । ତାଙ୍କ ପ୍ରତି ଏଇ ଦାରୁଣ ବ୍ୟବହାରରେ କଣ୍ଠଯାକ ଲୁହରେ ରୁଦ୍ଧହୋଇ ଆସୁଥାଏ । ଜୋର୍‌କରି କଣ୍ଠସ୍ୱରରେ ତୀବ୍ରତା ଆଣି କହିଲି, ମତେ ଏମିତି କାହିଁକି ଦହଗଞ୍ଜ କରୁଚ କି ତମେ ? ମରିବା ଲାଗି ବି ଟିକେ କ'ଣ ଛୁଟି ନାଇଁ ମୋର ତମ ପାଖେ ?

ପଥର ପିତୁଳା ପରି ସେ ଚୁପ୍‌ହୋଇ ଠିଆହୋଇ ରହିଲେ ତଳକୁ ମୁହଁ ପୋତି । ତା'ପରେ ଧୀରେ ଧୀରେ ସେଠୁ ଚାଲି ଯାଉଥିଲି, ଆଉ ପାରିଲି ନାହିଁ । ମଣିଷ ଜନ୍ମ ପାଇଚି, କେତେ ଆଉ ସହନ୍ତି ? ଦୌଡ଼ିଯାଇ ତାଙ୍କ ଛାତି ଉପରେ ମୁହଁ ରଖି ଝର ଝର ହୋଇ କାନ୍ଦି ପକାଇଲି । ସେ ମତେ ଛୋଟ ପିଲାଟି ପରି କୋଳକରି ନେଇ ବିଛଣାରେ ଶୁଆଇଦେଲେ । ତାଙ୍କର ପିନ୍ଧା କାନିରେ ମୋ ଲୁହ ପୋଛିଦେଇ ଖୁବ୍

ଧୀରେ ଧୀରେ ତାଙ୍କ ମୁହଁକୁ ମୋ ମୁହଁ ଉପରେ ରଖି କହିଲେ, କାନ୍ଦୁଚୁ କାହିଁକି ? ଛି, ସୁନାଟା ପରା ! ଏଇ କଥାରେ ଏମିତି ଅଧୈର୍ଯ୍ୟ ହେଲେ ଚଳିବ ? ତୁ କାନ୍ଦନା, ଖାଲି ଛାତି ଦମ୍ଭକରି ଦେଖ୍, କ'ଣ ହଉଚି ।

ତାଙ୍କ ଦିହ ମୋ ଦିହରେ ଜଡ଼ିଯାଇଥିଲା ଏକାଥରକେ । ନିଃଶ୍ୱାସରେ ଗୋଟାଏ କୁହୁକଲଗା ବାସନା ମୋ ମଥା ଭିତରେ ପଶି ସବୁ ଦୁଃଖ ଜଞ୍ଜାଳ ପାସୋରାଇ ଦେଲା କୁଆଡ଼େ । ମୁଁ ସଂସାର ଭୁଲିଲି, ସମାଜ ଭୁଲିଲି । ବଉଦଦୋଳାରେ ଚଢ଼ି ଅଧା ଛାଇ ଅଧା ଆଲୁଅ ଘେରା ଦରିଆପାରିର କୋଉ ସ୍ୱପ୍ନ ରାଇଜକୁ ଭାସିଗଲା ପରି ଜଣାଗଲା ମତେ । ସେମିତି ନିର୍ଜୀବଙ୍କ ପରି ପଡ଼ିରହି ସମସ୍ତ ଇନ୍ଦ୍ରିୟ ଦେଇ ତାଙ୍କ ଦିହର ସ୍ନିଗଧ ଉତ୍ତାପ ଅନୁଭବକରିବାକୁ ଲାଗିଲି ।

ଦଣ୍ଡେ ଗଲା ।

ସେ ଉଠିଲେ । କହିଲେ, ଟିକେ ଶୋଇପଡ଼ । ରାତି ପାହିବାକୁ ଆଉ ବେଶୀ ଡେରି ନାହିଁ ।

କବାଟଟି ଖୁବ୍ ଆସ୍ତେ ଆଉଜାଇ ସେ ଚାଲିଗଲେ । ଦଣ୍ଡକ ପରେ ବଣ ଅରମାର ଚକିତ ବକ୍ଷ ସ୍ପନ୍ଦିତ କରି ବାଡ଼ିପଟେ ଡାହୁକ ବୋବାଇ ଉଠିଲେ ।

ସକାଳେ, ଚାରିଆଡ଼େ ଭଲକରି ଖରା ନ ପଡୁଣୁ ରାତିର ଅମଜା ବାସନ ନେଇ ମାଜିବାକୁ ଯାଉଚି, ବାହାରେ କାହାର ପାଟି ଶୁଭିଲା, ଲୋକନାଥ- ଲୋକନାଥ ।

ନାଥନନା ଘରେ ବସି ଗୋଟାଏ ପୁରୁଣା ବନସୀଖଡ଼ା, କାମ ଚଳିବା ଭଳି, ସଜାଡୁଥିଲେ, ଡାକ ଶୁଣି ବାହାରକୁ ଉଠିଗଲେ । ଦଣ୍ଡକ ପରେ ଅନେକଗୁଡ଼ାଏ ଲୋକଙ୍କର ପାଟି ଶୁଣାଗଲା । ଭୟରେ ଛାତିରୁ ମୋର କ'ଣ ଗୋଟାଏ ଖସିପଡ଼ିଲା । ଗୋଡ଼ ଚିପି ବାହାର କବାଟ ଫାଙ୍କରେ ଚାହିଁଲି । ଅନେକ ଲୋକ ଦାଣ୍ଡରେ ଠିଆ ହୋଇଥିଲେ । ଆମ ଗାଁ ପୁରୋହିତଙ୍କ ପୁଅ ପ୍ରଭାକର ମିଶ୍ର ଭାରି ଉତ୍ତେଜିତ ହୋଇ କହୁଥିଲେ, ତା' ଯେବେ ତମେ ନ କରିବ ଲୋକନାଥ, ତେବେ ଏଇ ଏତେ ଲୋକଙ୍କ ଆଗରେ ମୁଁ ସଫା ଫିଟେଇ କହୁଚି, ଆମେ ସମସ୍ତେ ମିଶି ତମକୁ ଗାଁରେ ନିଆଁ ପାଣି, ଧୋବା, ଭଣ୍ଡାରି ବନ୍ଦକରିବାକୁ ବାଧ ହବୁ । ଏଣିକି ପୂଜା ଶ୍ରାଦ୍ଧ, ବାହା, ବ୍ରତରେ ଏ ଗାଁ ତ କେହି ନୁହେଁ, ଆଖପାଖ ଦଶ ଖଣ୍ଡ ମୌଜାର ବ୍ରାହ୍ମଣଶାସନରୁ କେହି ତମର ଦୁଆର ମାଡିବେ ନାହିଁ ।

ବିଦ୍ରୂପପୂର୍ଣ୍ଣ ସ୍ୱରରେ ନାଥନନା ପଚାରିଲେ, ଏତିକି ନାଁ ଆଉ କିଛି ଅଛି ?

ପ୍ରଭାକର ମିଶ୍ରେ କହିଲେ, ଲୋକନାଥ, ତମେ କଥାଟାକୁ ଭଲ କରି ନ ବୁଝି ହଠାତ୍ ଉତ୍ତେଜିତ ହୋଇଉଠନା । କାଲି ସେହିପରି ପଦେ କଥାରେ ଏଡ଼େ ବଡ଼ ବ୍ରାହ୍ମଣସମାଜଟା ଭିତରୁ ରାଗକରି ଉଠିଆସିଲ । ତେବେ ସେଥିଲାଗି ମଧ୍ୟ ଆମେ ତମ ଉପରେ ଦୋଷାରୋପ କରୁ ନାହୁଁ, ବୁଝିଲ ?

ତା'ପରେ ଟିକେ ରହି ଟିକେ ଗଳାଖଙ୍କାର ମାରି କହିଲେ, ଅନାଦି ମିଶ୍ରଙ୍କ ଝିଅ ତୁମର କିଏ ? ତା'ପାଇଁ ତୁମେ କାହିଁକି ବୃଥାରେ ଆମ ସଙ୍ଗେ ବିରୋଧ ଉପସ୍ଥିତ କରୁଛ ? ଭାଇ ଭାଇ ଭିତରେ ମିଥ୍ୟାରେ ଅଶାନ୍ତି ବଢ଼ାଉଛ ? ଛାଡ଼, ସେ ଯାହା ହବାର ତ ହୋଇଗଲାଣି, ବର୍ତ୍ତମାନ ତୁମେ ତାକୁ ଘରୁ ବାହାର କରିଦିଅ । ବ୍ରାହ୍ମଣସମାଜ ପାଖରେ କ୍ଷମା ମାଗି ଟିକିଏ ପଞ୍ଚଗବ୍ୟ କରିଦିଅ, ବାସ୍ ଅଡୁଆ ଛିଡ଼ିଯାଉ । ତା'ର ସ୍ୱାମୀ ଯେତେବେଳେ ତାକୁ ତ୍ୟାଗ କରିଛନ୍ତି, ବର୍ତ୍ତମାନ ସେ କୁଳତ୍ୟାଗିନୀ ବୋଲି ଧରିବାକୁ ପଡୁଛି । କୁଳତ୍ୟାଗିନୀ ଅର୍ଥରେ-

ରାଗରେ ନାଥନନା ଗର୍ଜିଉଠିଲେ । କହିଲେ, ଦରକାର ନାହିଁ ମୋର ସେ ଟୀକା ଶୁଣିବା । ଭଲ ଗତି ଅଛି ଯେବେ, ଏଠୁ ଏଇକ୍ଷିଣା ଚାଲି ଯା, ନ ହେଲେ ପୁଲିସ ଡାକିବି ।

ସେଇ ଅଚୁତିଟା ମିଶ୍ରଙ୍କ ପଛରେ ଠିଆ ହୋଇ ତାଙ୍କ କାନ୍ଧ ଉପର ବାଟେ ଏଆଡ଼େ ଚାହିଁଥିଲା । ନାଥନନାଙ୍କ ପାଟି ଶୁଣି ହଠାତ୍ ଭୀଷଣ ଭାବରେ ଚମକିପଡ଼ି ମୁହଁ ଟାଣିନେଲା । ପ୍ରଭାକର ମିଶ୍ରେ ବି ଚମକି ପଡ଼ିଥିଲେ, କିନ୍ତୁ ରାଗରେ ସେ ଦୁର୍ବଳତାକୁ ଘୋଡ଼ାଇବାକୁ ଚେଷ୍ଟାକରି କହିଲେ, କ'ଣ ତୁମେ ଅଭ୍ୟାଜରେ-

ନାଥନନା ବାଧାଦେଇ କହିଲେ, ଯିବ ନା ଚଉକିଆ ଡାକିବି ?

ସେତିକିବେଳେ ଅଚୁତି ପଛରୁ ବାହାରିପଡ଼ି କହିଲା, ଆସ ହେ ମିଶ୍ରେ ଆପଣେ । ସେ ତାଙ୍କ ରକ୍ଷିତାଟିକି ନେଇ ସୁଖରେ ଥାଆନ୍ତୁ, ଆମର କି ଦରକାର ଅଛି, ସେଥିରେ ବାଦ ସାଧିବା ।

ପ୍ରଭାକର ମିଶ୍ରେ ଆଉ କ'ଣ କହିଥାନ୍ତେ, ଅଚୁତି ତାଙ୍କୁ ଟାଣି ଟାଣି ନେଇ ସେଠୁ ଚାଲିଗଲା । ଗଲାବେଳେ ମିଶ୍ରେ ପଇତା ଛୁଇଁ ଶପଥ କରିଗଲେ, ମୁଁ ଯେବେ ବ୍ରାହ୍ମଣସନ୍ତାନ ହୋଇଥାଏ, ତେବେ ଏହାର ପ୍ରତିକାର କରିବି ।

ବୁଦ୍ଧି ଜ୍ଞାନ ସବୁ କୁଆଡ଼େ ହଜିଯାଇଥିଲା ମୋର, ଏ କଥା ଶୁଣି । ସେତେବେଳଯାଏ କେମିତି ଯେ ମୋର ଗୋଡ଼ ଦୁଇଟା ସିଧା ହୋଇ ରହିଥିଲା, ସେଇକଥା ଭାବି ଆଶ୍ଚର୍ଯ୍ୟ ଲାଗେ । ନାଥନନା ଘରପିଣ୍ଡାରେ ଗୋଡ଼ଦେଲା ମାତ୍ରେ ଦୌଡ଼ିଯାଇ ତାଙ୍କ ଦୁଇପାଦ ଭିତରେ ମୁହଁ ରଖି ଝର ଝର ହୋଇ କାନ୍ଦି ପକାଇଲି ।

କହିଲି, ନା ନା, ମୋ ପାଇଁ କାହିଁକି ତମେ ଏମିତି ବିପଦକୁ ପାଖକୁ ଡାକି ଆଣିବ ? ତମେ ମତେ ଘରୁ ବାହାର କରିଦିଅ, ଅଡୁଆ ଛିଡିଯାଉ - ଯା, ତାଙ୍କୁ ଡାକ -

ନାଥନନା ଦୁଇ ହାତରେ ମତେ ଉଠାଇ ଆଖିରୁ ଲୁହ ପୋଛିଦେଲେ । ହସି ହସି କହିଲେ, ହଉ ଦେବି ।

ବସନ୍ତ ଫେରିଆସିଲା । ଫଗୁଣର ଫୁଲଫୁଟା ପରଶ ଫାଙ୍କେ ଫାଙ୍କେ ଚଇତ୍ରର ଶରୀତୁଟା ଝଞ୍ଜା ପବନ ପାଗଳ ଘୋଡ଼ା ପରି ଧୂଳି ବାଲି ବୋଳିହୋଇ ପଡ଼ିଆପାରିର ତାଳବଣ ମଥାନ ହଲାଇ ବୋହିଗଲା । ଭାବିଲି, ଜୀବନଟାଭରି ମୋ'ର ବି ଏମିତି ବତାସ ପବନ ବୋହୁଚି ଦିନ ରାତି । ବାହାହେଲା ଦିନୁ ଆଜିଯାଏ ଦି'ବର୍ଷ ଭିତରେ କେଉଁଠି ଟିକିଏ ଶାନ୍ତି ତ ମୋ ଜୀବନରେ ଘଟିଲା ନାହିଁ ? ସଂସାରରେ ଆମ ଜାତିଟା ଯାହା ପାଇଲେ ନିଜକୁ ଭାଗ୍ୟବତୀ ମଣନ୍ତି, ସବୁ ତ ମୁଁ ପାଇଥିଲି । ବାପା ମା- ସ୍ନେହ ସୁହାଗ, ଜମିଦାର ସ୍ୱାମୀ, କ'ଣ ଆଉ ମୋ କପାଳରେ ବାକି ଥିଲା କି ? କିନ୍ତୁ ସେସବୁ ପାଇ ନ ପାଇଲା ପରି ସିନା ହୋଇଗଲା । ବାହା ହେଲାବେଳେ ସମସ୍ତିଙ୍କ ସ୍ୱାମୀ କ'ଣ ଯେଝା ମନ ଅନୁସାରେ ଗଢ଼ା ହୋଇଥାନ୍ତି ? ଜୀବନଭଳି ସ୍ତ୍ରୀକୁ ମୁଣ୍ଡରେ ବସାଇ ଚଳନ୍ତି । ସ୍ୱାମୀର ରୁଚି, ସ୍ୱାମୀର ଅବସ୍ଥା ସଙ୍ଗେ ନିଜକୁ ଜୋର୍ କରି ଚଳାଇନେବା ତ ଆମ ସମାଜର ଧର୍ମ । ନାରୀ ଜନ୍ମର ସେଇତକରେ କୁଆଡ଼େ ସାର୍ଥକତା । ସ୍ୱାମୀ ପଛେ ଚରିତ୍ରହୀନ ବ୍ୟାଧିଗ୍ରସ୍ତ ହେଉ, ସ୍ତ୍ରୀ କିନ୍ତୁ ପରମ ନିର୍ବିକାର ଭାବରେ ଦେବତା ବୋଲି ତାଙ୍କୁ ପୂଜା କରିଯିବ, ଏଇ ତ ଆମ ଶାସ୍ତ୍ରକାର ଋଷିଙ୍କର ଦୃଢ଼ ଅନୁଶାସନ । କିନ୍ତୁ ମୁଁ ତା ଆଉ ପାରିଲି କୋଉଠୁ ! ସମାଜ-ଦେବତାର ମୁହଁ ଚାହିଁ ସ୍ୱାମୀଙ୍କର ସ୍ୱେଚ୍ଛାଚାର ପାଖରେ ନିଜର ନାରୀତ୍ୱକୁ ବଳିଦେବା ଆଗରୁ ଯେ ମୋର ଜୀବନର ଗତି ପରିବର୍ତ୍ତିତ ହୋଇଗଲା, ସ୍ୱାମୀପ୍ରେମର ଗୋଲାପୀ ସ୍ୱପ୍ନ ଆଖି ଆଗରୁ ସବୁଦିନ ପାଇଁ ତୁଟାଇଦେଇ । ସେତେବେଳେ ଭାବିଲି, ଭଲ ହୋଇଚି, ସ୍ତ୍ରୀ ହେବାର ଏଇ ନକଲି ଅଭିନୟ ମୋର ଶେଷ ହୋଇଯାଇଚି, କିନ୍ତୁ ଯୋଉ ଆଶା-କୁହୁକରେ ପଡ଼ି ସବୁ ଦିନ ଆଶ୍ରୟକୁ ମୋର ସମୁଦ୍ରପାଣିକି ଫିଙ୍ଗିଲି, ଶତ ମନପାଞ୍ଚ ପୁଟଦିଆ ମୋର ଏଇ ତରୁଣଜୀବନର ବ୍ୟର୍ଥତା ଭିତରେ ହାତପାଖରେ ଧରି ତାକୁ ତ ପାଇଲି ନାଇଁ । ଜୀବନସାରା ଯାହାକୁ ସ୍ୱାମୀ ବୋଲି ମନର ସବୁ କାମନାଟିକ ପାଦରେ ତାର ଢାଳିଦେଇ ନିଶ୍ଚିନ୍ତ ହେବି ବୋଲି ହୃଦ ବାନ୍ଧିଥିଲି, ସେ ଯେ ମୋ ପାଖରେ ଥାଇ ନ ଥିଲା ପରି । ଭଗବାନ୍ କାହିଁକି ଏ ଜୀବନଟାକୁ ଗୋଟାଏ ଅଭିଶାପ ଭିତରେ ଛନ୍ଦି ଏମିତି ନିଉଛଣା କରି ଜନ୍ମ ଦେଇଥିଲେ କେଜାଣି ! ଖାଲି ସେତିକିରେ ଭଲା ଶେଷ

ହୋଇଥାନ୍ତା । ଏ ହତଭାଗ୍ୟ ଜୀବନ ସାଙ୍ଗେ ସଜତୋଳା ଗଙ୍ଗଶିଉଳି ପରି ଆଉ ଗୋଟିଏ ନିଷ୍ପାପ ନିଷ୍କଳଙ୍କ ଜୀବନକୁ ଛନ୍ଦିଦେବାର କୋଉ ଇଚ୍ଛା ପୂର୍ଣ୍ଣ ହେଲା ଭଲା ! ଭୁଲ୍‌ରେ କେବେ ତ ଏହା ମୁଁ ଚାହିଁ ନଥିଲି ପ୍ରଭୁ । ଏମିତି ନିନ୍ଦା ଅପବାଦ ପଙ୍କ ଭିତରେ ବୁଡ଼ାଇ ତାଙ୍କୁ ମୋତେ ଆଣି ଦେବାକୁ ସ୍ୱପ୍ନରେ କେବେ ତ ହେଲେ କାମନା କରି ନଥିଲି ।

ଖାଲି ଟୋକେଇଟା ଧରି ସେଦିନ ସଇତା ଫେରିଆସି କହିଲା, ଗାଁ ଯାକ ଶଳା ସବୁ ଏକମେଲି ହୋଇଛନ୍ତି, ଦି'ଗୁଣ ପଇସା ଯାଚି କେହି ଶାଗପତରଟିଏ ସୁଦ୍ଧା ଛୁଇଁଦେଲେ ନାଇଁ ।

ନାଥନନା ପଚାରିଲେ, ଆଜି ହାଟ ଅଛି ପରା । ସଉଦାପତ୍ର ସେଠୁ କିଣିଆଣିଲେ ତ ହବ ।

ସଇତା ହସିଲା । କହିଲା, ଆଜି ଆଉ ହାଟ କୋଉଠି ଅଛି; ପ'ରିଦିନ ଯାଇ । ଏ ଦି'ଟା ଦିନ ତ ଫେର ଚଳିବ କେମିତି ? ପରିବା ଯେ ଘରେ କିଛି ନାଇଁ ।

ନାଥନନା ଦଣ୍ଡେ କ'ଣ ଭାବି କହିଲେ, ଏ ଓଳିଟା ଚଳିଯାଉ ସେମିତି; ତେଣିକି ଦେଖାଯିବ ।

ହାତଠାରି ସଇତାକୁ ପାଖକୁ ଡାକିଲି । ତୁନି ତୁନି କହିଲି, ବୁଢ଼ାଟିଏ ହେଲୁଣି, ବୁଦ୍ଧି ସୁଦ୍ଧି ତୋର ଆଜିଯାଏ ହେଲାନାହିଁ । ପରିବା ନ ମିଳିଲା ତ ତାଙ୍କୁ ଯାଇ କହିଲୁ କାହିଁକି, ଏ କଥା ଶୁଣେ ?

ସଇତା ଅପ୍ରସ୍ତୁତ ହୋଇ କହିଲା, ଦିଅ, ମୋର ଏତେ କଥାକୁ ନଜର ଅଛି ? ତରକାରିର କ'ଣ ବ୍ୟବସ୍ଥା ହବ, ତୁନି ତୁନି ତାକୁ କହିଦେଇ ରୋଷେଇଘରକୁ ଗଲି । ଅନେକ ସମୟ ପରେ ପଦାକୁ ଆସି ଦେଖିଲି, ନାଥନନା ସେଇଠି ସେମିତି ବସିଛନ୍ତି ପିଣ୍ଡାଖୁଣ୍ଟକୁ ଆଉଜି । ପଛରେ ଯାଇ ଠିଆହୋଇ ପଚାରିଲି, ବେଳ କେତେ ହେଲାଣି ? ଗାଧୋଇ ଯିବ ନାହିଁ କି ?

ସ୍ୱପ୍ନରୁ ଉଠିଲା ପରି ସେ ମୋ ଆଡ଼କୁ ଚାହିଁ କହିଲେ, ହଁ ତେଲ ଟିକେ ଦେ । ଘରୁ ଗାମୁଛା ତେଲ ଆଣି ପାଖରେ ରଖିଲି । ତେଲ ଲଗାଇସାରି ସେ କହିଲେ, ବନସୀଟା ମୋର ସେ ଘରୁ ଆଣିଦେଲୁ, ସତୀ ।

ବନସୀ କ'ଣ ହେବ ଫେର୍ ? ପଚାରିଲି ।

ତରକାରି କିଛି ମିଳିଲା ନାହିଁ, ସଇତା କହୁଥିଲା ପରା । ମାଛ ଫାଛ ଗୋଟାଏ ଦେଖିଥାଆନ୍ତି କୋଉଠୁ ?

କହିଲି, ତମେ ଗାଧୋଇ ଯା । ସେ କଥା ଭାବିବାକୁ ଲୋକ ଅଛନ୍ତି ।

ଅଛନ୍ତି ନାଁ ? ମୁଁ ମନେ କଲି ମୋ ଚିନ୍ତା ଆଉ କାହାକୁ ଲାଗି ନଥିବ ପରା । ସେ ହସିଲେ ।

ଗାମୁଛାଟା ତାଙ୍କ ଉପରକୁ ଫୋପାଡ଼ିଦେଇ କହିଲି, ଗଲ ତମେ ଆଗ ଗାଧୋଇ, ଭାରି ଡେରି ହେଲାଣି ।

ସେ ଚାଲିଗଲେ ।

ସଞ୍ଜବେଳେ ଘର ଅଗଣାରେ ନାଥନନା ଗୋଡ଼ ଧୋଉଥିଲେ, ପାଖରେ ଯାଇ ଠିଆହେଲି । ମତେ ଦେଖି ସେ ହସି ହସି ପଚାରିଲେ, କ'ଣ କି ? ଏ ଓଳି ଫେର୍ ପରିବା ନାହିଁ ପରା ?

କହିଲି, ସେ କଥା ନୁହେଁ ।

ଆଉ କ'ଣ ?

ମନରେ ଖୁବ୍ ସାହସ ବାନ୍ଧି କହି ପକାଇଲି, ସଇତାକୁ ନେଇ ସାଇଆଡ଼େ ଟିକେ ଯାଇଥାନ୍ତି ।

ତାଙ୍କ ମୁହଁରୁ ହସର ଶେଷ ଦାଗଟିକ ଲିଭିଗଲା ଏକଥା ଶୁଣି । ଅନେକ ବେଳଯାଏ କ'ଣ ଭାବି କହିଲେ, ଦାଣ୍ଡଟାରେ ଏମିତି ଏକୁଟିଆ ଚାଲିକରି ଯିବୁ ?

ମନେ ମନେ ହସିଲି କଥା ଶୁଣି । ସ୍ୱାମୀଘରେ ଥାନ ହେଲା ନାହିଁ ବୋଲି ଯେ ଦାଣ୍ଡରେ ବସିଚି, ତାକୁ ପୁଣି ଘରୁ ବାହାରିବାକୁ ଲାଜ ! କହିଲି, ଅନ୍ଧାରରେ କିଏ ଦେଖିବ କାହିଁକି ?

କହିଲେ, ହଉ ଯା । କିନ୍ତୁ ଚଞ୍ଚଳ ଫେରିବୁ, ମୁଁ ଚାହିବସିଚି । ଭଲ ମନ୍ଦ କିଛି ନ ଭାବି ବାହାରିପଡ଼ିଲି ସଇତାକୁ ନେଇ । ଦାଣ୍ଡକୁ ଆସି ସଇତା ପଚାରିଲା, କୁଆଡ଼େ ଯିବୁ ବୁଢ଼ୀ ?

କହିଲି, ପ୍ରଭାକର ମିଶ୍ରଙ୍କ ଘରକୁ ।

ସେ ଆଶ୍ଚର୍ଯ୍ୟ ହୋଇଗଲା । ମୋ କଥା ଶୁଣି । କହିଲା, ପ୍ରଭାକର ମିଶ୍ର ଘରକୁ, ସେଇ ଯେ ଗାଁ ଯାକ ଏକାଠି କରି ଆମ ଘରକୁ ଏକବାଡିଆ କରିବି, ତୁ କ'ଣ ଏ କଥା ଜାଣିନାଉଁ ବୁଢ଼ୀ ?

କହିଲି, ହଁ ଜାଣେ, ଚାଲ୍ ।

ମନେ ମନେ ରାଗରେ ଗରଗର ହୋଇ ସେ ଆଗରେ ଚାଲିଲା । ସେଇ ଅନ୍ଧାର ଭିତରେ ମୁହଁକୁ ମୁହଁ ଦିଶୁ ନାହିଁ ଯୋଉଠି ହାତେ ଛଡ଼ାରେ, ସେଥିରେ କାଳେ କିଏ ମତେ ଦେଖି ପକାଇବ ବୋଲି ରାସ୍ତା ପାଖେ ପାଖେ ଚାଲିଲି । ପ୍ରଭାକର

ମିଶ୍ରଙ୍କ ବାଡ଼ି ଦୁଆରମୁହଁରେ ସଇତାକୁ ବସିବାକୁ କହି ଘର ଭିତରକୁ ଗଲି । ଏଇ ଘର ପିଲାଦିନେ ମୋର କେତେ ପରିଚିତ ଥିଲାଟି ! ଅନେକ ଥର ବାପା ମତେ ଆଣି ଏଠି ଛାଡ଼ିଦେଇ ଯାଇଛନ୍ତି ସଞ୍ଜ ହେଲେ । ପ୍ରଭାକର ମିଶ୍ରଙ୍କ ସ୍ତ୍ରୀ, ବୟସ ତାଙ୍କୁ ମୋଠଉଁ ଖୁବ୍ ବେଶୀ ନୁହେଁ, ସେ ପୁଣି ମୋ ସାଙ୍ଗେ 'ଅଶୋକା' ବସିଥିଲେ ପିଲାଦିନେ । ସେଇ ଦମ୍ଭରେ ଆଜି ମନ ବାନ୍ଧି ଏତେଦୂର ଆସିଛି, ଯଦି କିଛି ଉପାୟ ଥାଏ ।

ପିଣ୍ଡାରେ 'ଅଶୋକା' ଠିଆ ହୋଇଥିଲେ । ମୋତେ ଦେଖି ପଚାରିଲେ, କିଏ ? ମୁଁ ସତୀ ।

ପାଖକୁ ଆସି ସେ ମତେ ଅଚିହ୍ନା ପରି ଚାହିଁଲେ, ତା'ପରେ ବଡ଼ପାଟି କରି କହିଲେ, ସିଆଡ଼େ ଯା, ସିଆଡ଼େ ଯା, ସିଆଡ଼େ ଯା । ଠାକୁର ଦେବତା ଘର, ମାରା ହୋଇଯିବ ।

ମନରେ ଯୋଉ ଟିକିଏ ଆଶା ଥିଲା, ସବୁ କୁଆଡ଼େ ଚୂନା ହୋଇଗଲା ଏକାଥରକେ, ଏଇ କଥା ପଦକରେ । ଆଜି ସତେ କ'ଣ ଏଡ଼େ ହୀନ, ଏତେ ଅପବିତ୍ର ମୁଁ ? ଛାଇ ପଡ଼ିଲେ ସବୁ ମାରା ହୋଇଯିବ ଏମିତି ? କିନ୍ତୁ ଜନ୍ମ ଅଧିକାରରେ ସୃଷ୍ଟି କର୍ତ୍ତାଙ୍କ ଦୃଷ୍ଟିରେ କୋଉ ହିସାବରେ ଏ ମୋ' ଠାରୁ ଶ୍ରେଷ୍ଠ ? ଖାଲି ଅନ୍ଧ ସମାଜର ବିଚାରହୀନ ଆଦେଶରେ ପୁରୁଷର ଯଥେଚ୍ଛାଚାର ପାଖରେ ନାରୀତ୍ୱର ମର୍ଯ୍ୟାଦା ମୋର ବିସର୍ଜନ ଦେଇପାରି ନାହିଁ ବୋଲି କ'ଣ ମୁଁ ଆଜି ଏଡ଼େ ଛୋଟ ? ସୃଷ୍ଟିର ସମସ୍ତ ପ୍ରୟୋଜନ ମୋଠାରେ ଏକାଥରକେ ବ୍ୟର୍ଥ ? ଅନେକ କଷ୍ଟରେ ମନ ସମ୍ଭାଳି କହିଲି, ଗୋଟାଏ କଥା ପଚାରିବାକୁ ଆସିଥିଲି ତମ ପାଖକୁ ।

କି କଥା ? ସେ ପଚାରିଲେ ।

କହିଲି, ତମର ତାଙ୍କୁ ଟିକେ ଏଣିକି ଡାକ ।

ବୋଧହୁଏ ନାହିଁ କରିଦବାକୁ ଯାଉଥିଲେ, କ'ଣ ବିଚାରି ପୁଣି ଘର ଭିତରକୁ ଗଲେ । କିଛିକ୍ଷଣ ପରେ ଅଗଣାରେ ପ୍ରଭାକର ମିଶ୍ରଙ୍କ ପାଟି ଶୁଭିଲା । ତାଙ୍କ ସ୍ତ୍ରୀ ମୋ ପାଖକୁ ଆସି ଆସ୍ତେ ଆସ୍ତେ କହିଲେ, ଆଇଲେଣି ।

ଦଣ୍ଡକେ ସବୁ ବିଷୟ ଆଉ ଥରେ ଭାବିନେଇ କହିଲି, ତାଙ୍କୁ ପଚାର, ନାଥନନାଙ୍କୁ କାହିଁକି ସେ ସମାଜରୁ ଅଟକ କରିଛନ୍ତି, ମୋ' ପାଇଁ ନା ?

ପ୍ରଭାକର ମିଶ୍ର କାନ୍ଥ ଉହାଳରେ ଠିଆ ହୋଇଥିଲେ । ଖୁବ୍ ଆସ୍ତେ କହୁଥିଲେ ବି ମୋ' କଥା ତାଙ୍କୁ ବୋଧହୁଏ ସବୁ ଶୁଭୁଥିଲା ।

ଦଣ୍ଡେ ଗଲା । କେହି କିଛି କହିଲେ ନାହିଁ । ସେଇ ଚୁପ୍‌ଚାପ୍‌ରୁ ମୁଁ ମୋର

କଥାର ଉତ୍ତର ପାଇଲି । ପୁଣି ପଚାରିଲି, ମୁଁ ଯଦି ଚାଲିଯାଏ ତାଙ୍କ ଘର ଛାଡ଼ି, ତେବେ ତାଙ୍କୁ ଆଗ ପରି ଜାତିରେନିଆହେବ କି ନା ?

ପ୍ରଭାକର ମିଶ୍ର କହିଲେ, ହଁ, ତା' ହବ ନାହିଁ କାହିଁକି ? ତାଙ୍କ ସାଙ୍ଗେ ଆମର ଆଉ କ'ଣ ବିରୋଧ ଅଛି ? ତେବେ, ତେବେ- ସେ ଦିନ ଏତେ ଲୋକଙ୍କ ଆଗରେ ମତେ, ଯାହା ମୁହଁକୁ ଆସିଲା, କହିଗଲେ,...।

କହିଲି, ତାଙ୍କରି ପାଇଁ ତ ଦୋଷ ମାଗିନେବାକୁ ମୁଁ ଆସିଚି ।

ପ୍ରଭାକର ମିଶ୍ର କହିଲେ, ତେବେ ଏ ଅଡୁଆଟା ନିଷ୍ପତ୍ତି ହୋଇଗଲେ ସେ କଥାଟା ଆଉ କ'ଣ ଛିଡ଼ିଯିବ ନାହିଁ, ରହିବ ?

ଏ ଅଡୁଆ ମୁଁ । ବର୍ଷକ ଆଗେ ଯୋଉଠି ସମସ୍ତେ ମତେ ଏତେ ଶ୍ରଦ୍ଧା କରୁଥିଲେ, ଆଜି ସେଇଠି ମୁଁ ପୁଣି ସମସ୍ତଙ୍କ ମନରେ ଏମିତି କଣ୍ଟା ପରି ଫୁଟିଚି ! କୌଣସି ଉପାୟରେ ମତେ ଏଠୁ ତଡ଼ିପାରିଲେ ଯେମିତି ସେମାନେ ତ୍ରାହି ପାଇବେ ।

ପଦାକୁ ଆସିଲି । ଯିବା ଲାଗି ସଇତା ଉଠି ଠିଆ ହୋଇଥିଲା, ମୋ ଆଗେ ଆଗେ ବାଟକୁ ଆସିଲା । ଏଇ ଲୋକଗୁଡ଼ାଙ୍କ ପାଖରେ ସ୍ନେହ-ପ୍ରୀତି ସମାଜର ତୁଳାଦଣ୍ଡରେ ଓଜନ ହୁଏ । ହୃଦୟର ସମ୍ପର୍କ ସେଠି କିଛି ନାହିଁ । ଆସିଲାବେଳୁ 'ଅଶୋକା'ଙ୍କୁ 'ଯାଉଛି' ବୋଲି କହି ଆସି ନଥିଲି । ଏଇକ୍ଷିଣା ମନେ ହେଲା, ଭଲ କରିଛି ନ କହି ।

ସେତେବେଳଯାଏ ସତକୁ ସତ ନାଥନନା ପିଣ୍ଡାରେ ମତେ ଚାହିଁ ବସିଥିଲେ ।

ମୁଁ ଏ ଆଡୁ ରୋଷେଇ ଘରକୁ ଚାଲିଗଲି । ଲାଜରେ ଗଲି ନାହିଁ ତାଙ୍କ ପାଖକୁ, କାଳେ ପଚାରିବେ, କୁଆଡ଼େ ଯାଇଥିଲୁ ?

ଖାଇ ପିଇସାରି ନାଥନନା ହେରିକା ଶୋଇବାକୁ ଗଲେ । ଖଞ୍ଜାଭିତର ଦଣ୍ଡକେ ଶୂନ୍‌ଶାନ୍ ହୋଇଗଲା । ଘରଭିତରେ ନିର୍ଜୀବଙ୍କ ପରି ଖାଲି ମୁଁ ପଡ଼ିଥାଏ, କିନ୍ତୁ ନିଦ ଲାଗିବାର ସେଦିନ ମୋର ମୋଟେ ଉପାୟ ନଥିଲା । ଏକୁଟିଆ ହେଲାରୁ ଦିନଯାକର ସବୁ ଚିନ୍ତା କୁଆଡୁ ଆସି ମତେ ଘେରିବସିଲା । ବିଶେଷରେ ନାଥନନାଙ୍କ କଥା । ସତେ ତ କୋଉ ଦାବୀରେ ଆଜି ମୁଁ ୟାଙ୍କ ଘରେ ରହି ସବୁ କଥାରେ ୟାଙ୍କୁ ଦହଗଞ୍ଜ କରି ମାରୁଚି ? ତାଙ୍କର ଗୌରବ ତାଙ୍କର ପ୍ରତିପତ୍ତି କୋଉ ଅଧିକାରରେ ଏମିତି ଜାଣି ଜାଣି ନଷ୍ଟ କରିବି ମୁଁ ? ବାଡିପଟ ଆମ୍ବତୋଟା ନିଶବଦ ଭିତରେ ଦୁଇଥର ବିଲୁଆ ବୋବାଇଗଲେ । ବିଛଣା ଛାଡ଼ି ଆସ୍ତେ ଆସ୍ତେ ଉଠିଲି । ଠଣା ଉପରେ ନାଥନନାଙ୍କ ପଢ଼ିବାବେଳର ଖାତା ଖଣ୍ଡେ ତେଲ

ଚିକିଟାରେ ଜୁଡ଼ୁବୁଡ଼ୁ ହୋଇ କୋଉ କାଲୁ ପଡ଼ିଥିଲା। ସେଥିରୁ ଦୁଇଖଣ୍ଡ କାଗଜ ଚିରି ଲେଖିବସିଲି-

ବ୍ୟର୍ଥ ଜୀବନର ଶେଷ ଭରା' ପାଖରେ ଠିଆହୋଇ ତମକୁ ଏ ଚିଠି ଲେଖିବାକୁ ବସିଚି । ଜାଣେ, ତମେ ଯେତେବେଳେ ଏହା ପଢ଼ିବ, ସେତେବେଳେ ମୁଁ ଆଉ ତମ ପାଖରେ ନଥିବି । ତଥାପି ମୋର ଏ ହାତଲେଖା ଖଣ୍ଡି ଏମିତି ତମରି ହାତରେ ଧରି ପଢ଼ିବ, ତମ ସତୀର ବିଦାୟ-ମୁହୂର୍ତ୍ତର ମୂକ ସାକ୍ଷୀ ଏଇ ଅକ୍ଷରଗୁଡ଼ିକ ଗୋଟି ଗୋଟି କରି । ମୁଁ ସେତେବେଳେ ଯାଇ କେତେ ଦୂରରେ, କିଏ ଜାଣେ । ଜୀବନର ଅସୀମ ବିଫଳତା ଭିତରେ, ମୋର ସେତିକିରେ ଚରମ ଆନନ୍ଦ । ଜୀବନଟା ସାରା ତମକୁ କେତେ ଦହଗଞ୍ଜ କଲିଟି ମିଛରେ ଖାଲି, ନିଜର ସୁଖସ୍ୱପ୍ନ ପଛରେ ବାଟବଣା ହୋଇ । କେତେ କେତେ ଅପମାନିତ କେଡ଼େ ହୀନ ହେଲ ମୋ ପାଇଁ ତମେ ? ଆଜି ସେ ପାପର ଗୁରୁତ୍ୱର ପ୍ରାୟଶ୍ଚିତ କରିବାକୁ ମୁଁ ତମକୁ ଛାଡ଼ିକରି ଯାଉଚି- କିନ୍ତୁ କୁଆଡ଼େ ? ଭାବି ନାହିଁ, ଭାବନା ଦରକାର ବି ନାହିଁ। ଖାଲି ଏତିକି ଜାଣେ, ମତେ ଯିବାକୁ ହବ । ଚାରିଆଡ଼ ନିଶୂନ । ବହଳ ଅନ୍ଧାର ଭିତରେ ଦିଗଭାଗ ସବୁ ହଜିଯାଇଛି, ଖାଲି ମୋର ଆଗରେ ଏଇ ଛୋଟ ଦୀପଟି କାନ ପାରି ମୋ କଥା ଶୁଣୁଚି । ଦୂର ଆକାଶରେ ଗୋଟାଏ ଟେଣ୍ଟେଇ ଦୀର୍ଘ ଉଦାସ ସ୍ୱରରେ ରାତିର ନିଶବ୍ଦତା ଉପରେ ଗୋଟାଏ କରୁଣ ରେଖା ଟାଣି ଦେଇ ଗଲା । ରାତିଟା ବଡ଼ ନିଛାଟିଆ ଲାଗୁଚି । ଏମିତି କେତେ ନିଶୂନ ରାତି, କେତେ ଦି'ପହର ମୋର ତମରି ଭାବନାରେ କଟିଯାଇଚି, ଜୀବନରେ ମଧୁର ପ୍ରହେଳିକା ମୋର, କେତେ ସଞ୍ଜ ସକାଳ ତମରି ସ୍ନେହର ସ୍ମୃତି ଉପରେ ଆଶାର ସୁନାଜାଲି ବୁଣି ବୁଣି । ଏ ବ୍ୟର୍ଥ ଜୀବନର ଛନ୍ଦହୀନ ଶୂନ୍ୟତା ଭିତରେ ଖାଲି ସେତିକି ମୋର ଚରମ ସୁଖ... ମୁଁ ଏଠି ବସି ଲେଖୁଚି, ଭିତରଘରୁ ବିରାଡିଟା ଆସି ମୋ ମୁହଁକୁ ଚାହିଁ ଦଣ୍ଡେ ଠିଆହେଲା । କ'ଣ ଭାବି କେଜାଣି ଯାଇ ତମ ଘର ପିଣ୍ଡାଧାରରେ ଶୋଇଲା । କାଲି ସକାଳ ହେଲେ ସେ ତ ତମକୁ ଦେଖିବ, କାଲି ଓପରଓଲି ଏମିତି ବଞ୍ଚିଥିବାଯାଏ ତ ସେ ତମକୁ ନିତି ଦେଖୁଥିବ... ଯାଉଚି, ଯିବା ଛଡ଼ା ମୋର ଗତି ନାହିଁ ବୋଲି । ବିଦାୟ ବେଳରେ କାହାରି ପାଖରେ ଗୁହାରି କରିବାର ମୋର କିଛି ନାହିଁ । କାହାରି ଉପରେ ରାଗ କରିବାର, ଦୋଷ ଦେବାର ।... ତମେ ସେ ଘରେ ଶୋଇଚ କେଡ଼େ ନିଶ୍ଚିନ୍ତରେ । ଗଭୀର ନିଦର ନିଃଶ୍ୱାସ ଶବ୍ଦ ମୋ କାନରେ ଅସ୍ପଷ୍ଟ ଭାବରେ ଥରେ ଥରେ ଆସି ବାଜୁଚି । ତମ ଘର କବାଟଟା ଧଡ୍‌କରି ହୋଇଗଲା- ପବନରେ ବୋଧହୁଏ । ଘର ଭିତରେ ପଶି କେଡ଼େ ଧୀରେ ତମ ଦିହରେ ହାତ ବୁଲାଇଦେଇ ଚାଲିଯାଇଥିବ ସେ । ଏଠି ବସି ମୋର ମନହଉଚି

ପବନ ପରି ଲଘୁ ଗତିରେ ତମ ଘରକୁ ଯାଆନ୍ତି । ପାଖରେ ଠିଆହୋଇ ଜୀବନଭରଲାଗି ଥରେ ତମ କପାଳରୁ ଝାଳ ପୋଛିଦିଅନ୍ତି ।... ଜୀବନରେ ତମକୁ ମୁଁ କାମନା କରିଛି; କିନ୍ତୁ ଅଧିକାର କରି ନାହିଁ । ଏତେ ପାଖରେ ସବୁବେଳେ ପାଇ ସୁଦ୍ଧା 'ପାଇବି' ଖାଲି ଏଇ ଆଶାରେ ଆଜିଯାଏ ମନ ବାନ୍ଧିଥିଲି, ଏଣିକି ମୋର ଶେଷ ସଙ୍ଗାଳି ସେ ଆଶାଟିକ ବି ଗଲା ।... ତମ ଘର ଭିତର ଅନ୍ଧାର । ଗଲାବେଳେ ତମ ମୁହଁ ଶେଷ ଥର ପାଇଁ ଟିକେ ଦେଖିପାରୁ ନାହିଁ । ଆଉ କେତେ ଘଡ଼ି ଗଲେ ସକାଳ ହୋଇଯିବ । ବାହାରୁ ତମକୁ ସଫା ଦିଶିବ, କିନ୍ତୁ ମୋ ଆଖିକି ଆଉ ନୁହେଁ । ଜୀବନଭରି ଏଇପରି ଅନ୍ଧାରରେ ତମରି ହସ ହସ ମୁହଁ ମନେ ପକାଇ ମତେ ଦମ୍ଭ ବାନ୍ଧିବାକୁ ହବ । ଗଲାବେଳେ ବଡ଼ ଇଚ୍ଛା ହଉଚି, ତମକୁ ଟିକେ କହିକରି ଯିବାକୁ, କିନ୍ତୁ ଏ କଥା ଜାଣିଲେ ଆଉ କ'ଣ ତମେ ମତେ ଛାଡ଼ିଦିଅନ୍ତ ? ମୋର ଅସୀମ ଲୋଭ ଲାଗି କଳ୍ପିତ ପ୍ରାୟଶ୍ଚିତ ତମେ କ'ଣ ଆଉ କରେଇଦିଅନ୍ତ ମତେ ?...

ମତେ ଆଉ ବେଶୀ ଖୋଜିବ ନାହିଁ । ବୃଥାରେ ଏ ହୀନକପାଳୀ ପାଇଁ ଏଣେ ତେଣେ ଦଉଡ଼ି ଅନିୟମ କରିବ ନାହିଁ । ଅନିୟମ କଲେ କିଏ ଆଉ ତମକୁ ଆକଟିବାକୁ ଅଛି କି ? ଆଜିଠଉଁ ତ ତମର ଛୁଟି !!.. ନିତି ଦିନର ସହସ୍ର ପରିଚିତ ଏଇ ଘର, ଘରର ପ୍ରତି ଇଟା ଖଣ୍ଡିକ-ଆଗଣାରେ ପ୍ରତି ଧୂଳିକଣା ସମସ୍ତିଙ୍କଠଉଁ ଆଜି ଜୀବନସାରା ପାଇଁ ବିଦାହୋଇ ଯାଉଛି । କୁଆଁତରା ଉଠିଲାଣି, ସକାଳ ହବାକୁ ଆଉ ବେଶୀ ଡେରି ନାହିଁ । ଆଉ ଦଣ୍ଡକେ ଅନ୍ଧାର ଭିତରେ ବାଟ ଘାଟ ବାରିହୋଇ ଦିଶିବ, କିନ୍ତୁ ସେଇ ଅନ୍ଧାର ସାଥିରେ ଅନ୍ଧାରଠଉଁ ଆହୁରି ନିଉଛଣା ଏ ଦିହଟା ମୋର ସବୁ ଦିନ ଲାଗି ହଜିଯିବ..। ଯାଉଛି, ସତୀ ବୋଲି କିଏ ଥିଲା, ଏ କଥା ଆଉ ମନେ ପକାଇବ ନାହିଁ । ମିଛରେ ଭାବି ଭାବି ଦିହକୁ ଅଯତ୍ନ କରିବ ନାହିଁ, ମୋ ସୁନାଟା ପରା ।...

ଅନ୍ଧାର ଭିତରେ ଆସ୍ତେ ଆସ୍ତେ ବାହାରକୁ ଆସି ସାବଧାନରେ ଥରେ ଭଲକରି ଚାରିଆଡ଼କୁ ଚାହିଁଲି । କେହି କୁଆଡ଼େ ନାହାନ୍ତି । ଗୋଡ଼ ଚିପି ଚିପି ଯାଇ ନାଥନନାଙ୍କ ଶୋଇଲାଘର ଦୁଆରମୁହଁରେ ଠିଆ ହେଲି । ସବୁ ଦିନ ପରି କବାଟ ଦରଆଉଜା ହୋଇଚି । ନିଃଶ୍ୱାସ ବନ୍ଦ କରି ଭିତରକୁ ଚାହିଁଲି, ଅନ୍ଧାରରେ କିଛି ଦିଶିଲା ନାହିଁ । ଭାବିଲି, ଭଲ ହୋଇଚି । କେଡ଼େ କଷ୍ଟରେ ମନ ବାନ୍ଧି ତାଙ୍କରି ଭଲ ପାଇଁ ଆଜି ମୁଁ ଏଠୁ ବିଦାହୋଇ ଯାଉଚି । ଏତେବେଳେ ତାଙ୍କ ମୁହଁ ଦେଖିଲେ ମୋ'ର ମନ ଦମ୍ଭ କୁଆଡ଼େ ଉଭେଇଯାଆନ୍ତା । ଯିବା ଆଉ ହୁଅନ୍ତା ନାହିଁ ।

ସେଇଠି ସେଇ ଦୁଆରବନ୍ଧ ଉପରେ ତାଙ୍କ ଉଦ୍ଦେଶ୍ୟରେ ମଥା ଲଗାଇ ଦଣ୍ଡବତ ହେଲି । ଏତେବେଳଯାଏ ଯେତେ ଧୈର୍ଯ୍ୟ, ଯେତେ ଟାଣଯାକ ମନରେ ସଞ୍ଚିଥିଲି,

ସବୁ କୁଆଡ଼େ ମୋର ଦଣ୍ଡକେ ଚୂନା ହୋଇଗଲା । ଉଦ୍ୟତ କ୍ରନ୍ଦନକୁ ପଣନ୍ତ କାନିରେ ପ୍ରାଣପଣେ ଚାପିରଖି ଦାଣ୍ଡପିଣ୍ଡାକୁ ଦଉଡ଼ି ପଳାଇଆସିଲି । ସେମିତି ଆସ୍ତେ ଆସ୍ତେ ଚୋର ପରି ଶିକୁଳି ଫିଟାଇ ବାହାରେ ଆସି ଠିଆ ହେଲି ।

ଉପରେ ତାରା ଚୁମୁକି ଖୋସା ଏଇ ଅସରନ୍ତି ସରଗ ତଳେ ଭଗବାନଙ୍କ ସୃଷ୍ଟି ଭିତରେ ସତରେ ଆଜିଠଉଁ ମୁଁ ଏକା । ମରିଗଲେ ମଧ୍ୟ 'ଆହା' ବୋଲି କହିବାକୁ କେହି ନାହିଁ । ଜୀବନରେ କ'ଣ ପାଇ ନଥିଲି ମୁଁ ? କିନ୍ତୁ ଏ ହୀନ କପାଳରେ କିଛି କ'ଣ ଆଉ ସାଜିଲା କି ? ଶେଷରେ ଜୀବନର ଲକ୍ଷ୍ୟ ବୋଲି ଯାହା ଗୋଡ଼ ତଳେ ଆଶ୍ରା ମାଗିଥିଲି, ଭଗବାନ୍ ସେ ଆଶାଟି ମଧ ଏମିତି କାଢିନେଲେ ।

ଦାଣ୍ଡପିଣ୍ଡା କାନ୍ଥ ଦିହରେ ମଥା ରଖି ଭାବିଲି, ଗୋଟାଏ ପ୍ରଚଣ୍ଡ ଧୂମକେତୁ ପରି ଏ ଜୀବନଟା ମୋର, ଯାହାକୁ ଦୃଷ୍ଟି ଦେଇଚି, ତା'ର ସର୍ବନାଶ କରି ଛାଡ଼ି ନାହିଁ ।

ଅନ୍ଧାରର ଅସରନ୍ତି ରାଇଜ ଭିତରୁ ଆଉ ଥରେ ବିଲୁଆ ଡାକିଗଲେ । ସକାଳ ହବାକୁ ଆଉ ବେଶୀ ଡେରି ନାହିଁ । ଚମକି ପିଣ୍ଡାରୁ ଓହ୍ଲାଇ ଆସିଲି । ନକ୍ଷତ୍ରର ସ୍ୱଚ୍ଛ ଆଲୋକରେ ଘର ଆଡ଼କୁ ଶେଷ ଥର ପାଇଁ ଥରେ ଚାହିଁ ଦେଇ ବେଗେ ବେଗେ ଚାଲିବାକୁ ଲାଗିଲି, ଯୁଆଡ଼େ ଏ ଆଖି ଦି'ଟା ବାଟ କଢ଼େଇନେଲା । ବାଟ ଦି'ପଟେ ଗଛଗୁଡ଼ାକ ଅନ୍ଧାରରେ ପଥର ପାଲଟିଗଲା ପରି ଠିଆ ହୋଇଥାଆନ୍ତି । ଯେମିତି ସ୍ୱପ୍ନ-ରାଇଜର କୋଉ ରୂପାକାଠି ପରଶରେ ସମସ୍ତେ ଶୋଇ ପଡ଼ିଛନ୍ତି ନିଦରେ, ଖାଲି ତା ଭିତରେ କୋଉଠି କେମିତି ଗୁଡ଼ାଏ ଜୁଳୁଜୁଳିଆ ପୋକ ପତରଫାଙ୍କରେ ଝଟକୁଥାନ୍ତି ରୂପା ଚୁମୁକି ପରି । ମୁଁ ଚାଲିଚି, ଗୋଟିଏ ଆଡ଼କୁ ମୁହଁକରି । ବାଟ ଯେମିତି ଏ ଜୀବନରେ ମୋର ସରିବାର ନୁହେଁ । କେତେବେଳକେ ଟିକେ ଫରଚା ହୋଇଗଲା । ବହଳ ଅନ୍ଧାର ଫିକା କରି ଗାଁ ଗଣ୍ଡା ବାରିହୋଇ ଦିଶିଲା । ଚାଲୁ ଚାଲୁ ହଠାତ୍ ଥକ୍କା ହୋଇ ଠିଆ ହୋଇଗଲି । ଆଗରେ ନଈ...

BLACK EAGLE BOOKS

www.blackeaglebooks.org
info@blackeaglebooks.org

Black Eagle Books, an independent publisher, was founded as a nonprofit organization in April, 2019. It is our mission to connect and engage the Indian diaspora and the world at large with the best of works of world literature published on a collaborative platform, with special emphasis on foregrounding Contemporary Classics and New Writing.